Solange du nicht stehen bleibst
Monika Lüthi

AF176744

Impressum

Solange du nicht stehen bleibst
1. Auflage, Mai 2022
Alle Rechte vorbehalten
© Monika Lüthi
c/o autorenglück.de
Franz-Mehring-Str. 15
01237 Dresden

Lektorat: Astrid Töpfner, www.astrid-topfner.com
Korrektorat: Claudia Heinen, www.sks-heinen.de
Covergestaltung: Christin Giessel, www.giessel-design.de
Buchsatz: Monika Lüthi, www.monika-luethi.com

Bibliografische Information der Deutschen Nationalbibliothek: Die Deutsche Nationalbibliothek verzeichnet diese Publikation in der deutschen Nationalbibliografie, detaillierte bibliografische Angaben sind im Internet über dnb.dnb.de abrufbar.

Herstellung und Druck über tolino media GmbH & Co. KG, Albrechtstr. 14, 80636 München. Printed in Germany. Fragen zu Produktsicherheit an: gpsr@tolino.media.

MONIKA LÜTHI

SOLANGE DU NICHT STEHEN BLEIBST

Für alle, die außergewöhnlich sind.

Kapitel 1

August

Ich rannte, als ob es um mein Leben ginge. Meine Gedanken konzentrierten sich auf den hämmernden Rhythmus meines Herzens, alles andere blendete ich aus. Die Ahornallee, an deren Ende die Ziellinie wartete. Die Menschenmenge am Straßenrand. Die Läuferinnen hinter mir. Meine Oberschenkel brannten stärker als die Sonne auf meinem Rücken. Dann fokussierte ich mich auf die kurze Distanz zwischen Stefanie und mir. Der dumpfe Klang unserer Schritte auf dem Asphalt synchronisierte sich. Ich steigerte mein Tempo ein letztes Mal, sie machte das Gleiche. Einsam an der Spitze rannten wir um den Sieg. Ich musste schneller sein. Stefanie überholen. Gewinnen.

Dann kam die Ziellinie.

Nur der zweite Platz, realisierte ich sofort.

»Stefanie Salvisberg, 2:25:37«, rief eine Stimme durchs Megafon. »Jennifer Goldmann, 2:25:38.«

Mit der Durchsage fraß sich auch die Enttäuschung in mich hinein. Schon wieder Zweite. Schon wieder hatte Stefanie mich geschlagen. Keuchend ging ich in die Hocke, doch mein Herz raste weiter. Noch hatte es nicht begriffen, dass der Lauf vorbei war und es nichts am Ergebnis ändern konnte, egal, wie sehr es sich bemühte. Als ich wieder einigermaßen ruhig atmen konnte, stemmte ich mich hoch und lehnte mich neben Stefanie an eine Mauer.

»Gratuliere«, sagte ich.

Sie reagierte nicht, obwohl sie mich bestimmt gehört hatte. Als ich sie genauer betrachtete, bemerkte ich, dass sie sich eine Hand in die Seite presste und viel zu schnell atmete. Die Farbe war aus ihrem Gesicht gewichen.

»Ist alles in Ordnung?«, fragte ich unsicher. So ausgelaugt hatte ich sie noch nie nach einem Lauf gesehen.

»Das geht dich nichts an«, zischte sie.

Ich zuckte zusammen. »Ich wollte doch nur …«, murmelte ich mehr zu mir als zu ihr. Ja, was wollte ich eigentlich? Sie hatte meine Hilfe noch nie nötig gehabt.

In dem Moment kam unser Trainer Walter mit herausgestreckter Brust auf uns zu, in jeder Hand eine Flasche Wasser. *Die Haltung eines Siegers*, ging es mir durch den Kopf.

»Fantastisch, Mädels!« Er reichte uns die Flaschen. »Wahnsinn, dass ihr es beide auf die Startliste geschafft habt.«

Seine Worte hallten in meinen Ohren nach. Startliste. Beide. Es dauerte einen Moment, bis auch die Bedeutung bei mir ankam. In meinen Fingern kribbelte es. Vor lauter Enttäuschung über den verpassten Sieg hatte ich die Qualifikation für die Europameisterschaft völlig vergessen.

»Ich auch?«, fragte ich sicherheitshalber nach.

»Du.« Mit übertriebener Deutlichkeit zeigte er zuerst auf Stefanie, dann auf mich. »Und du.«

»Juchhe!« Ich streckte beide Arme in die Luft. Es fühlte sich an, als würde ich abheben und davonfliegen.

»Ganz toll.« Stefanie holte mich mit ihrer gleichgültigen Reaktion wieder auf den Boden zurück. Für sie waren Siege so selbstverständlich wie das Zähneputzen. Mit zittrigen Fingern drehte sie am Verschluss ihrer Flasche. Zischend entwich die Kohlensäure, dann kippte sie sich den Inhalt über den Kopf. Mineralwasser tropfte von ihrer Nase.

Walter schüttelte tadelnd den Kopf. »Ich hole mir etwas zu essen. Wir besprechen den Lauf danach.« Er ging zum Imbissstand und reihte sich in die meterlange Schlange hungriger Läuferinnen ein, den Blick aufs Handy gerichtet.

Ich hatte keine Lust auf Pasta, weswegen ich einen der Energieriegel aus der kleinen Tasche am Laufshirt kramte. Stefanie lehnte immer noch gekrümmt an der Mauer, als hätte jemand sie in den Bauch getreten.

Sei nett, ermahnte ich mich in Gedanken. Philipp würde es von mir erwarten.

»Möchtest du einen?«, fragte ich und streckte ihr einen Riegel entgegen. »Ich habe genug dabei.«

Sie schaute auf, die Augen zu Schlitzen verengt. Mit diesem Gesichtsausdruck sah sie Philipp unglaublich ähnlich.

»Lass mich verdammt noch mal in Ruhe!« Sie schlug meine Hand weg, als wäre sie eine lästige Fliege. Erschrocken trat ich einen Schritt zurück, starrte auf den Riegel auf dem Boden und dann zu Stefanie. Statt sich zu entschuldigen, wandte sie sich ab und ging in Richtung Toiletten. Mit offenem Mund starrte ich ihr nach. Dass sie mich nicht mochte, wusste ich, aber so, wie sie sich in letzter Zeit verhielt, schien sie mich sogar zu hassen. Wut wallte in mir auf. Ich gab mein Bestes, freundlich zu ihr zu sein, obwohl wir Konkurrentinnen waren, und sie warf mit Speerspitzen um sich. Vielleicht sollte ich aufhören, mich mit ihr gut stellen zu wollen, egal, was Philipp sagte. Im November würde ich an der Europameisterschaft teilnehmen. Darüber sollte ich mich freuen und

mich nicht ihretwegen ärgern. Die Europameisterschaft …
Scharf sog ich die Luft ein. Auf einmal war mir klar, warum
Stefanie so reagiert hatte. Sie hatte Angst, dass ich bei der
Europameisterschaft schneller sein würde als sie. Noch nie
war ihr Sieg so knapp gewesen wie vorhin.

Plötzlich blubberte es in meinem Bauch vor Aufregung, als
hätte ich einen Liter Mineralwasser auf einmal getrunken.
Wenn ich mich genug anstrengte, würde ich es schaffen. Zum
ersten Mal könnte ich zuoberst auf dem Podest stehen. Ich
stellte mir vor, wie Philipp und ich vor der Wohnzimmer-
wand standen und unsere Goldmedaillen betrachteten. Wie
er einen Arm um mich legte, mich an sich zog und »Ich bin
so stolz auf dich« in mein Ohr flüsterte. Wie ein Versprechen
für die kommende Nacht. Die Vorstellung beflügelte mich
wieder. Da fasste ich einen Plan: Bis zur Meisterschaft würde
ich mich strikt an Walters Pläne halten und kein Training
ausfallen lassen. Und dann würde ich diese Europameisterschaft gewinnen.

Beim Bahnhof beobachtete ich aufmerksam die Menschen
um mich herum. Ein paar Läuferinnen tuschelten und schauten immer wieder zu einem Mann, der lässig Zigarettenrauch
ausblies. Mein Blick blieb kurz an ihm hängen, aber er war es
nicht. Natürlich nicht, es wäre viel zu auffällig. Dann nahm
ich die Studentengruppe und die Personen am anderen
Ende des Bahnsteigs unter die Lupe und erspähte schließlich Stefanie, die weiter hinten auf einer Bank saß. Ohne
sich zu verabschieden, war sie aus Walters Auto gestiegen
und hatte mir deutlich zu verstehen gegeben, dass wir nicht
zusammen zurückfahren würden. Mir war es auch recht,
ihr nicht dreißig Minuten lang schweigend gegenübersitzen

zu müssen. Es war mehr als genug, dass wir uns regelmäßig beim Training im Wald kreuzten. Meistens hielt sie den Kopf gesenkt und grüßte nicht einmal.

Als der Zug einfuhr, ließ ich allen anderen den Vortritt und stieg als Letzte ein, nicht ohne einen Blick über die Schulter zu werfen. Manchmal wünschte ich mir Augen im Hinterkopf. Eine knappe Stunde später erschien der markante Kirchturm mit dem viel zu großen Ziffernblatt in meinem Blickfeld und ich wusste, dass ich zu Hause war. In einer Ortschaft im Emmental, zu groß, um als Dorf durchzugehen, aber zu klein für eine Stadt. Die Räder quietschten beim Wechseln der Schienen und noch lauter beim Anhalten. Ich schulterte die Sporttasche, stieg aus und durchquerte das Dorf. Bei der Bäckerei blickte ich kurz durchs Ladenfenster, um zu schauen, wer meine Schicht übernommen hatte. Meine Chefin höchstpersönlich stand hinter dem Tresen. Mit einem mürrischen Gesicht reichte sie einem Kunden eine Tüte. Offensichtlich hatte sie keinen Ersatz für mich gefunden. Schnell ging ich weiter, bevor sie auf die Idee kam, mich spontan zum Rest der Nachmittagsschicht zu verdonnern. Ich hatte bereits am Wochenende eine Doppelschicht eingelegt, damit ich mir für den Lauf hatte freinehmen können, das reichte.

Ich verließ den Pflasterstein und ging die Landstraße entlang. Autos rasten an mir vorbei und auch der Bus überholte mich. Hätte ich ihn genommen, wäre ich schneller gewesen, doch ich war lieber zu Fuß unterwegs, sogar nach einem Lauf. Eine Brücke markierte das Ende des Dorfkerns. Rund zweihundert Meter führte sie auf die andere Seite einer Schlucht. Dort standen die Häuser nicht mehr dicht gedrängt nebeneinander, sondern getrennt durch Felder voller Gerste und Weizen. Hier blies ständig der Wind, manchmal so stark, dass man aufpassen musste, nicht auf die Straße geweht zu werden.

Mitten auf der Brücke überkam mich ein seltsames Gefühl. Wie ein Brennen im Rücken, als würde jemand Löcher hinein starren. Sofort beschleunigte sich mein Herzschlag. Ich drehte mich rasch um, doch hinter mir war niemand. Mein Blick wanderte hinab in die Schlucht, wo der Fluss zu einem schmalen Streifen im Steinbett geschrumpft war. Die Höhe wirkte auf einmal bedrohlich. Ich entfernte mich vom Geländer und lief näher bei der Straße. Alle paar Sekunden lugte ich über die Schulter. Außer mir war niemand da. Ich schüttelte mich, in der Hoffnung, so dieses Gefühl loszuwerden. Vergebens. Es verfolgte mich auf die andere Seite der Brücke. Im Gegensatz zum Bahnhof war hier keine Menschenseele. Niemand, der mir helfen würde. Das Brennen im Rücken ließ nicht nach. Jemand beobachtete mich. Jemand jagte mich. Und ich wusste genau, wer dieser Jemand war.

Ich lief schneller, überquerte die Straße und ehe ich es realisierte, rannte ich. Meine Beine quittierten es mit einem müden Ächzen, doch wie immer taten sie, was ich von ihnen verlangte. Das war verrückt, komplett verrückt. Er konnte nicht wissen, wo ich wohnte. Nicht, seit ich bei Mam ausgezogen war. Nach dem Lauf war ich vorsichtig gewesen, hatte mich zigmal vergewissert, dass er nicht da war. Hatte ich mich geirrt? Ich sprintete, als wäre er mit einem Messer hinter mir her, saugte die letzten Kraftreserven aus meinen Zellen, brannte mich aus. Erst, als ich den Hügel hochgerannt war und die Haustür hinter mir zugeschlagen hatte, hörte ich damit auf.

Ich lehnte mich schwer atmend an die Tür. Die Sporttasche glitt von meiner Schulter und die Trinkflasche schepperte, als sie auf den Boden fiel. Meine Beine zitterten unkontrolliert. Im Schutz des Spitzenvorhanges beobachtete ich die Auffahrt vor unserem Haus. Von hier aus sah man die paar Hundert Meter den Hügel hinunter. Zwei Bauernhöfe standen in der Nähe der Bushaltestelle. Sonst gab es weit und breit nichts als goldgelbes Getreide und ein Maisfeld direkt unter unserem Haus. Majestätisch wippten die Halme im Wind. *Das perfekte Versteck.* Bei dem Gedanken beschleunigte sich mein Herzschlag wieder. Ich ließ die Landschaft nicht aus den Augen.

»Wie war der Lauf?«

Ich zuckte zusammen und drehte mich um. Philipp kam mit dem Kochlöffel in der Hand auf mich zu. Er runzelte die Stirn. »Was ist passiert? Bist du nach Hause gerannt?«

»Nein …« Ich zögerte, blinzelte und als ich die Augen wieder öffnete, stand Philipp dicht vor mir.

»Sag schon.« Er streichelte mit der freien Hand über meine Wange. Ich beugte mich ihm entgegen. Mein ganzer Körper sehnte sich nach Philipps Nähe, nach seiner tröstenden Umarmung und seinen Küssen, die mich alles andere vergessen ließen. Er hob mein Kinn, forderte mich auf, mehr zu erzählen.

»Ich hatte nur so ein Gefühl.«

Sofort bemerkte ich die Veränderung in seinem Gesichtsausdruck. Er kniff die Augen zusammen, seine Hand rutschte von meiner Wange und verschwand in der Tasche seiner Trainingshose.

»Ein Gefühl?«, wiederholte er, da ich nicht weitersprach. »Als ob du verfolgt werden würdest?«

Ich senkte betroffen den Kopf.

»Er darf sich dir nicht mehr nähern, hast du das vergessen?«

»Natürlich nicht.«

»Er würde sofort in einer Anstalt landen und das weiß er.«

Solche Typen halten sich nicht an Regeln, egal welche Strafe ihnen droht, hätte ich beinahe erwidert. Was müsste geschehen, damit er tatsächlich in einer Anstalt landete? Was müsste er mit mir anstellen? Vor meinem inneren Auge sah ich mich am Boden liegen, völlig nackt, eine Blutlache um meinen Kopf. Mir schauderte es. So weit wollte ich es nicht kommen lassen. Aber genauso wenig wollte ich mich mit Philipp darüber streiten. Ich war ausgelaugt vom Lauf und vom Sprint nach Hause, hatte keine Kraft dafür übrig. In dieser Sache verstand er mich nicht.

»Hör auf, dich verrückt zu machen«, bat Philipp in versöhnlicherem Ton. Er beugte sich vor und seine Lippen berührten meine. Ich spürte förmlich, wie die Anspannung von mir abfiel, noch mehr, als er mich ganz nah an sich heranzog und mich einfach nur festhielt. Seine Nähe hatte mich schon immer beruhigt.

Da schrillte die Küchenuhr. Philipp löste sich seufzend von mir und verschwand in der Küche. Ich warf einen letzten Blick aus dem Fenster und kontrollierte, ob ich die Tür tatsächlich abgeschlossen hatte. Philipp hatte recht. Wenn ich mich damit verrückt machte, war niemandem geholfen. Mit dem Fuß schob ich die Tasche unter die Garderobe und betrat das Wohnzimmer. Der modrige Geruch der Wände kroch in meine Nase. Ich kippte das Fenster und ließ die warme Sommerluft hinein, bevor ich duschen ging.

Im ersten Monat nach dem Einzug hatten wir mit Schimmel zu kämpfen gehabt, der aber sachgemäß entfernt wurde. Nur dieser Geruch ermahnte mich ständig, dass er wieder zurückkehren könnte. Die Leitungen müssten längst ersetzt werden und auch Küche und Bad hätten eine Renovierung nötig. Wir hatten uns nie beim Vermieter beschwert, denn das Haus hatte viele Vorteile: Hundertvierzig Quadratmeter verteilt über zwei Stockwerke, große Fenster, lichtdurchflutete Räume und eine Terrasse. Das war alle Unannehmlichkeiten wert, auch dass wir die Terrassentür jedes Mal mit Nachdruck schließen mussten, damit sie tatsächlich zu war. Ich rubbelte meine Haare trocken und half Philipp danach beim Tischdecken. Um diese Zeit war die Sonne längst hinter dem Dach verschwunden und der Schatten reichte bis zur Rasenfläche. Ich schob die Tageszeitung zur Seite und hielt inne. Auf der Titelseite wurde ein Dopingverdacht im Radsport ausgeschlachtet. Ich seufzte. Schon wieder. Seit Lance Armstrong schien sich alles nur noch um dasselbe Thema zu drehen.

»Du hast mir nicht verraten, wie der Lauf war«, sagte Philipp und stellte die Pfannen auf den Tisch.

»Ich habe mich qualifiziert.«

Er lächelte. »Das sind ja tolle Neuigkeiten.«

Philipp hatte seinen Startplatz natürlich längst. Ob Stefanie auch dabei war, fragte er gar nicht. Wenn ich es geschafft hatte, dann sie erst recht. Stefanie und Philipp, das Zwillingspärchen mit den Siegergenen. Die Medien liebten sie und die Sponsoren auch. Trotzdem war Philipp, genau wie ich, auf seinen Brotjob angewiesen, auch wenn er sich regelmäßig darüber beschwerte. Viel lieber bewegte er seinen ganzen Körper und nicht nur die Finger auf der Tastatur. Auch das hatten wir gemeinsam.

Bevor Philipp sich setzte, strich er hauchzart über mein Schulterblatt. Eine Gänsehaut überzog meine Arme. Da war es wieder, dieses Kribbeln in meinem Bauch, der Wunsch nach seiner Nähe. Der Hunger war größer. Vorerst. Wir wickelten die Spaghetti um die Gabel, ich auf dem Löffel,

Philipp am Tellerrand, immer an derselben Stelle. Die Tomatensoße bildete rote Kreise in unterschiedlichen Größen.

»Warst du schon beim Training?«, fragte ich, obwohl ich die Antwort bereits kannte. Seine Haare waren vom Duschen noch feucht und die verschwitzte Sportkleidung lag im Wäschekorb.

»Nur kurz. Im Kraftraum war die Hölle los, so macht es keinen Spaß.« Er warf seine Vitamintabletten ein und spülte sie mit einem halben Glas Wasser hinunter.

Ich hatte nie verstanden, warum Philipp in diesem Kellerloch trainierte. Er meinte, er bräuchte eine Wand, die er anstarren könnte, um sich zu fokussieren. Zudem konnte er am Laufband genau ablesen, bei welcher Steigung er wie lange gebraucht hatte und wie hoch sein Puls gewesen war. Nur so erreichte er seine Ziele, behauptete er. Ich benutzte den Pulsgurt höchstens auf der Bahn, wenn Walter mir im Nacken saß. Wenn nicht, rannte ich lieber nach Gefühl. In der Regel täuschte mich dieses nicht.

»Genau das ist der Unterschied zwischen uns beiden«, hatte Philipp mir erklärt, nachdem ich beim letzten Marathon wieder einmal Zweite geworden war. »Du überlässt alles dem Zufall und deswegen gewinnst du nie.«

Er schöpfte sich erneut Spaghetti und verdrückte auch diese in Windeseile. Ich stocherte in meiner inzwischen kalt gewordenen ersten Portion herum. Mein Blick schweifte zur Vitrine neben dem Fernseher. Sie war gefüllt mit Pokalen von Teamwettkämpfen. Unzählige Medaillen hingen an der Wand darüber. Die meisten gehörten Philipp, was für seine Theorie sprach. Auf der anderen Seite war er um einiges länger dabei als ich. Obwohl ich schon immer gern und schnell gelaufen war, hatte ich erst vor ein paar Jahren mit dem ernsthaften Training begonnen. Vom ersten Moment an hatte ich es geliebt, wenn das Adrenalin mich durchströmte, mich weiter antrieb und mir alles abverlangte. Wenn gegen Ende eines Marathons die Muskeln langsam übersäuerten und nicht nur meine Beine, sondern alles in mir brannte.

»Woran denkst du?«, fragte Philipp.

»An die Europameisterschaft. Heute hatte ich das erste Mal das Gefühl, tatsächlich gewinnen zu können.«

»Du hast also Blut geleckt.« Philipp legte die Gabel zur Seite. Seine Hand streichelte verheißungsvoll meinen Oberschenkel. Mein Blick wanderte seinen mit Adern übersäten Arm entlang, über seinen Hals zu seinen Augen. Die Lust blitzte darin auf.

»Wie fändest du es, wenn wir nach der Europameisterschaft zwei Goldmedaillen aufhängen könnten?«, fragte ich.

»Eine verlockende Vorstellung.« Er zeigte sein spitzbübisches Grinsen, in das ich mich so unsterblich verliebt hatte. »Wobei ich etwas anderes noch verlockender fände.«

»Ich weiß nicht, was du meinst.« Ich legte meine Hand auf seine und schob sie weiter nach oben. Einen Moment lang betrachtete er mich nur, jede Faser seines Körpers unter Kontrolle. Nur das kaum bemerkbare Flattern seiner Augenlider verriet ihn. Mit einem Ruck zog er mich an sich und presste seine Lippen auf meine. Der letzte Rest des flauen Gefühls in meiner Magengrube verschwand und machte einem sehnsuchtsvollen Ziehen Platz. Er umfasste mit beiden Händen meinen Hintern und hob mich hoch. »Ich liebe deine Beine, weißt du das?«, stieß er hervor.

Ich schlang eben diese Beine fest um seine Hüften. Ja, das wusste ich ganz genau.

Kapitel 2

Letzten Oktober

*E*r verharrte vor dem Hauseingang. Die Mittagssonne brannte auf ihn hinunter, als wüsste sie nicht, dass schon lange Herbst war. Mit zusammengekniffenen Augen suchte er auf den silbern glänzenden Briefkästen nach dem Namensschild. Nervosität stieg in ihm auf. Er wischte die verschwitzten Hände am Kapuzenpulli ab. Hier irgendwo musste es sein. Schild um Schild arbeitete er sich vorwärts, bis er bei einem hängen blieb:

Margaret und Jennifer Goldmann

»Jenni«, flüsterte er und strich über die feinen Rillen der Gravur. »Endlich.«
Sein Finger verharrte nur wenige Zentimeter vor der Klingel und zitterte. Sollte er wirklich? Seit er sie beim Zieleinlauf des Grand Prix von Bern das erste Mal gesehen hatte, ging sie ihm nicht mehr aus dem Kopf. Jedes Detail hatte er sich eingeprägt. Ihre Hüften so schmal wie die eines Teenagers. Kleine, straffe Brüste. Hellbraunes Haar, fast golden in der Sonne. Sein Blick fiel auf ihre Lippen. Voll und rot waren sie, als hätte sie gerade ein Eis gegessen. Er stellte sich vor, wie genau diese Lippen über seine Brust fuhren, seinen Bauchnabel küssten und unbeirrt ihren Weg nach unten fortsetzten. Wie durch die Linse einer Kamera war alles verschwommen. Alles außer sie. Er folgte ihr, hypnotisiert von

ihrer Anziehungskraft. Er wollte, nein, er musste sie ansprechen, sie zu sich nach Hause bringen und auf sein Bett legen. Jeden Zentimeter ihrer Haut von Stoff befreien, bis sie komplett nackt vor ihm lag. Wie eine Göttin. Seine Göttin. Seine Hose wurde immer enger. Dann verlor er Jenni in der Menschenmenge. Ihr Gesicht mit den vollen Lippen war in seiner Erinnerung geblieben. Nächtelang hatte er wach gelegen und sich nach ihr gesehnt, immer wieder ihre Webseite aufgerufen und Fotos von ihr angeschaut, die Hand im Schritt. Google wusste viel über sie, sogar ihre Adresse. Wenn er nicht so weit entfernt wohnen würde, wäre er schon früher hierher gekommen. Und nun? Noch immer zitterte sein Finger. Er könnte sie sehen, jetzt gleich. Aber was, wenn diese Margaret öffnen würde? Er zog die Hand zurück, kramte einen jungfräulich weißen Umschlag aus der Hosentasche. Ein letztes Mal strich er darüber. Er hatte seine Worte sorgfältig ausgewählt, schließlich wollte er seine Jenni nicht mit der Intensität seiner Gefühle erschrecken. Stück für Stück wollte er sie erobern, bis sie ihn genauso begehrte wie er sie. Sanft ließ er den Umschlag in den Briefkasten gleiten.

Kapitel 3

September

Ich rückte die Körbe mit den Brötchen zurecht und warf einen Blick nach draußen, wo bereits die ersten Kunden warteten. Mit dem Gang einer Schwangeren watschelte Doris zum Eingang und betätigte den Schalter. Sie war nicht wirklich schwanger, sondern aß nur fürs Leben gern Blätterteigtaschen, was sich in ihrer Figur niederschlug. Die Tür öffnete sich, zig Kunden strömten in die Bäckerei und verteilten sich vor der Vitrine. Ein Windhauch verwehte den Duft nach Gebäck. Ich schaute freundlich in die Menge und wartete auf den Ersten, der sich für etwas entschieden hatte. Danach wurden jene bedient, die sich am stärksten behaupteten. So war es immer, kurz nach Öffnung, wenn unklar war, in welcher Reihenfolge die Kunden hereingekommen waren.

»Was zeigt der Drachometer?«, fragte ich, nachdem sich der Ansturm gelegt hatte, und füllte die Lücken in den Brotkörben auf.

»Orange, würde ich schätzen.« Doris lachte und kreierte mit geschickten Schwenkbewegungen einen perfekten Cappuccino. Das war der Grund, warum sie die Stammkundschaft bediente und ich die Take-away-Kunden. Der Deckel kaschierte meine ungeschickten Versuche, ein Blattmuster in den Schaum zu zaubern. »Sie war stinksauer, dass sie keinen Ersatz für dich finden konnte.«

»Tut mir leid, dass du ihre Launen aushalten musstest.«

»Hat es sich wenigstens gelohnt?«

»Ja, ich werde starten.«

»Wirklich?« Doris' Gesicht erhellte sich. »Gratu…« Bevor sie zu Ende sprechen konnte, kräuselte sie ihre Nase und nieste in die Armbeuge. Blinzelnd kramte sie ein Taschentuch aus der Schürze, deren Bänder scharf in ihre Hüften schnitten.

»Gesundheit. Wirst du krank?«

»Das sind bloß die Pollen.«

Sie nieste wieder, zweimal kurz nacheinander. Dieses Mal war die Armbeuge nicht schnell genug und die Tröpfchen flogen durch die Luft. Ich verzog das Gesicht und wich zurück. Eine Erkältung würde mich im Training zurückwerfen. Dabei wollte ich unbedingt mit Philipp und unseren Goldmedaillen für die Zeitungen posieren und mich in seinem liebevollen Blick sonnen. Er wäre so stolz auf mich.

Die Schiebetür ging auf. Doris schob das Taschentuch in die Schürze zurück und ich wandte mich an den nächsten Kunden. Mitten in der Bewegung hielt ich inne. Das Gesicht war mir mehr als bekannt.

»Oh, hallo Mam.«

»Hallo Schatz, machst du mir einen Tee? Schwarz, bitte.« Mam taxierte mich über die neue Brille hinweg mit ihrem Lehrerinnenblick. Ich hatte mich noch nicht an den starken Kontrast des Rots zu ihrem bleichen Gesicht gewöhnt. »Und zwei Donuts.«

Ich befüllte eine Kanne mit heißem Wasser. »Was führt dich her?«

»Ich wollte nachschauen, ob meine Tochter noch lebt.«
Sie klappte die Brille zusammen und legte sie ins Etui. »Du
hast dich lange nicht gemeldet.«

»Wir haben vorgestern telefoniert.« Ich stellte die Kanne
auf ein Tablett und legte einen Donut dazu. »Sieben fünf-
zig, bitte.«

»Und der zweite?«

»Ich möchte keinen Donut, Mam.«

»Wenn du nicht willst, nehme ich ihn.« Doris kicherte. Sie
fand es jedes Mal unheimlich amüsant, wie Mam versuchte,
mich zu mästen.

»Du musst essen, Mädchen. Sonst fällst du noch um, so
viel wie du rennst.«

»Ich esse«, sagte ich lauter als beabsichtigt. »Kartoffeln,
Gemüse, Fleisch. Aber keine Donuts.«

»Na gut.« Seufzend schob sie mir eine Zehnernote entgegen. »Stimmt so.«

Sie griff nach dem Tablett und setzte sich an einen der
Tische vor dem Schaufenster. Ich schüttelte den Kopf und
putzte den Tresen. Sie machte sich nur Sorgen. Vollkommen übertriebene Sorgen, meiner Meinung nach. Vielleicht,
weil es nur noch uns zwei gab und sie mich auf keinen Fall
verlieren wollte. Ihr enttäuschter Blick erinnerte mich regelmäßig daran, dass sie sich etwas anderes für mich gewünscht
hatte. Einen ordentlichen Beruf mit sicherem Einkommen.
Beamtin vielleicht. Oder Lehrerin, so wie sie. In ihre Fuß-
stapfen treten wollte ich nie und mich jeden Tag mit etwas
beschäftigen, das mich langweilte, auch nicht. Ich hatte mich
ihrem Willen widersetzt und lebte meinen Traum: Ich lief,
ob es ihr gefiel oder nicht.

Die Zeit bis zum Mittag zog sich endlos in die Länge. Mam war längst wieder gegangen und ich hätte schon vor einer Viertelstunde Feierabend gehabt. Doch heute schienen alle ihr Mittagessen später zu holen als sonst. Die Kunden vor dem Tresen wurden immer mehr und inmitten eines Ansturms konnte ich nicht verschwinden. So bediente ich weiter, bis sich die Schlange gelichtet hatte und ich aufatmen konnte. Ich warf einen Seitenblick auf die Wanduhr.

»Ich mache Schluss für heute«, rief ich Doris zu und holte meine Jacke in der Garderobe. Als ich wieder nach vorn kam, erstarrte ich. Stefanie stand in Trainingshose und T-Shirt an der Vitrine und begutachtete die Sandwiches. Ein Stirnband hielt ihr die Haare aus dem Gesicht. Eigentlich unnötig, so großzügig wie sie den Pferdeschwanz mit Gel fixiert hatte. Kurz überlegte ich, ob ich mich verstecken sollte, bis sie wieder ging, verwarf die Idee aber sofort wieder. Auch wenn wir nie beste Freundinnen werden würden, konnten wir uns trotzdem »Hallo« und »Tschüss« sagen. Sie zeigte auf ein Schinkensandwich, mit der anderen Hand strich sie den Stoff ihres T-Shirts glatt. Ihr Gesicht wies eine ungesunde gräuliche Farbe auf. Ich trat näher. In ihrer Armbeuge prangte ein Bluterguss.

Stefanie bemerkte mich und zuckte zusammen. »Jennifer«, rief sie unnatürlich laut. Das Grau verschwand und sie wurde kreideweiß. »Hast du nicht längst Feierabend?«

Ich antwortete nicht, sondern starrte wie betäubt auf den blauen Fleck. Schnell verschränkte Stefanie die Arme.

»Was ist das?«, fragte ich.

»Das geht dich nichts an«, fauchte sie und zupfte am Ärmel des Shirts, als ob sie den blauen Fleck so verstecken könnte.

Tausend Gedanken rasten durch meinen Kopf, nur einer blieb hängen. »Du … bist gedopt«, flüsterte ich. Es war keine Frage, sondern eine Feststellung. Ihr ganzer Körper strahlte Schuld aus.

»Ich war beim Blutspenden«, versuchte sie, sich herauszureden, und packte das Sandwich, das Doris ihr über den Tresen reichte. Ihre Finger zitterten genauso wie nach dem letzten Lauf.

»So kurz vor dem Marathon?« Ich wurde lauter. Köpfe drehten sich nach uns um. »Das glaubst du doch selbst nicht.«

»Denk, was du willst.« Sie wandte sich von mir ab, doch ich packte sie am Arm und hielt sie zurück. Die Blicke der anderen Gäste brannten auf mir.

»Damit kommst du nicht durch, dafür werde ich sorgen.«

»Lass mich in Ruhe, du dumme Nuss.« Sie riss sich los und rieb die Stelle, an der ich sie festgehalten hatte. Ohne ein weiteres Wort stürmte sie aus der Bäckerei. Ich schaute ihr nach, auch noch, als sie schon lange verschwunden war.

Der Bluterguss geisterte mir während des ganzen Trainings im Kopf herum und ließ mich auch nicht los, als das heiße Wasser in der Dusche auf mich prasselte. Drogenabhängig war Stefanie definitiv nicht und sich durch eine Blutspende zu schwächen, würde sie nie riskieren. Was aber, wenn sie sich Eigenblut injizieren ließ, um durch die erhöhte Anzahl roter Blutzellen die Leistungsfähigkeit zu steigern? Je länger ich darüber nachdachte, desto plausibler wurde meine Theorie. Wenn es sich um Eigenblut handelte, könnte ihr Betrugsversuch unbemerkt bleiben, denn diese Art des Dopings war nur schwer nachweisbar. Ich dachte an all die Läufe, die ich als Zweite beendet hatte, und knallte die Shampooflasche zurück ins Gestell. Hätte ich gewinnen können? Die Wut in meinem Bauch wollte sich einfach nicht verflüchtigen. Nicht, bis ich für Gerechtigkeit gesorgt hatte, denn damit würde Stefanie nicht durchkommen. Dieses Mal nicht.

Ich stellte das Wasser ab. Durch den Spalt unter der Tür schlich kalte Luft ins Bad. Schnell schlang ich ein Handtuch um mich und trat hinaus. Philipps Lederschuhe standen im Eingangsbereich, er selbst saß mit dem Laptop am Küchentisch. Konzentriert starrte er auf den Bildschirm, den Kopf wie eine Schildkröte nach vorn gestreckt. Ich musste es ihm erzählen.

»Philipp?«

»Ja?« Er klappte den Laptop zu, als hätte er nur darauf gewartet, dass ich ihn von seiner Arbeit erlöste. Sanft zog er mich auf seinen Schoß und küsste mich in den Nacken.

Ich drehte mich so, dass ich ihm direkt ins Gesicht sehen konnte. »Es gibt etwas, das du wissen solltest.«

In dem Moment klingelte es. Durch das Milchglas erkannte ich die graue Uniform des Postboten. Ich seufzte. Bestimmt wollte er mir meine Lieferung eigenhändig übergeben, statt sie in den Briefkasten zu stopfen. Widerwillig löste ich Philipps Hände von meiner Hüfte und öffnete. Ich hatte recht gehabt. Der Postbote streckte mir ein Paket entgegen. Eine leichte Röte zog sich über seine Wangen, die ihn sofort sympathisch machte.

»Vielleicht sollte ich in Zukunft auch die Briefe persönlich abgeben«, sagte er und grinste, während mir peinlich bewusst wurde, dass das Duschtuch nur das Nötigste verdeckte. Mit einer Hand hielt ich es fest, damit es nicht versehentlich auf den Boden fiel und noch mehr preisgab.

»Gute Idee. So erspare ich mir den Gang zum Briefkasten.« Ich lächelte und er überreichte mir die Sendung. Dabei berührten sich unsere Finger. Seine waren warm und schwebten eine gefühlte Ewigkeit neben meinen.

»Bis zum nächsten Paket. Oder Brief.« Er schaute mich an, als wollte er etwas sagen, ließ es aber bleiben. Ich klemmte mir das Paket unter den Arm, ohne den Blick vom Postboten zu nehmen. Er hatte ein sehr einnehmendes Lächeln. In einem anderen Leben hätte ich ihn vielleicht auf eine Tasse Kaffee eingeladen.

»Bis dann.« Ich schloss die Tür und riss den Karton sofort auf. Meine neuen Funktionsshirts und Sport-BHs lagen sorgfältig zusammengefaltet darin. Ein Lächeln schlich sich auf meine Lippen. Perfekt.

Plötzlich stand Philipp hinter mir, schlang die Arme um mich und legte sein Kinn auf meine Schulter. Ich kicherte und drehte mich in seiner Umarmung. Aber Philipp stimmte nicht mit ein, im Gegenteil. Seine Stirn lag in tausend Falten.

»Was?«, fragte ich und stupste seine Nase sanft mit meiner an.

»Ich mag es nicht, wenn er dich halb nackt sieht«, sagte er.

»Entschuldige, das habe ich nicht beabsichtigt.« Ich stellte mich auf die Zehenspitzen und küsste ihn.

»Ich mag es auch nicht, wie er mit dir spricht.« Nun wandte er sich ab und starrte auf einen Punkt hinter mir. »Als wärst du Freiwild oder so.«

»Bist du etwa eifersüchtig? Er bringt nur die Post.« Erneut küsste ich ihn, dieses Mal aufs Kinn, weil ich seinen Mund nicht erreichte.

»Trotzdem.«

»Na gut.« Ich hob die Hand. »Ich schwöre hoch und heilig, dass ich nie wieder mit einem Handtuch bekleidet die Tür öffnen werde.«

Nun grinste Philipp ein kleines bisschen und die Anspannung wich aus seinem Körper. »Was wolltest du vorhin sagen?«

»Wie?«

»Im Wohnzimmer?«

»Ach so, ja.« Ich zögerte. Auf einmal war ich mir unsicher, ob ich ihm von meinem Verdacht erzählen sollte. Bei Eigenblutdoping würde man ohnehin nichts nachweisen können. Philipp und ich harmonierten gerade so gut. Das Training für den Marathon bewirkte, dass wir beide ausgeglichener waren als sonst. Ich, weil ich in der Natur sein konnte, und Philipp, weil er durch die Vorbereitung weniger arbeitete. Das wollte ich nicht ruinieren, indem ich schlecht über seine Schwester sprach. Egal, wie sehr er mich liebte, es war klar, auf wessen Seite er sich schlagen würde, wenn es hart auf hart kam. Gegen Stefanie konnte ich nur verlieren. Die Europameisterschaft allerdings würde ich für mich entscheiden, Doping hin oder her.

»Nicht so wichtig«, murmelte ich. Nein, ich würde Philipp nichts sagen und stattdessen Stefanie weiter beobachten. Vielleicht war sie zur Einsicht gelangt und hörte mit dem Doping auf, ohne dass ich sie anschwärzen musste.

Kapitel 4

Letzten November

Wie ein Aal schlängelte er sich durch die Menschenmenge, Jenni immer im Blick. Jeden einzelnen Tag hatte er gezählt, bis zu ihrem nächsten Lauf. Dann die Stunden und zum Schluss die Minuten, bis sie im Ziel einlief. Endlich. Er spuckte auf seine Fingerspitzen und strich sich die Fransen aus der Stirn. Noch drei Meter. Noch zwei. Noch einer. Direkt hinter ihr blieb er stehen und atmete tief ein. Ihr Duft, so intensiv wie reife Erdbeeren, war wie ein speziell für ihn gemischtes Aphrodisiakum. Sie streifte seine Brust und alles in ihm bebte.

»Entschuldigung«, sagte sie und wich einen Schritt zurück.

»Kein Problem, Jenni.« Er setzte sein vertrauensvollstes Lächeln auf.

»Kennen wir uns?« Sie musterte ihn. Jeder Blick streichelte sanft wie eine Feder über seine Haut.

Besser, als du denkst, wollte er sagen, hielt sich aber zurück. »Ich habe dir geschrieben.«

»Du bist Bernhard?«

»Genau.« Er lächelte. Sie hatte nicht einmal überlegen müssen, wessen Brief er meinte. Ein gutes Zeichen.

Nun lächelte sie auch. »Vielen Dank für deine Worte, ich habe mich sehr darüber gefreut.«

Er zwang sich, in ihre Augen zu schauen, und nicht ständig auf ihre Lippen. »Du hast jedes Einzelne verdient.«

Sie errötete und blickte verlegen auf den Boden. Diese Schüchternes-Mädchen-Nummer stand ihr.

»Würdest du ein Foto mit mir schießen?«, fragte er.

»Natürlich.« Die Antwort kam schnell.

Er stellte sich neben sie und hielt das Handy hoch. Sie lehnte sich zu ihm hinüber, bis ihr Gesicht auf dem Display erschien. Ihre Schulter berührte seine. Ihr Duft drang in jede seiner Zellen. Seine Gedanken machten sich selbstständig, katapultierten ihn und Jenni in die Kochecke seiner Wohnung. Nur mit einer Schürze bekleidet kniete sie vor ihm und schaute zu ihm auf. Er lehnte sich an die Ablage, öffnete den Reißverschluss seiner Hose und drückte ihren Kopf gegen seinen Schoß.

»Zu weit weg«, murmelte er mit belegter Stimme und zog sie näher heran. Er vergaß, weiter auf den Auslöser zu drücken. Es gab nur noch Jenni und seinen Arm um ihre Taille.

»Ich glaube, das reicht!«

Schon hatte sie sich aus seiner Umarmung gewunden. Ihr Duft verflüchtigte sich. Er versuchte, sie wieder an sich zu ziehen, aber sie war nicht mehr in seiner Reichweite.

»Wenn du mir deine Nummer gibst, kann ich sie dir schicken«, stammelte er völlig neben der Spur.

»Nein, danke.« Leise und zurückhaltend klangen ihre Worte, das komplette Gegenteil von vorhin. Sie ging, ohne sich zu verabschieden. Mit offenem Mund und dem pulsierenden Verlangen in der Hose blieb er zurück.

Kapitel 5

September

Am nächsten Morgen stand ich vor der geschlossenen Bäckerei. Erstaunt spähte ich hinein. Nur die Lichtspots der Schaufenster brannten, der Rest des Raumes versank in Dunkelheit. Wo war Doris? Um diese Zeit bereitete sie normalerweise längst die Körbe für die Backwaren vor, die jeden Augenblick geliefert werden würden. Bestimmt hatte ihr Auto den Geist aufgegeben. Es wäre nicht das erste Mal. Ich öffnete die Tür, deaktivierte den Alarm und schaltete das Licht ein. Nur die Lüftung surrte, sonst war alles still. Draußen überquerten vereinzelt ein paar Menschen die Straße. Ich rief Doris auf dem Handy an, dann auf dem Festnetz. Keine Antwort. So tauschte ich meine Jacke gegen die Schürze, holte Konfitüre, Butter und Käse für unsere Frühstücksgäste aus dem Kühlschrank und legte sie auf Eis. Mein Blick schweifte immer wieder zur Tür. Von Doris keine Spur. Langsam machte ich mir Sorgen.

Pünktlich um fünf Uhr dreißig hielt der rote Lieferwagen der Bäckerei vor dem Schaufenster. Der Drache höchstpersönlich stieg aus. Die Ärmel ihres Hemdes waren hochgekrempelt und Gummistiefel steckten an ihren Füßen, obwohl für heute kein Regen vorhergesagt war. Sie eilte um den

Wagen herum und schüttelte dabei ständig den Kopf. Wenig später schob sie zwei Rolluntersetzer mit Kisten voller frisch duftender Brote ins Innere.

»Guten Morgen«, begrüßte ich sie.

»Wehe, du wirst auch noch krank«, blaffte sie mich an. »Der Lieferbote und die Dicke sind mehr als genug.« Sie gab den gestapelten Kisten einen Schubs und machte kehrt, um die anderen zu holen. Brezeln, Baguettes und Körnerbrötchen landeten direkt neben mir und warteten darauf, eingeräumt zu werden. Eigentlich sollte ich mich mittlerweile an ihre Art zu sprechen gewöhnt haben. Meine kribbelnden Finger zeigten mir aber, dass es nicht so war. Ich griff nach der obersten Kiste. Immerhin wusste ich nun, was mit Doris los war.

»Du übernimmst beide Schichten«, befahl der Drache, als sie wieder hineinkam, den Zeigefinger auf mich gerichtet. Mein Kiefer klappte nach unten und ich gaffte ihr nach, wie sie ohne ein weiteres Wort zum Lieferwagen marschierte.

Nein, nein, nein. Lautlos formte ich die Worte mit den Lippen. *Mein Training.* Bevor sie wegfahren konnte, stürzte ich nach draußen und riss die Beifahrertür auf.

»Ich kann nicht bis um sieben hierbleiben«, protestierte ich.

»Wie, du kannst nicht?«, spie sie mir entgegen und wurde ihrem Ruf als Drache mehr als gerecht.

»Ich muss am Nachmittag trainieren. Vor der Europameisterschaft kann ich keinen Lauf …«

»Das ist kein Wunschkonzert«, fiel sie mir ins Wort. »Ich habe dir oft genug für dein Herumgerenne freigegeben, nun kannst du dich dafür revanchieren.«

»Aber …«

»Wenn dir dein Job lieb ist, bleibst du, basta! Und nun mach die verdammte Tür zu, ich habe weitere Filialen zu beliefern.«

Ich stand nur fassungslos da und starrte sie an. Sie schob mich fluchend zur Seite und schloss die Tür selbst. Der Motor ratterte und wenig später bog der Lieferwagen um die Ecke.

Es war schon fast acht Uhr, als ich endlich zu Hause ankam. Einen Marathon laufen war eine Sache. Den ganzen Tag am Stück zu stehen eine andere. Meine Beine fühlten sich an wie zwei Mehlsäcke, die jemand ungeschickt an meinem Körper befestigt hatte. Zu allem Überfluss war auch noch Stefanie in die Bäckerei gekommen, hatte aber zum Glück nur ein Sandwich geholt. Dieses Mal hatte sie ein Langarmshirt getragen, ihre Armbeuge war nicht zu sehen gewesen.

»Philipp?«

Meine Stimme hallte durchs Haus. Keine Antwort. Das Paket mit den Sportsachen lag auf der Kommode im Wohnzimmer, direkt neben einem Familienfoto. Mam, Pa und ich als Dreijährige strahlten in die Kamera. Darüber hing ein Werbeplakat von mir für einen Recoveryshake. Ich trug Shorts, die mir nur knapp über den Hintern reichten und meine schlanken Beine betonten. Eine Hand stemmte ich in die Hüfte, in der anderen hielt ich den Shake.

Ich erinnerte mich genau an den Tag des Shootings. Es war so heiß gewesen, dass die Make-up-Artistin mein Gesicht nach jedem zweiten Schuss nachgepudert hatte. Auf dem Plakat lachte ich, als hätte nicht Stefanie, sondern ich den Lauf in der Woche zuvor gewonnen. Ob sie damals auch schon gedopt gewesen war? Ich ballte die Hände zu Fäusten.

Doping war unfair, nicht nur mir, sondern auch allen anderen Läuferinnen gegenüber. Aber ich würde ihr zeigen, dass man auch ohne Dopen gewinnen konnte.

Entschlossen nahm ich die Sportkleidung aus dem Karton und schlüpfte hinein. Es stand nur ein kurzer Lauf in Wettkampftempo auf dem Plan, den würde ich schaffen. Ich stopfte eine Stirnlampe und mein Handy in die Bauchtasche. Die roten Laufschuhe warteten auf dem Gestell neben dem Eingang, so geduldig, als hätte ich mich nicht um Stunden verspätet. Draußen dämmerte es bereits. Die Maishalme wippten im Wind. Dasselbe ungute Gefühl wie vor ein paar Tagen überkam mich. Was, wenn er herausgefunden hatte, wo ich wohnte? Wenn er nur darauf wartete, dass ich allein loslief? Ich nahm die Hand wieder von der Türklinke und machte einen Schritt zurück. Da hörte ich Philipp in meinen Gedanken.

Er würde sofort in einer Anstalt landen und das weiß er. Hör auf, dich verrückt zu machen.

Philipp hatte recht. Ich war so verblendet vor Angst, dass ich hinter jedem Baumstamm eine Gefahr sah. Walter hatte meine Einheiten schon lange im Voraus geplant. Ich wusste, dass ich am Tag des Marathons meine Bestform erreichen würde, wenn ich mich an seinen Plan hielt. Weder die Doppelschicht noch meine Angst würden mich davon abhalten.

Nach einem Schluck Wasser lief ich los. Der Start verlief schleppend, meine Beine waren wie gelähmt vom anstrengenden Tag. Jeder Schritt fühlte sich an, als ob die Schuhsohlen auf dem Feldweg kleben würden. Ich wusste, dass es immer leichter werden würde, je mehr Kilometer ich hinter mich brachte, und ich behielt recht. Nach dem Einlaufen fiel alles von mir ab. Mit dem Wind im Rücken rannte ich den

Hügel hoch. Die Wolken prangten leuchtend rot über dem Horizont, die Sonne war nicht mehr zu sehen. Meine Gedanken kamen und gingen, ohne dass sie sich in meinem Bewusstsein festsetzen konnten. Ich verfiel in eine Art Trance, konzentrierte mich nur auf mich und blendete alles andere aus. Das war schon in der Sekundarschule so gewesen. Im Sportunterricht hatten wir regelmäßig den Vitaparcours absolviert und waren die Abschnitte von einem Posten zum nächsten gerannt. Nur ich stoppte nicht, um die Übungen zu machen, sondern lief einfach weiter. So weit, bis mich der Lehrer schwer schnaufend einholte und mich zur Gruppe zurückbrachte. Er war es, der mein Talent erkannt und Mam nahegelegt hatte, mich bei einer Laufgruppe anzumelden.

Als ich die Augen zusammenkneifen musste, um etwas sehen zu können, stoppte ich und kramte in meiner Tasche nach der Stirnlampe. Ich trippelte auf der Stelle und drückte den Einschaltknopf. Nichts. Hatte ich den Schalter nicht richtig erwischt? Ich versuchte es nochmals. Vergeblich. Erst als ich die zwei Batterien entfernte und sie wieder einsetzte, flackerte das LED-Element und leuchtete. Erleichtert schnallte ich die Lampe um. Beim Loslaufen spürte ich, dass etwas anders war, so als würde mein Körper sich weigern, weiterzugehen. Das Rot der Wolken verblasste und die Landschaft färbte sich schwarz. Meistens fand ich auch nach einer Unterbrechung wieder in meinen Rhythmus hinein, aber dieses Mal blieben meine Schritte unsicher, mein Puls unregelmäßig. Die Bäume im Wald nebenan knarrten und ächzten im Wind, als würden sie gefoltert werden. Dann knackste es, ohrenbetäubend laut. Ich schnellte herum, strauchelte, streckte die Arme aus, um das Gleichgewicht zu halten. War er es? War er hinter mir her? Mein ohnehin schon galoppierender Herzschlag beschleunigte sich. Mit dem Licht auf meiner Stirn war ich wie ein Glühwürmchen in der Nacht. Eine leichte Beute. Ich schaltete es aus und ermahnte mich, weiterzulaufen, weg vom Wald, weg von der aufkeimenden Panik. In hastigen Trippelschritten lief ich den Hang hinunter. Ständig schaute ich über die Schulter, um mich zu vergewissern, dass mir niemand folgte. Mittlerweile war die Welt in völliger Dunkelheit versunken. Nur schemenhaft erkannte ich die Umrisse der Büsche und Hügel im Licht der Mondsichel. Der Wind blies mir kalt ins Gesicht, sodass mir die Augen tränten. Ich trat auf den Asphalt der Straße.

Plötzlich war da aus dem Nichts dieses grelle Licht. Reifen quietschten ohrenbetäubend laut. Etwas Hartes donnerte in meine Seite, mein Bein schien zu zerreißen. Wie in Zeitlupe fiel ich rückwärts die Böschung hinab und knallte auf den Boden. Ich rollte, Licht und Dunkelheit im Wechsel. Auf dem Rücken kam ich zum Stillstand, starrte in den Himmel und machte den Mund auf. Ich konnte nicht sprechen, mich nicht bewegen. Mein Brustkorb drückte meine Lunge zusammen, ich bekam keine Luft. Ein penetranter Schmerz stach wie ein Messer immer wieder in meine Schläfe. Aus den Augenwinkeln erkannte ich verschwommen die Umrisse eines Fahrzeuges oben an der Straße. Die Scheinwerfer leuchteten weit ins Dunkel hinaus.

Hilf mir, wollte ich schreien, aber über meine Lippen kam nur ein Wimmern. Ich blinzelte, um die Schlieren aus meiner Sicht zu vertreiben. Es gelang mir nicht. Der Fahrer des Wagens wusste auch ohne meine Hilferufe, dass ich hier unten lag. Gleich würde er aussteigen, herunterklettern und mir helfen. Ich wartete und wartete, hörte nur meinen eigenen röchelnden Atem. So lange, bis der Motor aufheulte und das Fahrzeug mit rasender Geschwindigkeit davonfuhr.

Der metallene Geschmack von Blut breitete sich in meinem Mund aus. Mir war so schlecht. Ich würgte, aber nichts kam hoch. Stoppeliges Gras kratzte an meiner Wange. Mein Herz pulsierte im rechten Unterschenkel statt in der Brust, viel zu schnell. Ich wollte mich aufrichten, die Böschung hinaufkriechen, aber mein Körper gehorchte mir nicht. Panik kroch in mir hoch. Mein Brustkorb hob und senkte sich schnell, immer schneller, ich bekam fast keine Luft. Es war kalt, so unglaublich kalt. Mein Kiefer klapperte unermüdlich. Ein Kribbeln breitete sich in mir aus. Zuerst im rechten Bein, in den Fingerspitzen und dann überall. Eine bleierne Müdigkeit überkam mich.

Philipp.

Sein Gesicht erschien vor meinem inneren Auge und sein Lachen ertönte in meinen Ohren, laut und klar. Ich kniff die Augen fest zusammen und öffnete sie wieder. Philipps Gesicht war verschwunden. Die Dunkelheit drehte sich über mir. Meine Lider wollten erneut zufallen. Nicht. Auf keinen Fall. Einschlafen. Obwohl ich mich mit aller Kraft dagegen wehrte, verlor ich den Kampf.

Kapitel 6

Letzten Januar

*E*r klopfte mit der Spitze des Füllers auf den Schreibtisch. Tock-tock, tock-tock, tock-tock. Immer wieder, in gleichmäßigem Rhythmus. Eigentlich sollte er die Steuererklärung für einen Kunden beenden, aber er konnte sich nicht konzentrieren. Er starrte über die Köpfe seiner Arbeitskollegen hinweg zum Fenster. Das Tageslicht drang nur gedämpft durch die Jalousien. Seit dem letzten Lauf hatte er zwei weitere Briefe in Jennis Briefkasten geworfen. Sie hatte nicht geantwortet, obwohl er eine Karte mit seiner Adresse beigefügt hatte. Hatte ihr diese Margaret die Briefe vorenthalten? Tock-tock. War Jenni so sehr mit der Vorbereitung der nächsten Laufsaison beschäftigt, dass sie bisher keine Zeit gehabt hatte? Tock-tock. Oder hätte er seine Gefühle deutlicher beschreiben sollen? Tock. Er hörte auf zu klopfen. Jenni tauchte vor seinem inneren Auge auf. Wie sie zu ihm hochblickte und errötete. Wie sie nach seiner Umarmung zurück-geschreckt war, sicher überrascht von der Welle der Gefühle, die sie überrollt hatte. Er musste ihr schreiben, was er fühlte, sonst würde er sie nicht für sich gewinnen können. In seinem Kopf sprudelten die Worte bereits. Aus der untersten Schublade zog er ein Blatt Papier heraus, schnappte sich einen Steuerratgeber als Unterlage und ver-steckte sich auf der Toilette.

»Liebste Jenni, ich kann an nichts anderes mehr denken als an dich. Den ganzen Tag möchte ich bei dir sein. Mit dir kochen und dabei lachen, dich anschauen, deine Brüste streicheln und an deinen Lippen knabbern. Diese schönen vollen Lippen. Ich will spüren, wie deine Zunge über meine Haut wandert. Und ich will dasselbe bei dir machen. Das und noch viel mehr. Auch du kannst deine sehnsüchtigsten Wünsche Wirklichkeit werden lassen, wenn du dich nur traust. Ich warte, bis du so weit bist. Dein dich immer liebender Benni.«

Er las seine Nachricht noch einmal durch. Ein Schauer durchfuhr ihn und stellte die Härchen an seinen Armen auf. Damit würde er ihr die Angst nehmen, sich ihm gegenüber zu öffnen. Jetzt, wo sie sicher sein konnte, dass er sie so sehr liebte wie sie ihn, würde sie bestimmt antworten. Er schob das Papier in einen weißen Umschlag und klebte ihn zu.

Kapitel 7

September

Ich rannte und rannte. Das Ziel am Horizont kam nicht näher, als wäre ich in einem Hamsterrad gefangen. Die Schritte der anderen Läuferinnen klatschten auf dem Asphalt, immer lauter. Mit aller Kraft presste ich die Handflächen auf die Ohren. Es machte alles nur noch schlimmer. Sie verfolgten mich, holten auf. Meine Kräfte ließen nach, meine Waden wurden hart. Stefanie überholte mich als Erste. Nach ihr schossen die anderen wie Pfeile an mir vorbei und wurden immer schneller. Oder ich langsamer. Irgendwann verschwanden sie und mit ihnen das Ziel. Alles um mich herum war schwarz. Ich stützte mich auf den Knien ab und der letzte Funke meines Kämpfergeistes verließ mich. Wozu weiterlaufen, wenn ich ohnehin die Letzte wäre? Wozu kämpfen, wenn ich schon verloren hatte? Ein Ruck durchfuhr mich und ich schlug auf dem Asphalt auf. Eigentlich hätte ich die Schürfung am Gesicht spüren müssen, doch das Einzige, das schmerzhaft pochte, war mein Bein. Mein Geist entfernte sich von der Szenerie, sah meinen Kopf in einer Blutlache liegen. Sie wurde größer, bis das Rot mein Blickfeld vollständig ausfüllte.

Meine Lider waren so schwer. Ich versuchte, sie zu öffnen. Ein Streifen weißes Licht blitzte vorwitzig hindurch. Viel zu hell. Schnell presste ich die Augen wieder zu. Da war etwas Feuchtes, Warmes auf meiner Handfläche. Schwitzte ich? Das Rot wurde wieder gleichmäßiger und ich startete einen neuen Versuch. Dieses Mal schaffte ich es, zu blinzeln.

»Jenni?« Der Druck wurde stärker. Jemand hielt meine Hand.

»Philipp«, wollte ich sagen, doch mein Mund war komplett ausgetrocknet. Die Zunge klebte am Gaumen. Wo war ich? Meine Augenlider fielen zu und ich hing wieder fest zwischen Traum und Wirklichkeit. Mein Zeitgefühl war vollkommen durcheinander, ich wusste nicht, ob ich seit Sekunden, Minuten oder Stunden hier lag. Oder waren es Tage? Die Hand verschwand und kam wieder, das war das Einzige, das ich bewusst wahrnahm. Das und dieses Geräusch. Ein lautes, penetrantes Piepsen direkt neben meinem Ohr. Was war das? Ich drehte langsam den Kopf. Der nächste Anlauf, meine Augen zu öffnen, gelang. Licht strömte auf meine Netzhaut und blendete mich. Allmählich konnte ich etwas sehen. Vorhänge in grellem Gelb. Ich schaute an mir herunter. Aus einem Arm schlängelte sich ein Schlauch und endete in einem Beutel mit durchsichtiger Flüssigkeit.

»Jenni.«

Philipp. Etwas an der Art, wie er meinen Namen aussprach, irritierte mich. Es klang, als ob er gleich in Tränen ausbrechen würde. Unmöglich. Philipp weinte nie. Mühsam drehte ich den Kopf in die Richtung seiner Stimme. Jede Bewegung war träge, als wäre ich von Kopf bis Fuß einbetoniert. Mit blutunterlaufenen Augen schaute er mich an.

»Entschuldige, ich …« Er räusperte sich, wischte mit dem Handrücken über seine nasse Wange. Ein paar Mal drückte er die Augen zu, um die letzten Tränen zu vertreiben. Das Rot in seinen Augen blieb.

»Was ist los?«, krächzte ich und hustete. Noch mehr Schmerz, dieses Mal im Rachen. Mein Körper schien nichts anderes mehr zu kennen.

»Du hattest einen Unfall«, erklärte er mit fester Stimme, als müsste er für mich stark sein.

»Einen Unfall?«

»Erinnerst du dich nicht?«

Mein Gehirn wehrte sich, damit ich nicht in die hintersten Windungen eindrang und es herausfand. Ich stemmte mich mit den Handflächen auf der Matratze ab und wollte mich aufrichten, aber es ging nicht. Etwas war anders. Im ersten Augenblick schob ich es auf meine Benommenheit. Dann merkte ich, dass es an meinem Knie lag. Es war so leicht. Viel zu leicht. Mein Blick wanderte zu der Stelle, wo meine Beine unter der Bettdecke ruhten. Da stimmte etwas nicht. Ich war zu benebelt, um sofort zu erkennen, dass es an der Wölbung lag. Asymmetrisch, irgendwie unnatürlich. Vorsichtig umklammerte ich die Decke und wollte sie wegziehen. Philipp drückte meine Hand. Ich zuckte zusammen und schaute auf. Da war wieder dieser traurige Ausdruck in seinen Augen.

»Jenni, es tut mir so leid«, flüsterte er.

Seine Worte hallten in mir nach und hinterließen einen bitteren Nachgeschmack. Leidtun? Was tat ihm leid? Philipp starrte auf seinen Schoß und nahm seine Hand von meiner, damit ich die Bettdecke zurückschlagen konnte. Nun zitterte ich. Meine Finger, mein Kinn, mein ganzer Körper. Ganz langsam griff ich nach der Decke, spürte die raue Oberfläche und zog daran. Ich hatte mit vielem gerechnet, doch das, was ich sah, nahm mir die Luft zum Atmen. Mein rechter Unterschenkel war weg.

Kapitel 8

September

Unentwegt starrte ich auf die Stelle, wo mein Bein war. Nicht war. Sein sollte. Weder Philipp noch ich sagten etwas. Irgendwann löste ich mich aus meiner Starre. Ich tastete den Oberschenkel ab, fuhr mit den Fingern über den Verband. Danach kam die Matratze. Ich atmete hastiger, ruckartiger. Viel zu schnell. Der Unfall. Ich erinnerte mich an das grelle Licht. Und an Philipps Gesicht, so nah, als hätte ich es berühren können, wenn ich es geschafft hätte, den Arm zu heben. Nun war er hier, neben mir. Er rückte näher, umarmte mich. Hitze stieg in mir auf, schaffte es nicht, an die Oberfläche zu gelangen. Mein Bein war weg. Die Hitze steigerte sich ins Unerträgliche. Philipp klammerte sich an mich, als brauchte er Trost und nicht ich. Der Druck wurde größer – und dann brach es aus mir heraus. Ich schrie, so laut ich konnte. Unkontrolliert schlug ich um mich. Die Schläuche rissen an meinem Arm, brennende Stiche schossen durch mein Bein, mein Kopf wollte platzen. Ich bestand nur noch aus Schmerz und schrie und schrie und schrie.

»Jenni!«, brüllte Philipp ebenso laut wie ich. »Beruhige dich!« Er versuchte, mich wieder in den Arm zu nehmen. Ich stieß ihn mit aller Kraft von mir.

»Gleich fühlen Sie sich besser«, hörte ich eine fremde Stimme sagen. Augenblicklich wurde ich müder, meine Augenlider schwerer. Das war ein Traum. Nein, ein Albtraum. Einer, aus dem ich nicht mehr aufwachen würde.

»Geht es besser?« Philipp saß immer noch neben mir. Dieses Mal hielt er nicht meine Hand, sondern einen Pappbecher. Ein Kratzer teilte seine Wange in zwei Hälften.

»War ich das?«, lallte ich. Meine Zunge war so schwer.

»Mach dir darum keine Sorgen.«

»Frau Goldmann.« Erst jetzt bemerkte ich, dass hinter Philipp noch jemand stand: eine Ärztin im weißen Kittel, darunter trug sie einen feuerroten Pullover. »Sie hatten einen Unfall.«

Ich nickte schwach. War das ein Beruhigungsmittel, das durch den Infusionsschlauch direkt in meine Vene lief und mich einlullte?

Die Ärztin zog einen Stuhl heran. »Sie hatten eine Gehirnerschütterung und innere Blutungen, die wir unter Kontrolle bringen konnten. Aber die Blutversorgung in Ihrem Bein war nicht mehr ausreichend, das Gewebe zu zerquetscht. Uns blieb keine andere Wahl. Wir mussten Ihren Unterschenkel amputieren.«

»Amputieren«, wiederholte ich tonlos. Wenn ich die Kraft dazu gehabt hätte, hätte ich mir die Ohren zugehalten. »Wie lange …« … *war ich weggetreten?*, wollte ich fragen, aber ich war zu müde, um den Satz zu Ende zu sprechen. Die Ärztin verstand mich auch so.

»Zwei Wochen.« Sie stand auf. »Ruhen Sie sich aus. Wir machen später ein paar Tests.«

Die Ärztin verschwand und ich ließ sacken, was sie soeben gesagt hatte. Innere Blutungen. Gehirnerschütterung.

Ein zerquetschtes Bein. Von all den Menschen, die in dieser Nacht unterwegs gewesen waren, war ausgerechnet ich angefahren worden. Nun war mein rechter Unterschenkel weg. Der Gedanke sog die restliche Kraft aus mir. Erschöpft sackte ich in die Kissen zurück und drehte den Kopf zur Wand. Philipp kannte mich gut genug, um mich in Ruhe zu lassen.

Nachdem Philipp gegangen war, übernahm der Schmerz wieder das Kommando. Er schoss in meine Beine, oder was davon noch übrig war, kroch in meinen Rumpf, weiter bis zum Kopf. Ich glaubte, er würde gleich platzen. Immer wieder fragte ich nach Morphium. Wenn meine Bitte nicht abgelehnt wurde, strömte die Flüssigkeit kühl durch meine Venen. Es dauerte eine gefühlte Ewigkeit, bis die Wirkung des Schmerzmittels einsetzte, und einen Wimpernschlag, ehe sie wieder verschwand. Dann kam die Müdigkeit. Schmerz. Müdigkeit. Schmerz. Müdigkeit. Mein Gehirn war wie Watte, die einen einzigen Gedanken bettete: Wie hatte das alles passieren können?

Im Gang ertönte Gelächter, ganz nah, dann wieder weit weg. Ein zaghaftes Klopfen an der Tür. Zuerst dachte ich, es sei die Ärztin. Doch es war Mam, die vorsichtig hineinschaute, die Handtasche fest an die Brust gedrückt.

»Jennifer«, hauchte sie. Die Sonnenbrille konnte nicht verbergen, dass sie geweint hatte. Ihr fleckiges Gesicht verriet sie. Sie legte einen Strauß Tulpen auf meinen Nachttisch, nahm die Brille von der Nase und klappte die Bügel ein. Dann setzte sie sich auf die Matratze und umarmte mich. Ihre Tränen tropften auf meine Wange, flossen meinen Hals hinab und benetzten das Krankenhaushemd. »Ich bin so froh, dass du aufgewacht bist.« Ihr warmer Atem streifte meine Halsbeuge und ihr Gewicht drückte auf meinen Brustkorb, sodass ich nur schwer Luft bekam. »Ich habe schon gedacht, ich würde dich auch noch …«

… verlieren.

»Mam, bitte.« Schwach stemmte ich mich gegen sie, bis sie mich losließ und sich aufrichtete.

»Entschuldige.« Sie unterdrückte einen weiteren Schluchzer. Ich reichte ihr die Packung Taschentücher vom Beistelltisch. Zweimal schnäuzte sie sich ruppig die Nase. »Hast du starke Schmerzen?«

»Ich bekomme Morphium.«

»Hast du keinen Hunger?« Ihr Blick schweifte zum unberührten Teller auf dem Nachttisch.

Ich schüttelte den Kopf. Allein vom Geruch des Haferbreis war mir speiübel geworden, sodass ich ihn gleich wieder von mir weggeschoben hatte.

»Du musst essen, Jennifer. Damit du wieder zu Kräften kommst, hörst du?«

»Vielleicht später.«

Sie betrachtete die Stelle, wo eigentlich mein Unterschenkel liegen sollte, und schon schwammen die Tränen in ihren Augen. »Was für ein furchtbarer Mensch muss man sein, jemanden anzufahren und liegen zu lassen. Wer tut so etwas?«

Ich zuckte hilflos mit den Schultern. Ständig fuhr Mam mit der Hand über die Augen, um die Tränen wegzuwischen. Es nützte nichts, sie quollen hervor wie das Blut aus einer Wunde, die nicht verheilen wollte. Ihr ganzer Körper zitterte vor Anstrengung, das Weinen zu unterdrücken. Das letzte Mal hatte ich sie so gesehen, nachdem Pa seinen Koffer gepackt hatte. Nur zu gut erinnerte ich mich daran, obwohl ich erst sechs Jahre alt gewesen war. Oben an der Treppe hatte ich gestanden, mit nackten Füßen und dem Ärmel meines Schlafanzugs zwischen den Zähnen und hatte zugeschaut.

»Wenn ich jetzt gehe, dann ist es für immer«, hatte er gesagt. Mam hatte ihm den Rücken zugedreht und weiter das Geschirr vom Abendessen abgewaschen. Eine Tür, die sich lautlos schloss. Und dann war er fort gewesen.

Für immer. Zwei Worte, deren Bedeutung ich damals nicht begriffen hatte. Von schönen Dingen wünscht man sich, dass sie für immer sind. Das Verliebtsein. Eine glückliche Ehe. Gesundheit. Schlimme Dinge sollten gar nie passieren. Den Lebenspartner gehen sehen. Das Bein verlieren. Ohne Vater aufwachsen. Auf einmal überwältigte mich die Sehnsucht, in Pas Arme zu laufen und in seiner Umarmung meine Kindheit wieder heraufzubeschwören. Dieses unbeschwerte Glück, das man für selbstverständlich hielt, bis es irgendwann vorbei war. Ich könnte Mam fragen, ob sie ihn anrufen würde, damit er uns besuchte – wenn ich die Antwort nicht schon kennen würde.

»Ein Flugticket von Australien in die Schweiz kostet viel Geld. Geld, das er nicht hat«, würde sie mir erklären. »Er wäre ohnehin nicht gekommen. Wir bedeuten ihm nichts mehr, er hat dort sein eigenes Leben.« Dann würde sie meine Hand nehmen und fest drücken. »Seine eigene Familie.«

Sie hatte recht, auch wenn die Wahrheit schmerzte. Ich kannte Pa nur noch vom Foto auf meiner Kommode und aus meiner Erinnerung. In seinem Leben spielte ich genauso wenig eine Rolle wie er in meinem. Und doch war er ständig präsent in Mams Gesichtsausdruck. Wenn sie glaubte, niemand würde es sehen, verblasste ihr Lächeln und ein grauer Schleier legte sich darüber. Irgendwie war mit Pa auch ein Teil von ihr gegangen.

»Tut mir leid.« Mam lehnte den Kopf an meine Schulter, dieses Mal sanfter. Ich brauchte einen Moment, bis ich realisierte, dass sie nicht von Pa sprach. Die Tränen flossen wieder, unaufhaltsam. Ich strich über Mams dunkles Haar, das im Ansatz grau nachwuchs, und weinte mit. Nach einer Weile setzte sie sich auf und wischte sich ein letztes Mal die Wangen trocken. Dann lächelte sie, oder versuchte es zumindest. Trotz der Mühe bekam sie nur einen schmalen Strich zustande. »Das wird wieder. Alles wird gut.«

Aber Mams tröstende Worte brachten mir meinen Unterschenkel nicht zurück.

Kapitel 9

Letzten Februar

*E*r stand wieder vor dem Mehrfamilienhaus und zog die Kapuze des Pullovers tief ins Gesicht. Die Straßenbeleuchtung warf gespenstische Schatten auf den Gehweg. Seit zwei Wochen kauerte er rund um die Uhr vor Jennis Haus. Schon ein paar Mal hätte er seinem Verlangen fast nachgegeben, wäre beinahe durch die Eingangstür geschlüpft, als jemand anderes hinausgekommen war. Er wollte ihr Zeit lassen und ihr den Raum geben, den sie benötigte. Doch mit jedem Tag, an dem sie keinen Brief zur Post brachte, war seine Geduld kleiner geworden und schließlich ganz verschwunden. Sein Urlaub war vorbei, morgen würde er nach Hause fahren müssen, nur um wieder fünf Tage die Woche acht Stunden hinter dem Schreibtisch zu verbringen und sich mit Steuerunterlagen herumzuschlagen. Zeit, in der er seine Jenni nicht sehen konnte. Es zerriss ihn innerlich, wenn er daran dachte. Heute musste er handeln.

Noch zwei Minuten, dann würde die Kirchenglocke sechs Uhr läuten. Pünktlich trat Jenni ins Freie. Sie zuckte zusammen, als sie ihn neben den Briefkästen entdeckte.

»Was machst du hier?« Die Tasche war von ihrer Schulter gerutscht. Sie schob den Träger wieder hoch.

»Du hast meinen letzten Brief nicht beantwortet.«

Kein Wort kam aus ihrem Mund, nicht einmal seinen Blick erwiderte sie.

»Den vorletzten auch nicht.«

Sie machte einen Schritt zur Seite, tastete nach der Wand, als brauchte sie etwas, woran sie sich festhalten konnte. Seine Jenni war so unendlich schüchtern. Sie traute sich immer noch nicht, ihm zu schreiben, aus Angst, die falschen Worte zu wählen, obwohl er sie in jedem Brief dazu ermutigte. Fürchtete sie sich davor, was es in ihr auslösen würde, wenn sie ihre Gefühle für ihn zuließ?

»Ich muss zur Arbeit.« Sie machte sich ganz schmal und schlüpfte zwischen der Wand und ihm hindurch. Ihr Duft stieg ihm in die Nase. Erdbeeren. Aphrodisierend. Wie aus einem Reflex packte er sie am Arm.

»Lass. Mich. Los!« Sie kreischte so laut, dass es in den Ohren schmerzte. Mit einem Ruck befreite sie sich und stürzte auf den Gehweg. Schneller, als er reagieren konnte, rappelte sie sich auf und rannte die Gasse hoch. Er schaute ihr nach, wie sie knapp den wartenden Bus erwischte und davonfuhr. Sein Herz pulsierte im Schritt und eine wohlige Wärme durchflutete ihn. Er würde ihr weiterhin schreiben, immer wieder kommen, bis sie den Mut fand, sich einzugestehen, dass sie ihn auch wollte.

Kapitel 10

Oktober

Manchmal kam eine Krankenpflegerin oder eine Ärztin, um nach mir zu sehen, doch die meiste Zeit war ich allein im Zimmer. Aus der Ferne drang der Lärm eines Presslufthammers. Ich blickte nach rechts und prüfte, ob jemand das Fenster offen gelassen hatte. Es war sogar verriegelt, wohl um zu verhindern, dass sich verzweifelte Patienten in die Tiefe stürzten. Solche wie ich. Dabei konnte ich nicht einmal aufstehen.

Es klopfte an der Tür. Kurz darauf quietschten die Scharniere, als würden sie vor Schmerz aufschreien. Ein Mann in Polizeiuniform trat ein. »Guten Tag Frau Goldmann. Mein Name ist Gerber von der Kantonspolizei Bern. Ich bin für Ihren Fall zuständig. Die Ärzte meinten, Sie seien stabil genug für eine Befragung?«

Ich nickte. Obwohl es nur eine kleine Bewegung war, spürte ich die Verspannungen heiß bis in den Rücken ziehen.

»Wie geht es Ihnen?« Herr Gerber zog einen Stuhl ans Bett. Das Blau seines Hemdes passte perfekt zur Farbe seiner Augen. Ein Zipfel lugte aus seiner Hose.

»Es geht.«

Gehen.

Ich würde nirgends mehr hingehen. Höchstens hüpfen und dann fallen in das bodenlose Loch, das sich vor mir aufgetan hatte und nur darauf wartete, mich zu verschlingen.

»Schön zu hören.« Er lächelte. Jedenfalls glaubte ich das, denn sein Mund war unter dem Vollbart fast nicht zu sehen. »Ich halte unser Gespräch möglichst kurz, um Sie nicht unnötig zu erschöpfen.«

Ich nickte erneut. Wieder Schmerz. Immer Schmerz, die ganze Zeit.

Herr Gerber klappte seine Mappe auf und nahm einen Stift aus seiner Hemdtasche. »Erzählen Sie mir bitte, was in jener Nacht passiert ist.«

Ich schilderte ihm alles, woran ich mich erinnerte. Die Worte lagen schwer auf meiner Zunge, mussten mit Gewalt hinausbefördert werden. Wie dumm ich gewesen war, so spät abends laufen zu gehen. Ich hatte das Fahrzeug hinter der Kurve nicht kommen sehen und wegen des starken Windes auch nicht gehört. Ich konnte nichts dafür. Das sagte ich mir immer wieder, musste es immer wieder sagen, damit ich nicht von den Schuldgefühlen aufgefressen wurde. Das Sprechen fiel mir schwer, meine Gedanken waren benebelt vom Morphium. Genau deswegen bettelte ich die Krankenschwester regelrecht darum an. Die bleierne Müdigkeit half mir, nichts zu fühlen. Wenn die Wirkung nachließ, kam nicht nur der körperliche Schmerz zurück, sondern auch ein anderer, der mich von innen heraus beinahe zerriss.

»Konnten Sie den Fahrer erkennen?«

Ich sah das Fahrzeug mit dem Scheinwerfer ganz deutlich, aber das Wageninnere war schwarz wie die Nacht. »Nein. Es war zu dunkel.«

Herr Gerber schaute auf seine Notizen und zupfte gedankenverloren an seinem Bart. »Hat Bernhard Laurent in letzter Zeit versucht, mit Ihnen Kontakt aufzunehmen?«

Bernhard. Mein Magen zog sich zusammen und mir wurde schlecht. Ich dachte an den Tag, als ich vom Marathon nach Hause gelaufen war und dieses Brennen im Rücken gespürt hatte. War er es gewesen? Ich schluckte leer. »Ich glaube nicht.«

»Sie glauben?« Herr Gerber runzelte die Stirn.

»Manchmal fühlt es sich an, als wäre er in der Nähe«, gab ich zu. »Aber gezeigt hat er sich seither nie.«

»Wir werden ihn auf jeden Fall befragen.«

Ich nickte, glaubte aber nicht an Erfolg. Bernhard war glitschig wie ein Fisch. Sie würden ihn nicht kriegen. Vielleicht hatte mich ein Betrunkener angefahren, der nicht mehr rechtzeitig hatte bremsen können. Oder jemand, der seine Brille zu Hause hatte liegen lassen. Oder ein alter verwirrter Mann, der sich seit Jahren weigerte, den Führerschein abzugeben. Es könnte irgendjemand gewesen sein.

»Fällt Ihnen sonst noch etwas ein?«

»Nein.«

»In Ordnung.« Herr Gerber stand auf und bemerkte den Zipfel des Hemdes, der aus seiner Hose lugte. Schnell schob er ihn zurück. »Wir gehen dem nach und ich melde mich, sobald wir mehr wissen.«

Die Ruhe nach der Polizeibefragung währte nur kurz. Ich schloss die Augen und tat so, als würde ich schlafen, wie immer, wenn jemand klopfte. Bei Doris war es mir besonders schwergefallen. Aber ich ertrug die Blicke nicht, das Mitleid und die Frage, wie es mir ging. Meine Antwort war sowieso immer dieselbe, dazu noch gelogen. Nach einer Weile gingen sie alle wieder.

»Frau Goldmann, einen wunderschönen guten Nachmittag.«

Die Stimme durchdrang den gesamten Raum und passte überhaupt nicht zu dem leisen Flüstern der Ärzte auf der Station. Ich blinzelte. Ein Hüne von Mann kam herein und schob einen Rollstuhl neben mein Bett. Ich reckte den Kopf etwas vor. Ein Rollstuhl? Der Mann streckte mir die Hand entgegen. Seine Haut war mit Muttermalen und Sommersprossen gesprenkelt. Die rotblonden Fransen fielen ihm sanft auf die Stirn und verliehen ihm ein jugendliches Aussehen, obwohl er bestimmt schon vierzig war.

»Rohner ist mein Name, ich bin Orthopädietechniker. Alles, was Sie im Zusammenhang mit Ihrer Prothese brauchen werden, erhalten Sie von mir.«

Ich starrte auf seine Pranke.

»Was ist?« Er grinste. »Ich dachte, Sie hätten den Unterschenkel verloren und nicht die Hand.«

Mir blieb der Mund offen stehen. Hatte er das tatsächlich gerade gesagt? Statt länger auf meine Reaktion zu warten, setzte sich Rohner auf die Bettkante. Ich kippte zur Seite und musste mich wieder hochschieben, so stark sank die Matratze ein.

»Zuerst kontrolliere ich die Form des Stumpfes.« Wie selbstverständlich zog er die Bettdecke weg und wickelte den Verband ab. Zum ersten Mal sah ich in aller Deutlichkeit, was dieser Unfall aus mir gemacht hatte. Schwarze Fäden ragten aus meiner Haut wie widerspenstige Stoppel. Der Anblick jagte einen Schauer des Ekels durch mich.

Rohner schien es nicht zu stören. »Das sieht gut aus. Wenn die Naht verheilt und das Wasser aus dem Gewebe verschwunden ist, machen wir den Gipsabdruck. Wahrscheinlich kann ich noch vor der Reha eine Prothese für Sie anfertigen.«

»Ich will keine Prothese«, entfuhr es mir. Der Gedanke, zukünftig auf ein Hilfsmittel angewiesen zu sein, um mich überhaupt fortzubewegen, trieb mir die Tränen in die Augen. Alles, was ich brauchte, war mein Bein. Mein richtiges Bein aus Fleisch und Blut, mit dem ich unzählige Läufe bestritten hatte. Mit einer Prothese würde ich nicht an der Europameisterschaft teilnehmen können. Noch schlimmer: Ich würde überhaupt nie wieder laufen können. In meinem Kopf surrte es, als ob ich ein Glas Rotwein auf leeren Magen getrunken hätte. Ich schaute zur Seite, während die Tränen stumm meine Wangen hinabliefen. Rohner legte eine Hand auf meine Schulter, nur sanft, dennoch zuckte ich zusammen.

»Es wird einfacher«, sagte er. »Nicht heute und auch nicht morgen, aber irgendwann wird es einfacher, damit umzugehen.«

Nun brach der Damm endgültig. Ich schluchzte und bebte vor Trauer über mein verlorenes Leben und konnte mir nicht vorstellen, dass es jemals einfacher werden würde. Dass die Schmerzen verschwinden würden. Dass ich wieder gehen könnte. Rohners warme Hand wich nicht von meiner Schulter. Er wartete, bis die Tränen versiegt waren und ich nur noch schniefte.

»Kopf hoch. Sie schaffen das, da bin ich überzeugt.« Rohner nahm sein Klemmbrett und legte es auf den Nachttisch. »Und jetzt zeige ich Ihnen, wie der Rollstuhl funktioniert.«

»Ist das deiner?«, fragte Philipp und zeigte auf den Rollstuhl neben dem Bett.

»Der Orthopädietechniker war heute hier«, sagte ich, als ob das alles erklären würde.

»Möchtest du spazieren fahren?«

Beim Gedanken, dieses Zimmer zu verlassen, wurde meine Brust ganz eng. Es war, als ob alles rückgängig gemacht werden könnte, solange ich hierblieb und mich nicht bewegte. Wenn ich aber nach draußen ginge, würde ich erkennen, dass die Welt sich weiterdrehte, auch ohne meinen Unterschenkel.

»Das geht nicht.« Ich zeigte auf den Beutel am Infusionsständer.

»Der Rollstuhl hat eine Stange. Da kannst du das Ding bestimmt aufhängen.«

Erst da bemerkte ich den Stab, der aus dem Rückenteil ragte.

»Komm, die frische Luft tut dir bestimmt gut.« Philipp hängte den Beutel ab und reichte ihn mir. Ich starrte auf die durchsichtige Flüssigkeit. Mit jeder Bewegung meiner Hände schwappte sie von einer Ecke zur anderen. »Ich weiß nicht …«

»Was kann schon passieren?«

Ich atmete langsam aus. Philipp deutete mein Schweigen als Zustimmung. Er packte mich unter den Armen und hievte mich hoch. Beim Versuch, mich in den Rollstuhl zu heben, rollte dieser ständig davon und ich stieß mit der Hüfte ans Metall. Ich schwitzte, obwohl ich mich nicht anstrengte. Philipps Hände bohrten sich in meine Achseln und ich fühlte mich wie eine Puppe, die hin und her schlenkerte. Schließlich landete ich am richtigen Ort.

»Geht doch«, ächzte Philipp außer Atem.

Ich machte mich ganz klein und fühlte mich furchtbar hilflos. Während er mich vom Bett wegschob, schnappte ich mir die karierte Decke und bedeckte damit meine Beine, sodass man mir den Grund für den Krankenhausbesuch nicht mehr ansah. Wir fuhren schweigend mit dem Lift nach unten und über die Rampe nach draußen. Im Park gab es nur eine Rasenfläche und ein paar Bäume, unter denen Bänke und Abfalleimer standen. Die mit Sauerstoff gesättigte Luft umschmeichelte meine Nase und strömte in die Lungen. Wir fuhren über einen mit Steinen versetzten Weg. Ich hielt mich krampfhaft an den Lehnen fest. Es war ein seltsames Gefühl, die Kontrolle abgeben zu müssen und nicht mehr selber darüber zu bestimmen, wohin ich ging. Philipp gab sich zwar Mühe, vorsichtig zu schieben, trotzdem ruckelte es bei jeder Unebenheit.

Reiß dich zusammen! Ich stützte mich auf den Armlehnen ab und spannte die Muskeln an. Es kostete mich unendlich viel Kraft. Nur für ein paar Sekunden gelang es mir, aufrecht zu sitzen, dann erschlaffte ich wieder.

»Meine Eltern lassen grüßen«, sagte Philipp hinter mir.

»Warst du bei ihnen?« Erstaunt schaute ich zu ihm auf, konnte mich aber nicht so weit drehen, dass ich mehr sah als die Wolken über den Baumkronen.

»Wir haben telefoniert.«

»Wie geht es ihnen?«

»Gut, glaube ich.« Philipp räusperte sich. »Wann bekommst du eigentlich deine Prothese?«

»Keine Ahnung.«

»Hast du nicht gefragt?«

Ich zuckte mit den Schultern. »Eine Prothese kann mein Bein nicht ersetzen.«

»Okay«, sagte er und hob die Stimme, sodass es mehr wie eine Frage tönte. Eine, die ich nicht beantworten wollte.

Stumm betrachtete ich die anderen Parkbesucher. Sie musterten nur kurz den Rollstuhl, dann schauten sie wieder geradeaus, als wäre ich gar nicht da. Die meisten drehten eine letzte Runde im Karussell des Lebens. Endstation, und ich fuhr mit ihnen, obwohl ich mein Leben noch vor mir hatte.

Ich war so abgelenkt, dass mir der Mann erst auffiel, als wir fast auf gleicher Höhe standen. Mit verschränkten Armen lehnte er an einem Baumstamm, die Kapuze des Pullovers tief ins Gesicht gezogen.

War das …

Ich hörte auf zu atmen und drückte mich in den Rollstuhl. Die Baumkronen fingen an, sich zu drehen, und mir wurde übel. Aus einem Reflex heraus stemmte ich mich hoch, wollte flüchten, aber ich fiel nur wie ein nasser Sack zu Boden. Bernhard erschien in meinem Blickfeld, die Haare hingen wie Fäden neben seinem Gesicht herab. Panik überkam mich. Ich wollte mich umdrehen und davonrobben, aber ich konnte mich nicht bewegen. Sein Lachen war laut und dreckig. Er wusste genau wie ich, dass ich nicht mehr davonlaufen konnte.

»Jenni!« Das war nicht Bernhards Stimme. »… in dich gefahren?«

Ich fand mich am Boden wieder. Statt Bernhard war Philipp über mich gebeugt und redete unaufhörlich auf mich ein. Ich nahm nur Wortfetzen wahr. Stöhnend fasste ich mir an den Hinterkopf. Kein Blut. Philipp hievte mich hoch, genauso umständlich wie vorhin im Zimmer. Ein anderer Mann kam ihm zu Hilfe und fixierte den Rollstuhl, bis ich wieder darin saß. Der Mann mit dem Kapuzenpullover.

»Du hast mir einen Schrecken eingejagt«, sagte Philipp, während er mich zurück aufs Zimmer schob.

»Entschuldige«, murmelte ich, noch ganz benommen vom Schock. Was, wenn der Mann tatsächlich Bernhard gewesen wäre? Wenn Philipp nicht bei mir wäre? Die Antwort raubte mir den Atem: Ich wäre ihm ausgeliefert. Eine leichte Beute. Seine Beute. Ich spürte, wie ich es seit Monaten tat, dass er wieder hinter mir her war und ich nichts tun konnte.

Kapitel 11

Letzten März

Seit fünf Minuten saß seine Jenni an der Bar, immer noch in Laufkleidung. Allein. Die Art, wie sie mit dem Fuß an die Holzverkleidung klopfte und den Blick über die Menge schweifen ließ, machte ihn ganz hibbelig. Wartete sie auf ihn? Er könnte sich zu ihr setzen, die Nase im Stoff ihres T-Shirts vergraben und ihren Geruch in sich aufsaugen. Wie gern würde er sie auf die Damentoilette begleiten, damit sie seine über Wochen aufgestaute Lust endlich befreite. Er stand auf, wollte zu ihr gehen, doch in dem Moment setzte sich ein anderer auf den Hocker neben ihr. Mitten in der Bewegung verharrte er und setzte sich langsam wieder hin, als er realisierte, dass der Typ nicht wieder gehen würde. Mit Argusaugen beobachtete er jede seiner Gesten und noch akribischer ihre Reaktion darauf. Sie schienen sich zu kennen, wirkten so vertraut im Umgang miteinander. Warum hatte er ihn noch nie gesehen? Je länger er zuschaute, desto stärker wucherte ein Gestrüpp in ihm, das seine Dornen fest in seinen Magen drückte. Wie ein Blutegel hatte sich der Kerl an ihr festgesaugt. Er hob die Hand und streichelte über ihre Wange. Immer wieder. Gleich würde sie ihm eine knallen und ihm klarmachen, dass es für sie nur einen gab. Aber das tat sie nicht. Stattdessen ließ sie sich von ihm küssen. Er traute seinen Augen nicht, schaute weg und wieder hin. Sogar aus der Entfernung sah er, wie der Typ seine Zunge in ihren Mund schob. Sein Magen zog sich schmerzhaft zusammen und das Bier wollte wieder hinaus. Er krümmte sich. Schaukelte hin und her, wie er es als Kind schon getan hatte. Ein halbherziger Versuch, sich selbst zu beruhigen. Eng umschlungen verließen Jenni und der Typ die Bar. Er hievte sich hoch und torkelte allein zu den Toiletten, würgte und erbrach sich in die Kloschüssel, bis sein Magen so leer war wie er selbst. Die Wange auf der Klobrille gebettet, wartete er, dass seine Jenni zurückkam und ihm das Haar aus der Stirn strich. Ihm liebevolle Worte ins Ohr flüsterte. Das tat sie nicht. Das hatte nie jemand getan. Irgendwann wurde er von der Reinigungsmannschaft verjagt.

Am nächsten Morgen starrte er in den Spiegel. Erbrochenes klebte in seinen Haaren. Wie er in seinem Zustand nach Hause gekommen war, wusste er nicht mehr. Mit zittrigen Händen füllte er ein Glas mit Wasser und trank einen Schluck. Das Bild von dieser fremden Zunge in Jennis Mund wollte nicht verschwinden. Wie eine Schlange hatte sie sich gewunden und jeden Winkel erkundet. Warum nur hatte sie sich nicht gewehrt? Warum hatte sie gemeinsam mit dem Typen die Bar verlassen statt mit ihm? Sein Innerstes hatte er in seinen Briefen nach außen gekehrt und nun trampelte sie darauf herum. In seinem Kopf hämmerte es, stärker und stärker, er hielt es kaum mehr aus. Er zerdrückte das Glas in seiner Hand, als wäre es eine Aludose. Wasser spritzte auf seine Füße, Blut tropfte daneben. Plötzlich war es ihm klar vor Augen: Sie wollte ihn eifersüchtig machen. Mit ihm spielen, als wäre er eine Kasperlepuppe. Er schnaubte und sammelte die Scherben auf. Vorsichtig stapelte er sie in seiner Handfläche. Was sie mit ihm machte, beherrschte er längst. Er kannte sogar ein tolles Spiel. Es nannte sich Katz und Maus.

Kapitel 12

Oktober

Kommen Sie«, feuerte Rohner mich am Barren an. »Sie schaffen das.«

Ich stützte mich auf die Barrenholme ab, das Gewicht auf meinem gesunden Bein. Es zitterte unter der Belastung. Wochenlang hatte ich nur gelegen und musste alles wie ein Kleinkind neu erlernen. Mit einer Prothese. Wobei ich mir darunter etwas anderes vorgestellt hatte als dieses Stahlrohr, das nun anstelle meines Unterschenkels mein Bein vervollständigte. Ich schwang den rechten Oberschenkel nach vorn und setzte den Fuß ab. Die Bewegung kostete meine ganze Konzentration und doch landete er nicht dort, wo ich ihn haben wollte. Ganz langsam verlagerte ich das Gewicht auf die Prothese. Statt unten am Fuß spürte ich den Druck auf der Narbe. Ich machte einen kurzen Schritt. Und noch einen. Bei jedem weiteren zog und zerrte es, als würde die Narbe gleich aufreißen. Mit aller Kraft presste ich die Zähne aufeinander, um nicht aufzuschreien – vor Schmerz, vor Wut, vor Demütigung.

»Das sieht sehr gut aus.« Rohner beobachtete, wie ich mich mühsam vorwärts hangelte. »Sie machen das fantastisch.«

Ich schnaubte. *Hervorragend, Jennifer. Gut gemacht.* Vor ein paar Wochen wurde ich als Favoritin für die Europameisterschaft im Marathon gehandelt und jetzt lobte er mich, weil ich ein paar Schritte machte. Meine Beine zitterten stärker, meine Arme trugen nun beinahe mein ganzes Gewicht. Wut brodelte in meinem Bauch, weil mein Körper nicht machte, was ich wollte. Dieses Metallrohr gehörte nicht zu mir. Es war ein Fremdkörper, wie ein Gips an einem gebrochenen Bein, mit dem Unterschied, dass ich dieses Ding nie wieder loswerden würde. Die Kraft verließ mich ohne Vorwarnung und ich sackte zusammen. Wie ein Häufchen Elend saß ich da und wäre am liebsten noch weiter in mich zusammengesunken.

»Ich denke, für heute reicht es«, sagte Rohner und half mir hoch.

Erschöpft ließ ich mich in den Rollstuhl fallen und spürte dem Brennen in den Beinen nach. In keiner Weise war es vergleichbar mit der angenehmen Erschöpfung nach einem Lauf, nach der ich mich so sehnte. Nie wieder würde ich sie fühlen.

»Sie machen wahnsinnig schnell Fortschritte.« Rohner nickte mir anerkennend zu.

»Halten Sie die Klappe«, schnauzte ich ihn an.

»Sieh einer an, und gesprächiger werden Sie auch.«

Ich lachte kurz auf. Die Situation kam mir so lächerlich vor und gleichzeitig war mir zum Heulen zumute.

»Sie dürfen mir ruhig glauben. Ich habe noch nie jemanden gesehen, der beim ersten Mal eine solche Ausdauer an den Tag gelegt hat.«

»Nehmen Sie mir das Ding ab.«

»Das Ding heißt Prothese«, korrigierte er, tat aber, was ich von ihm verlangte.

Als der Druck endlich weg war, fühlte ich mich befreit. Ich murmelte ein »Danke« und wandte mich zur Tür.

»Vergessen Sie Ihr Bein nicht«, rief Rohner mir nach.

»Das können Sie behalten.«

Wo blieb Philipp nur? Ich schaute auf die Uhr, dann zur Tür. Wieder auf die Uhr. Viertel nach fünf. Meine Kehle war ausgetrocknet, ich musste ständig hüsteln. Um das kratzige Gefühl wegzuspülen, trank ich einen Schluck Wasser. Es verschwand nicht, rutschte nur als Klumpen in meinen Magen und lag schwer darin. Ein Gedanke tauchte plötzlich auf und ließ sich nicht mehr wegwischen. Was, wenn Philipp mich nicht mehr besuchen würde? Wenn er überhaupt nichts mehr mit mir zu tun haben wollte, mit einer Beinamputierten im Rollstuhl? Hatte ich so noch einen Platz in seinem Leben zwischen Arbeit und Sport? Mein Brustkorb wurde eng. Ich atmete schneller, kämpfte gegen die aufsteigende Panik an.

Beruhige dich, sagte ich zu mir. *Er kommt bestimmt bald, alles ist in Ordnung. Er liebt dich nicht nur wegen deiner Beine.*

Ich versuchte, tiefer zu atmen, langsamer. Irgendwann gelang es mir. Völlig erledigt lag ich in den Kissen und starrte an die Decke. Unzählige Unebenheiten hatten sich in den Verputz eingeschlichen. Wie kleine Häufchen Erde warfen sie einen Schatten in der untergehenden Sonne. Ich beobachtete, wie er länger und länger wurde. Eine Stunde später als angekündigt kam Philipp.

»Endlich«, rief ich und streckte meine Arme nach ihm aus wie ein hilfloses Baby. Sobald ich ihn zu fassen bekam, klammerte ich mich an ihn und hielt ihn fest. Sein Haar war im Nacken noch feucht und roch nach Shampoo. »Wo warst du?«

»Mein Chef hat mir kurz vor Feierabend noch etwas aufgebrummt. Tut mir leid.«

Und dann ist er trotzdem laufen gegangen und hat mir nicht Bescheid gesagt, ging es mir durch den Kopf. Er löste meine Hände von seinem Pullover und setzte sich auf die Matratze. »Wie geht es dir?«

»Jetzt, wo du da bist, viel besser.«

»Warst du bei der Psychologin?«

Mein Blick schweifte zum Nachttisch. Ihre Visitenkarte und eine Informationsbroschüre, wohl mit Adressen für Selbsthilfegruppen, lagen unangetastet da.

»Jenni?«

Ich verschränkte die Arme, als könnten sie mich vor Philipps Worten schützen. »Darüber zu reden, bringt mein Bein auch nicht zurück.«

»Aber vielleicht würde es dir helfen, besser damit klarzukommen.«

Ich schwieg, in der Hoffnung, Philipp würde das Thema sein lassen. Viel lieber wollte ich mich an ihn kuscheln und vergessen, weswegen ich überhaupt in diesem Bett lag, aber er ließ nicht locker. »Ich habe die Psychologin gegoogelt. Sie hat in Zürich studiert und zahlreiche Weiterbildungen abgeschlossen. Die Testimonials auf ihrer Seite …«

Je mehr er sagte, desto schneller sprudelten die Worte aus seinem Mund. Ich ballte meine Hände zu Fäusten. Warum glaubte er, zu wissen, was mir guttun würde? Er, der noch beide Beine hatte?

»Nein!«, rief ich. »Da können die Testimonials noch so gut sein, ich werde da nicht hingehen.«

Philipp schaute mich an, als hätte ich ihm eine Ohrfeige verpasst.

»Entschuldige, ich …« Ich suchte nach den richtigen Worten. »Ich kann einfach nicht.«

Philipp seufzte und ließ resigniert die Schultern sinken. »Wie du willst.«

Wir redeten über Belanglosigkeiten wie die Pflanzen, die er noch gießen musste, und das Krankenhausessen. Immer wieder schaute er auf die Uhr. Nach genau dreißig Minuten, als wäre das eine angemessene Zeitspanne für einen Krankenhausbesuch, sagte er: »Ich muss leider los. Kommst du klar?«

Ich nickte und kämpfte den Drang nieder, mich an ihn zu klammern. Am liebsten hätte ich ihn vierundzwanzig Stunden pro Tag und sieben Tage die Woche bei mir, um das alles gemeinsam mit ihm zu überstehen. Er schien zu spüren, dass ich log, und blieb unschlüssig sitzen. Gleichzeitig wollte er hier raus, zurück in seine Welt, wo morgen ein weiteres Lauftraining auf ihn wartete. Es stand überdeutlich in seinem Gesicht geschrieben und ich konnte es ihm nicht verübeln. Ich würde auch lieber laufen, als hier zu liegen.

»Ich komme zurecht«, sagte ich mit Nachdruck und rang mir ein Lächeln ab. »Geh schon.«

Wie auf Kommando schoss er hoch. »Dann bis morgen.«

Er beugte sich vor und wollte mich auf den Mund küssen. Weil ich mich schon abgewendet hatte, traf er nur meine Wange. Philipp war weg und ich wieder allein mit der Leere, die er hinterlassen hatte. Nicht nur im Zimmer, sondern auch in meinem Herzen.

Ich schloss die Augen und drehte mich auf die Seite, das Laken zwischen die Knie geklemmt, die Arme um mich geschlungen. Kaum war Philipp nicht mehr da, versank ich wieder in diesem Loch. Wenn er doch nur zurückkommen und sich an mich kuscheln würde, damit ich der Realität einen Moment lang entfliehen konnte. Er kam sowieso viel zu selten und gleichzeitig hätte es nicht oft genug sein können. Selbst wenn er am Morgen vor der Arbeit, in der Mittagspause und nach Feierabend hier gewesen und so lange geblieben wäre, bis die Krankenschwestern ihn auf die Besuchszeiten hingewiesen hätten. Ich versuchte, nicht mehr daran zu denken. An gar nichts mehr zu denken. Alles, was sich Zutritt in mein Bewusstsein verschaffen wollte, schickte ich gleich wieder fort und konzentrierte mich auf die Geräusche in meiner Umgebung: die gedämpften Stimmen im Nachbarzimmer. Das Hämmern auf der Baustelle draußen. Quietschende Schuhe im Gang, als würde jemand in Turnschuhen über den Linoleumboden schlurfen. Das Geräusch wurde lauter und setzte sich wie ein Störgefühl in mir fest. Irgendetwas daran war falsch. Weder Ärzte noch Krankenschwestern arbeiteten in Turnschuhen. Ich öffnete die Augen und starrte zur Zimmertür. Die Schritte stoppten direkt davor. Ich atmete ein und nicht mehr aus. Was, wenn es Bernhard war? Wenn die Angestellte an der Information ihm meine Zimmernummer verraten hatte? Wenn er Philipp gefolgt war? Mein Blick zuckte zum verschlossenen Fenster, scannte die Wand ab, auf der Suche nach einem Notausgang. Nirgends ein Ausweg. Ich krallte die Finger in die Decke und atmete ruckartig aus. Mir war heiß und kalt gleichzeitig. Ich war gefangen, ihm völlig ausgeliefert. Die Türklinke senkte sich wie in Zeitlupe. Ich zog die Beine an den Körper und wollte schreien. Mehr als ein schwaches Krächzen schaffte ich nicht.

Andere Schritte, schnellere. Eine Stimme.

»Frau Ramseier, Zimmer 319 braucht Sie dringend.«

Die Klinke ging wieder hoch, die quietschenden Schritte entfernten sich. Ich fasste mir an die Brust, wagte nicht, mich zu bewegen. Niemand kam hinein. Ich sank zurück in die Kissen, atmete bewusst ein und wieder aus, spürte dem langsamer werdenden Rhythmus meines Herzens nach. Es war nicht Bernhard gewesen. Dieses Mal nicht. Was aber, wenn er mich fand? In einem Monat, in einer Woche oder vielleicht schon morgen? Selbst wenn ich gewollt hätte, wäre ich ihm nicht entkommen. Mein Unterschenkel war weg und ich eine leichte Beute. In dem Moment wusste ich, dass es nur einen Ausweg gab: Ich musste wieder laufen lernen, um jeden Preis. Sonst würde Bernhard mich kriegen.

Kapitel 13

Letzten April

*E*r wartete bei den Milchprodukten, die Hände in den Hosentaschen vergraben, die Kapuze des Pullovers übergezogen. Bei den Broten hatte er Jenni schon vorbeigehen sehen. Nicht mehr lange und ihr Duft würde ihn erfüllen, wenn sie ahnungslos an ihm vorbeilief. Er genoss dieses Spiel. Im Bus saß er Rücken an Rücken mit ihr. Bei den Läufen stand er jedes Mal direkt neben der Ziellinie, setzte sich ans andere Ende der Bank, wenn sie etwas aß. Und er schrieb ihr Briefe. Viele Briefe, in denen er ihr seine ewige Liebe beteuerte und ihr schilderte, was er alles mit ihr machen wollte. Jetzt, wo er keine Steuererklärungen mehr ausfüllen musste, hatte er Zeit, die er nur seiner Jenni schenkte. Ein Stöhnen kam tief aus ihm heraus, sein Blut schoss an einen einzigen Ort. Wenn allein der Gedanke daran ihn so zum Glühen brachte, welches Feuer würde es in ihm auslösen, wenn seine Fantasien Wirklichkeit werden würden? Bilder schossen durch seinen Kopf. Jenni in seinem Bett, an Arm- und Fußgelenken an die Pfosten angebunden, so straff, dass es sie fast auseinanderriss. Er, der sich über sie beugte und ihren Körper inspizierte, seine Zunge ins warme Nass steckte. Die Hitze konzentrierte sich und drohte, zu explodieren. Lange konnte er sich nicht mehr zügeln.

Er spürte Jennis Anwesenheit und schaute auf, kurz bevor sie ihn bemerkte. Der Einkaufskorb rutschte ihr aus der Hand und knallte auf den Boden. Ein Gurkenglas zersprang und der Essigsaft verteilte sich *vor ihren Füßen. Ihr Zopf wirbelte herum, als sie alles liegen ließ und in Richtung Ausgang eilte. Er folgte ihr, wie er es immer tat. Über die Straße, unter den Lauben die Altstadt hinunter, bis vor ihre Haustür. Auf der gegenüberliegenden Straßenseite versteckte er sich. Dort würde er warten und am nächsten Tag weiterspielen.*

Kapitel 14

November

Eine Bausünde aus den Achtzigern mit grauer Fassade und rot-braun gestreiften Markisen war das Erste, das ich von der Rehaklinik sah. Sie war nur die nächste Station auf einer Reise, die ich nie antreten wollte. Von der ich nie gedacht hätte, dass ich sie mal antreten müsste. Der Krankentransport fuhr auf den Parkplatz. Wie von selbst suchte meine Hand die von Philipp und drückte sie, auf der Suche nach Trost. Er lächelte mir schwach zu. Sein Gesicht war gezeichnet von Müdigkeit. Der Fahrer lud meinen Rollstuhl aus, half mir hinein und schob mich durch die Gartenanlage zum Eingang. Kunstvoll geformte Büsche und eine kreisförmig angeordnete Rasenfläche säumten den Weg. Direkt neben der Schiebetür standen drei Männer. Ich ertappte mich dabei, wie ich jeden einzelnen musterte, die Gesichter mit dem von Bernhard abglich. Er war nicht da. Natürlich nicht.

Die Glasdecke in der Eingangshalle durchflutete den Raum mit Licht. An jeder Ecke standen Töpfe mit Pflanzen, die sich die Wände hochschlängelten, die Ranken so dick, dass man sich daran erhängen könnte.

»Alles Gute«, wünschte mir der Fahrer und winkte mir zum Abschied zu.

Beim Empfang füllte ich meine Personalien in ein Formular. Wie in einem Hotel nannte man mir Stockwerk und Zimmernummer. Philipp begleitete mich durch schmale, gelb angestrichene Gänge bis zu meinem Zimmer. Die Farbe hatte wohl zum Ziel, die karge Einrichtung sonniger und wärmer wirken zu lassen. Bei mir bewirkte sie nichts. Wir traten ins Zimmer ein. Zu meinem Erstaunen war ich dieses Mal nicht allein. Ein Mädchen, zart wie eine Elfe, lag im Bett, auf ihrem Schoß eine Leinwand. Überrascht hielt sie inne. Farbtuben, Pinsel in unterschiedlichen Größen und ein Mischbrett waren kreuz und quer auf der Decke verteilt und hatten Farbkleckse hinterlassen.

»Oh, hallo«, quietschte sie. Ihr breites Lächeln erinnerte mich an Julia Roberts. »Wie schön, dass ich eine Zimmergenossin bekomme. Es wurde langsam ziemlich langweilig, so ganz allein. Man hat niemanden zum Quatschen.«

Ihre hohe Stimme bereitete mir Kopfschmerzen. Ich murmelte eine Begrüßung und rollte an ihr vorbei bis zu meinem Bett. Am Schrank daneben waren zwei Zettel befestigt. Ein Stundenplan, wie ich schnell feststellte, gefüllt mit Physiotherapie, und der Menüplan von letzter Woche. Am liebsten hätte ich beide abgerissen und in den Müll geworfen.

»Wenn du je wieder hier rauskommen willst, bleib beim vegetarischen Menü«, riet die Elfe. »Das Geflügel kommt aus Ungarn und das Rind aus Argentinien. Wachstumsfördernde Substanzen inklusive. Richtig eklig, sag ich dir. Ich musste mich übergeben, als ich es erfahren habe.«

Bei der Vorstellung wurde mir übel. »Das wollte ich eigentlich nicht wissen.«

»Ich muss leider los.« Philipp kratzte sich am Hinterkopf. »Sonst erwische ich den Bus nicht rechtzeitig.«

»Wann kommst du wieder?«

»Übermorgen, denke ich, spätestens Samstag.«

»Nicht früher?« Ich konnte die Enttäuschung in meiner Stimme nicht verbergen.

»Die Klinik ist nicht gerade um die Ecke. Du weißt ja, mein …«

»… dein Job, ja.« Und das Lauftraining. Doch den zweiten Gedanken schob ich schnell zur Seite.

»Ich rufe dich jeden Tag an, okay?«

Ich nickte.

Nachdem er gegangen war, zog ich den Vorhang zu, der die Betten voneinander trennte. Meine Schonfrist im Einzelzimmer war vorbei.

Ich übte und übte, zuerst am Barren, dann am Handlauf, Bernhards Gesicht immer als Mahnmal vor Augen. Es war, als würde ich in einem Beet voller Nadeln stehen, so weh tat es. Immer noch, obwohl die Ärztin versprochen hatte, dass die Schmerzen mit der Zeit weniger werden würden.

»Sie humpeln«, stellte der Physiotherapeut fest, dessen Namen ich schon wieder vergessen hatte. »Versuchen Sie, beide Beine gleich stark zu belasten.«

Ich machte noch einen Schritt und hielt das Gewicht und den Schmerz aus. Tränen traten in meine Augen. Das musste schneller gehen. Besser. Ich musste wieder laufen.

»Wann hören die Schmerzen auf?«, presste ich hervor.

»Je öfter Sie üben, desto schneller kann sich der Stumpf an die Belastung gewöhnen.«

Ich hörte keinen gut gemeinten Ratschlag, sondern nur den Vorwurf, nicht früher mit dem Belastungstraining begonnen zu haben. Dann wären die Schmerzen längst nicht mehr da. Dabei wurden sie immer stärker, je öfter ich mit der Prothese übte.

»Sitzt der Schaft richtig?«, fragte ich verzweifelt.

Sein Augenrollen entging mir nicht, auch wenn es nur für den Bruchteil einer Sekunde andauerte. Trotzdem führte er mich zum Stuhl neben dem Fenster und kontrollierte den Sitz. Ich schaute durch das Panoramafenster nach draußen und blinzelte gegen die Sonne an. Die Alpenkette erstrahlte fast vollständig in Weiß, darüber ein unwirklich blauer Himmel, dessen Farbe durch die verwehten Wolken noch intensiver erschien. Eine unsichtbare Kraft zog mich in die Ferne. Am Fuß dieser Berge hatte ich unzählige Läufe absolviert. Ich erinnerte mich genau, wie die Luft dort roch. Frisch und unverbraucht. In meinem Unterleib zog es sehnsüchtig, bis es mich fast auseinanderriss.

»Alles so, wie es sein soll«, sagte der Physiotherapeut schließlich. Seine Worte hallten in meinen Ohren nach.

Alles so, wie es sein soll.

Wenn er recht hätte, dann wäre ich nicht hier in der Reha, müsste mich nicht am Handlauf entlanghangeln. Der einzige Schmerz, den ich kennen würde, wäre das Brennen in den Muskeln auf den letzten Kilometern eines Laufes. Nichts war so, wie es sein sollte. Eine Ohnmacht überkam mich und wieder drückten die verdammten Tränen an die Oberfläche. Mit einer hastigen Bewegung wischte ich sie weg. Ich wollte nicht mehr heulen, sondern wieder laufen. Aber diese Prothese, meine einzige Hoffnung, machte es mir unmöglich.

Wenn ich keine Termine hatte, verbrachte ich die meiste Zeit im Zimmer. Aber nur, weil die Elfe dazu verdammt worden war, wegen der Fleckengefahr ihre Malaktivitäten an einen

Ort außerhalb des Bettes zu verlegen. Während des Tages hielt sie sich im Gemeinschaftsraum auf, wie sie mir jeden Abend brühwarm erzählte. Sie wurde nicht müde, mich hartnäckig zu fragen, ob ich sie nicht begleiten wollte. Ich verneinte jedes Mal. Andere Menschen, Gespräche, Fragen, all das ertrug ich gerade nicht. Weil ich kein Morphium mehr bekam, schlief ich weniger und die Stunden vergingen zäh wie Gummi. Manchmal starrte ich mit leerem Blick auf die Berge und wartete. Auf einen Anruf von Philipp. Auf meinen nächsten Termin. Darauf, dass jemand aus dem Schrank sprang und rief: »Reingefallen. Dein Unterschenkel ist noch da, du kannst ihn nur nicht sehen.« Ob man ein Bein nachträglich wieder annähen konnte, wenn die Ärzte eine falsche Diagnose gestellt hatten?

Die Türklinke wurde nach unten gedrückt. Schnell schloss ich die Augen.

»Hey.« Die Elfe war zurück. »Ich weiß, dass du nicht schläfst. Dein Atem verrät dich.«

Ihr Bett knarzte und ich wünschte, ich würde tatsächlich schlafen.

»Ich komme gerade aus der Cafeteria. Dort servieren sie fantastischen Kuchen. Wenn du mit dem Typen an der Kasse flirtest, kriegst du ihn sogar gratis.« Sie lachte ihr helles Lachen. »Du solltest auch mal einen Versuch wagen. Er mag Blondinen.«

»Ich bin nicht blond«, widersprach ich.

»Wusste ich doch, dass du nicht schläfst.« Sie schnaubte. »Du könntest ruhig etwas freundlicher sein, Amputation hin oder her. Immerhin durftest du dein Knie behalten. Damit kannst du neunzig Prozent aller Aktivitäten aus dem früheren Leben wieder ausüben.«

Und Spitzensport gehört zu den anderen zehn Prozent, hätte ich am liebsten erwidert. Stattdessen öffnete ich die Augen und funkelte sie wütend an. Sie saß auf der Bettkante und zog ihre Oberschenkelprothese aus. Mein Blick schweifte zu ihrem Bein, von dem nicht mehr als eine Handbreite übrig geblieben war. Alles in mir zog sich zusammen und ich konnte nicht anders, als sie anzustarren und mitzuverfolgen, wie sie sich mühsam aufs Bett hievte. Sie machte sich nicht die Mühe, ihr Bein zuzudecken.

»Du malst nicht mit den Füßen«, murmelte ich.

»Wie bitte?«

»Dein Hobby. Malen kannst du auch ohne Bein.«

»Sieh mal einer an, Frau Ich-spreche-nicht-mit-dir hat mehr als zwei Wörter mit mir gewechselt.«

Ich wandte den Kopf ab und legte den Arm auf meine Stirn in einem lächerlichen Versuch, die Kopfschmerzen zu vertreiben.

»Und was ist dein Hobby?«

»Das geht dich nichts an.«

»Lass mich raten.« Sie tat so, als würde sie überlegen. »Herumliegen? Dazu brauchst du auch keine Beine.«

»Lass mich endlich in Frieden«, entfuhr es mir. Ich schlang das Kissen um meinen Kopf. Als ob ich es nicht versucht hätte. Jeden Tag übte ich und trotzdem ging es nicht. Ich hatte keine Wahl. Die Schmerzen zwangen mich, zu liegen.

»Dafür, dass du mich nicht kennst, bist du ganz schön gemein«, klang es gedämpft durch die Daunenfedern.

Nun schwieg sie, aber ich fühlte mich nicht besser. In mir wohnte so viel Frust. Mein Leben war ein Trümmerhaufen, die Teile so klein, dass ich sie unmöglich wieder zusammensetzen konnte. Wenn dieser unfassbare Schmerz im Stumpf nicht wäre, hätte ich geglaubt, mein Bein wäre noch da. Ich musste die Bettdecke nicht anheben, um zu wissen, dass es nicht so war.

Von einem Moment auf den anderen schoss ein Schmerz in mein Bein, als würde jemand ein heißes Bügeleisen dagegenhalten. Ich stieß einen Schrei aus und zog an der Decke, wollte meine Hand auf die schmerzende Stelle pressen und hielt inne. Es war nicht der intakte Unterschenkel, sondern der amputierte. Aber der war nicht mehr da. Eine erneute Flamme schoss durch das Bein. Der Schmerz wurde stärker und stärker, bis es brannte, als würde ich kochendes Wasser darüber gießen. Ich wand mich auf der Matratze und krallte die Fingernägel in meine Haut.

»Setz dich auf die Bettkante«, sagte die Elfe direkt neben mir. Ihre Stimme war ruhig, aber bestimmt. Sie zerrte an mir, bis ich benommen tat, was sie sagte, und stellte einen hüfthohen Spiegel zwischen meine Beine. »Und nun konzentrier dich auf das Spiegelbild.«

Ich betrachtete die Illusion eines zweiten gesunden Beins. Erst jetzt wurde mir bewusst, dass ich mich bereits an den Anblick des fehlenden Unterschenkels gewöhnt hatte. Mich mit beiden zu sehen, fühlte sich an, als hätte ich auf einmal drei. Das Brennen verschwand langsam.

»Besser?«, fragte die Elfe.

»Was war das?«, keuchte ich, völlig außer Atem.

»Phantomschmerzen. Das kommt bei Amputationen häufig vor.«

»Wie kann etwas, das nicht mehr da ist, so wehtun?«

»Das weiß man nicht genau, habe ich mir sagen lassen. Nur dass es bei achtzig Prozent aller Amputierten vorkommt. Spiegeltherapie hilft.«

Ich senkte den Blick, um meine vor Scham brennenden Wangen zu verbergen. Sie hatte mir geholfen, obwohl ich sie seit meiner Ankunft nur anschnauzte. Da stach mir das Armband der Elfe ins Auge. Charlotte, stand da eingraviert ins Silber.

»Danke«, flüsterte ich kaum hörbar.

Doch sie hatte mich verstanden. »Gern.«

Kapitel 15

Letzten Mai

*E*r lauerte im Wald, an einer Stelle, wo Jenni regelmäßig vorbeilief. Nur noch ein paar Minuten. Seit zwei Wochen war er immer wieder hier gewesen, um den richtigen Zeitpunkt zu erwischen, das richtige Versteck. Und jetzt war es gleich so weit. Mit dem Rücken lehnte er sich an den Stamm einer Eiche und lauschte, das Klebeband fest umklammert. Zuerst würde er ihr die Hände auf den Rücken fesseln und dann den Mund verkleben. Ihren wunderschönen Mund. Es wäre nicht für lange. Wenn er sie in seine Wohnung gebracht hatte, würde er es wieder entfernen. Und zwar nicht nur das Klebeband. Er würde ihr das Laufshirt ausziehen, dann die Leggins, das Sporttop und das Höschen. Er konnte es kaum erwarten, seine Nase hineinzudrücken. Bei dem Gedanken zitterte er vor freudiger Erwartung. Dann wäre sie endlich bei ihm. Für immer.

Da hörte er sie, die schnellen Schritte auf dem Boden, das Knistern des Laubes. Zuerst nur leise, dann immer lauter, bis er Jenni fast riechen konnte. Er ging in die Knie und passte den richtigen Moment ab. Drei, zwei, eins, jetzt! Er sprang aus seinem Versteck. Ihr Blick zuckte in seine Richtung. In Sekundenbruchteilen erkannte sie ihn. Ihre Augen weiteten sich, Panik machte sich auf ihrem Gesicht breit. Sie hechtete zur Seite, wollte ihm ausweichen, aber er hatte sie schon gepackt und zu Boden gerungen. Er drückte den Unterarm an ihre Kehle, so fest, dass *sie röchelte. Kein schönes Geräusch. Aber wenn sie erst in seinem Bett lag, würde er es in ein lustvolles Seufzen verwandeln.*

»Endlich«, flüsterte er ganz nah an ihrem Ohr und presste die Hand auf ihren Mund.

Kapitel 16

November

Von meinem Balkon ging es mindestens sechs Meter in die Tiefe. Im Gegensatz zum Krankenhaus waren die Fenster in der Rehaklinik nicht abgeriegelt, obwohl es hier bestimmt auch verzweifelte Patienten gab, die sich hinunterstürzen würden, wenn sie es könnten. Der frische Herbstwind wehte mir die Haare aus der Stirn. Ich beugte mich ein Stück weiter vor, sodass ich an den Kastanienbäumen vorbei auf den Gehweg sah, der zum Empfang führte. Wenn Philipp den Zug erwischt hatte, sollte er jeden Moment auftauchen.

Nicht viele Menschen verließen das Gebäude und noch weniger gingen hinein. Die meisten waren zu zweit. Einer im weißen Kittel, der andere entweder an Krücken oder mit dem Rollator unterwegs. Nur ein Paar sprang aus der Reihe, beide in Schwarz. Ein Typ schob einen Rollstuhl über die geschlängelten Wege. Er kam mir bekannt vor. Bevor ich ihn genauer mustern konnte, weckte eine andere Gestalt meine Aufmerksamkeit. Philipp. Mein Herz machte einen Sprung. Mit zügigem Schritt lief er durch die Parkanlage. Die lederne Seitentasche hing über seiner Schulter und schlug rhythmisch gegen die Anzugshose. Ich rief seinen Namen und winkte, doch er hörte mich nicht. Kurz darauf war er aus meinem Blickfeld verschwunden. So schnell ich konnte, schob ich den Rollstuhl in Richtung Treppenhaus, denn ich wusste, er würde nicht den Lift nehmen. Wenige Sekunden später erschien Philipps dunkelbrauner Haarschopf. Im Zwei-Stufen-Rhythmus eilte er die Treppe hoch. Sein Blick landete zuerst auf meinem Bein, dann schaute er mir in die Augen. Ein Lächeln umspielte seine Lippen und die Falten auf seiner Stirn verschwanden.

»Was machst du denn hier?«

»Ich habe dich kommen sehen.«

Er nahm die letzten Stufen. Sobald er oben angekommen war, schlang ich meine Arme um seine Hüfte, als hätte ich Angst, er könnte gleich wieder umdrehen und gehen.

»Vorsicht, sonst fallen wir die Treppe runter.« Philipp schob mich ein Stück nach hinten und versuchte, sich von mir zu lösen. Ich hielt ihn weiter fest und verbarg das Gesicht in seinem Jackett.

»Was ist los? Du tust so, als hätten wir uns seit Wochen nicht gesehen.«

»Jeder Tag hat sich angefühlt wie eine Woche.«

»Tut mir leid.« Er versuchte erneut, mich wegzuschieben, aber ich hielt ihn noch fester.

»Ich habe dich vermisst.«

»Jenni«, presste er hervor. »Du zerdrückst mich.«

Erst jetzt lockerte ich meinen Griff. Während ich neben ihm aufs Zimmer rollte, schaute ich zu ihm hoch. Sein Anzug verriet, dass er direkt von der Arbeit zu mir gekommen und nicht laufen gewesen war. Eine wohlig warme Zufriedenheit erfüllte mich. Zumindest heute war ich ihm wichtiger gewesen als sein Training.

Charlotte war noch nicht von ihrem Malausflug zurück, so waren Philipp und ich ungestört. Wir legten uns hin, kuschelten uns aneinander und schlossen die Augen. Mehr brauchte ich nicht. Keine Worte, keine Prothese, nur Philipp. Sein leises Schnarchen signalisierte mir, dass er eingeschlafen war. Ich konzentrierte mich auf seinen ruhigen, regelmäßigen Atem und den Luftstrom, der sanft über mein Gesicht strich. Selbst am Morgen nach dem Aufstehen roch sein Atem, als hätte er sich erst gerade die Zähne geputzt. Seine Lider waren ein klein wenig geöffnet, als ob er sogar während des Schlafs nichts verpassen wollte. Der Gedanke daran entlockte mir ein Lächeln. Ich legte eine Hand auf seine Brust und beobachtete, wie sie sich hob und senkte. Sein Herz schlug im Ruhezustand nur vierzigmal in der Minute. Ein Wert, von dem ich weit entfernt war. Genau wie Stefanie gewann er fast jeden Lauf. Schon immer war er mir einen Schritt voraus gewesen. Nun fiel ich zurück, jeden Tag ein Stück mehr. Ich krallte meine Finger in den Stoff seines Hemds, bis sie sich so sehr verkrampften, dass es schmerzte.

Philipp atmete ruckartig ein und hielt für ein paar Sekunden den Atem an: ein Zeichen, dass er aufgewacht war. Ich hob den Kopf und er öffnete die Augen.

»Bin ich eingeschlafen?« Er setzte sich schwerfällig auf. Das schlechte Gewissen stand ihm ins Gesicht geschrieben.

»Nicht schlimm.« Ich streichelte seine Wange. »Hauptsache, du bist da.«

»Wie spät ist es?«

»Kurz nach vier.«

Philipp hievte sich vom Bett und strich seinen Anzug glatt. Die Falten am Rücken und in der Kniekehle, die sich vom stundenlangen Sitzen in den Stoff eingegraben hatten, brachte er nicht mehr weg. »Ich muss los.«

»Kommst du morgen wieder?« Ich griff nach seiner Hand.

»Morgen kann ich nicht«, druckste er herum und schaute zur Seite. »Mein Zug fährt um acht.«

»Welcher …« In dem Moment begriff ich es. »Die Europameisterschaft.« Ich entriss ihm die Hand, als hätte ich sie verbrannt. Mein Herz hämmerte in meiner Brust und mit jedem Schlag machte es mehr in mir kaputt. Philipp hatte nicht für mich auf sein Training verzichtet. Es war sein trainingsfreier Tag, damit er übermorgen fit für den Marathon war.

»Es sei denn, du …« Er ließ den Satz unvollendet.

Ja, bitte geh nicht hin. Bleib hier bei mir und leiste mir moralische Unterstützung, ohne dich stehe ich es nicht durch.

»Nein, ist schon in Ordnung«, hörte ich mich sagen. »Geh ruhig.«

»Ich wollte fragen, ob du mitkommen möchtest. Als Zuschauerin. Ich bin sicher, du würdest die Erlaubnis bekommen, ein paar Tage frei zu nehmen.«

»Als Zuschauerin?« Alles in mir verkrampfte sich. Ich stellte mir vor, wie ich im Rollstuhl neben der Ziellinie wartete und den Kopf reckte, um überhaupt über die Absperrung hinwegsehen zu können. Wie ich ständig daran erinnert wurde, dass ich hätte mitlaufen sollen. Das war der Plan gewesen. Ein Plan, der unmöglich geworden war. Langsam schüttelte ich den Kopf. »Nein, das kann ich nicht.«

Philipp setzte sich wieder auf die Bettkante. Die Art, wie er mich ansah, veränderte sich innerhalb eines Sekundenbruchteils. Das erste Mal erkannte ich Mitleid in seinem Blick. Ich riss mich zusammen, um nicht in Tränen auszubrechen.

Er sollte kein schlechtes Gewissen haben, weiterhin seinen Traum leben zu können.

»Kann ich dich wirklich allein lassen?«

Ich zwang mich zu einem Lächeln. »Geh schon, du Idiot.«

»Okay.« Er küsste mich flüchtig auf die Stirn und hängte die Tasche um. »Bis bald.«

Der Schmerz schlich langsam von der Schläfe über den ganzen Kopf. Mein Gehirn pochte und fühlte sich an, als wollte es aus der Schädeldecke ausbrechen. Ich wandte das Gesicht zum Fenster und blinzelte die Tränen weg. Die ganze Nacht hatte ich wach gelegen und Gedanken gewälzt. In vier Stunden würde der Marathon starten. Mein Marathon, auf den ich ein ganzes Jahr lang hintrainiert hatte. Jeden Morgen war ich aufgewacht mit dem Ziel, ein wenig schneller zu laufen, um mich dafür zu qualifizieren. Ich hatte es geschafft. Nun fand der Lauf ohne mich statt.

Mit einem Ruck zog ich die Bettdecke weg. Da lag es, mein halbes Bein. Alles, was es mir in der Vergangenheit ermöglicht hatte, nahm es mir jetzt doppelt und dreifach weg. Das grelle weiße Scheinwerferlicht der Unfallnacht erschien vor meinem inneren Auge und spaltete die Dunkelheit in zwei Teile. Wut keimte in mir auf und ich ballte die Hände zu Fäusten. Wer auch immer am Steuer dieses Wagens gesessen hatte, war ein Feigling. Ich wollte mir nicht ausmalen, wie mein Leben verlaufen wäre, wenn er mir geholfen hätte. Es passierte wie von selbst. Die Ambulanz wäre früher bei mir gewesen. Die Ärzte hätten nicht amputieren müssen. Am Marathon zu starten, wäre zwar nicht möglich gewesen, doch mit meinem eisernen Willen hätte ich es zurück an die Spitze geschafft. Diese

Tür war endgültig hinter mir zugefallen, verschlossen und einbetoniert.

»Alles ist so, wie es sein soll«, spottete ich.

Während der Übungen schmerzte jeder einzelne Schritt, als würde sich mein Bein, oder das, was davon übrig war, mit aller Kraft gegen die Prothese wehren. Sie war ein Fremdkörper, gehörte nicht zu mir. Wie lange würde ich diese Schmerzen noch aushalten müssen? Eine Hitze schwirrte im Raum umher, die sich selbst bei geöffnetem Fenster nicht vertreiben ließ. Ich musste hier raus.

Ich setzte mich auf, befestigte die Prothese und rutschte vom Bett. Mit wackeligen Schritten lief ich zur Tür und trat hinaus in den Gang. Die Parklampen beleuchteten meinen Weg. Langsam humpelte ich zum Treppenhaus. In der Nacht sah es aus wie ein schwarzes Loch, das alles verschluckte. Kurz zögerte ich. Treppenlaufen hatten wir in der Physiotherapie bisher nicht geübt. Dennoch oder gerade deswegen klammerte ich mich am Geländer fest, schwenkte meine Prothese nach vorn und machte einen Schritt. Ein stechender Schmerz durchbohrte meinen Stumpf, aber ich stand eine Stufe weiter unten. Im selben Muster bewegte ich mich weiter vorwärts. Mit jedem Auftreten wurde der Schmerz stärker. Unten angekommen pochte der Stumpf so stark, dass ich glaubte, gleich würde Blut aus der Prothese spritzen. Nichts passierte. Der Schmerz hielt der Wut in meinem Bauch etwas entgegen und half, mich aufs Hier und Jetzt zu konzentrieren und nicht mehr daran zu denken, was hätte sein können, wenn ich nicht genau zu dem Zeitpunkt auf dieser Straße gestanden hätte und über den Haufen gefahren worden wäre.

Hinter mir ratterte etwas, als wäre jemand gegen ein Gestell gestolpert. Ich sah nichts, alles war dunkel. Irgendwo tickte eine Uhr. Dann hörte ich Schritte im Gang. Sie kamen näher. Auf einen Schlag war ich bei vollem Bewusstsein.

Bernhard.

Panik wallte in mir auf. Ich ging weiter, schneller. Zu langsam. So würde er mich kriegen. Meine Beine zitterten. Dennoch bewegte ich mich weiter vorwärts, suchte die Umgebung nach einem Ausweg ab. Da war eine Tür. Der Gemeinschaftsraum. Mir blieb keine andere Wahl, ich musste mich verstecken. Ich schlüpfte hinein, drückte mich an die Wand, den Kopf in Richtung Gang gedreht. Meine Beine drohten, nachzugeben.

Nicht auf den Boden krachen. Jetzt nur keinen Lärm machen.

Der Lichtstrahl einer Taschenlampe leuchtete an mir vorbei, gefolgt von einer Person. Ich scannte in Sekundenschnelle die Umrisse ab. Im Halbdunkeln konnte ich nicht erkennen, wer es war, aber mit Sicherheit nicht Bernhard. Ich sank der Wand entlang auf den Boden und fuhr mit eiskalten Händen über mein Gesicht. Zum Glück nicht Bernhard.

»A-a-lles in Ordnung?«

Wieder zuckte ich zusammen und drehte den Kopf in die Richtung der Stimme. Ein Mann, nein, eher ein Junge saß im Rollstuhl neben dem Fernseher und schaute mich mit schief gelegtem Kopf an. In meiner Aufregung war er mir nicht aufgefallen.

»Ja. Ich brauche nur eine Pause, bevor ich zurück aufs Zimmer gehe.«

»S-s-setz dich doch. I-i-ist bequemer.« Er deutete auf das Sofa neben sich. Musik klang leise aus den Kopfhörern um seinen Hals.

Dankbar dafür, nicht mehr allein zu sein, hievte ich mich hoch und setzte mich. Er registrierte es mit einem Lächeln.

Der rechte Mundwinkel hob sich stärker als der linke.

»K-k-kannst du nicht sch-sch-schlafen?«

»Darüber möchte ich nicht sprechen.«

»W-w-willst du lieber Musik hören?« Er streckte mir einen Kopfhörer entgegen.

»Ich bin kein Fan von Rockmusik.«

»M-m-metal.«

»Wie bitte?«

»Nicht Rock, d-d-das ist Metal.«

Ich nickte wissend, als würde ich den Unterschied kennen. Ob Metal oder Rock, Gitarrenriffs oder die krächzenden Stimmen der Sänger, für mich tönte alles gleich.

»W-w-was ist mit deinem B-b-bein passiert?«

»Sportunfall.«

»B-b-bist du Bergsteigerin?«

Ich lachte. »Nein, ich war Läuferin.«

War. Alles war Vergangenheit. Der Gedanke versetzte mir einen Hieb in die Magengrube.

»S-s-scheiße.«

Ich nickte. »Allerdings.«

»Im F-f-fernsehen habe ich mal einen Sportler o-o-ohne Beine gesehen. Nur mit b-b-bogenartigen Federn als Ersatz. V-v-vielleicht wäre das etwas?«

Sie waren mir aufgefallen, wenn auch nicht bewusst. Die Läufer an den Paralympics, die mit ihren Laufprothesen aussahen wie Roboter. Ich stellte mir vor, wie es wäre, mit einem falschen Bein zu laufen. Es musste sich anfühlen, als ob man Gummistiefel tragen würde: asymmetrisch und störend. Jeder Schritt würde mich daran erinnern, was ich verloren hatte, und mich zerreißen.

»Nein«, sagte ich bestimmt. »Das ist nichts für mich.«

»A-a-aber warum nicht?«

»Wer einmal fliegen konnte, kann sich nicht mehr mit laufen zufriedengeben.«

»Mir wäre l-l-laufen lieber als R-r-rollstuhl.«

Ich schüttelte den Kopf. Die Zeit des Laufens war vorbei. Je früher ich das akzeptierte, desto schneller würde ich damit klarkommen.

»Und du, was ist mit dir passiert?«, fragte ich, um von mir abzulenken.

»I-i-ich habe Scheiße gebaut.«

»Wie meinst du das?«

»D-d-das sage ich dir, w-w-wenn du mit mir a-a-ausgehst.« Er grinste übers ganze Gesicht, eine Seite wiederum stärker als die andere.

Ich lächelte über seinen jugendlichen Übermut. »Du bist zu jung für mich. Und außerdem mag ich Metal nicht.«

»Sch-sch-schade.« Sein nicht geringer werdendes Grinsen zeigte, dass er mir die Abfuhr nicht übel nahm.

»Wie wäre es denn mit meinem morgigen Nachtisch im Gegenzug? Es gibt Mousse au Chocolat, glaube ich.«

»Ich bin nicht b-b-bestechlich.«

Nun lachte ich laut auf. »Komm schon, ich habe dir meine Geschichte erzählt. Da wäre es nur fair, wenn du mir auch deine verrätst.«

»S-s-sportunfall hast du gesagt, ich weiß so g-g-gut wie nichts.«

»Na gut, ich erzähle dir mehr. Aber zuerst bist du an der Reihe.«

»Ich w-w-würde lieber mit dir a-a-ausgehen.«

Ich schüttelte den Kopf. »Du bist ein hoffnungsloser Fall.«

»G-g-gleichfalls.«

Wir schwiegen. Zu gern hätte ich gewusst, was er mit »Scheiße gebaut« gemeint hatte. Was ihm widerfahren war, dass er im Rollstuhl saß. Warum er keinen Satz, ohne zu stottern, herausbrachte. Wahrscheinlich hatte er genauso wenig Lust, über sein Schicksal zu sprechen wie ich über meins. Ich lauschte dem Gurgeln des Wasserspenders. Allmählich kroch die Kälte in meine Glieder. Dafür hatte der Schmerz in meinem Stumpf nachgelassen.

»Ich sollte wieder auf mein Zimmer.« Ich stemmte mich vom Sofa hoch. »Also dann …«

»Bis bald.« Er hob die Hand und winkte ein halbes Winken. Ich nickte ihm zu und verschwand im Lift.

Kapitel 17

November

Mit kleinen Schritten bewegte ich mich vorwärts und stützte mich am Handlauf im Gang ab. Die Müdigkeit hüllte mich ein wie dichter Nebel, nachdem ich deswegen die zweite Nacht in Folge wach gelegen hatte. Genau in diesem Moment fand die Europameisterschaft statt und ich hatte währenddessen am Barren Laufen geübt. Ich verdrängte den Gedanken sofort wieder. Darüber nachzudenken, änderte nichts daran, dass ich nicht teilnehmen konnte.

Ich passierte den Gemeinschaftsraum. Die Elfe hatte dort eine Malecke eingerichtet. Die Leinwand wies erst wenige Farbstriche auf, sodass man nicht erkennen konnte, was es am Schluss werden sollte. Die Mischpalette mit den Farben lag auf dem Tisch, der Pinsel schräg darauf. Die Tischbeine wirkten seltsam nackt, da bemerkte ich, dass die Stühle fehlten. Ich reckte den Kopf, um einen Blick in den Raum zu erhaschen. Ein paar Rehapatienten hatten sich um den Fernseher versammelt und verfolgten die Liveübertragung der Europameisterschaft. Mein Kopf schickte meinem Körper das Signal, weiterzugehen. Er gehorchte nicht. Da war Stefanie. Sie rannte, die Haare streng zu einem Pferdeschwanz gebunden. Der Zähler zeigte 2h 25min an. Als weitere Läufer an der Spitze eingeblendet wurden und die Kamera kurz darauf zurück zu Stefanie schwenkte, wurde mir klar, dass sie die erste Frau im Ziel sein würde. Das Siegerlächeln hatte sie schon auf den Lippen. Das Bild verschwamm vor meinen Augen. Stefanie verwandelte sich und plötzlich sah ich mich auf den letzten Metern vor der Ziellinie. Das war der Moment, in dem ein Marathon nicht mehr mit dem Körper, sondern mit dem Kopf bestritten wurde. Die Beine spulten ihr Programm ab, dem Hals dürstete es nach Wasser, das Herz schlug nahe am Maximalpuls. Ich beschleunigte das Tempo, forderte mir alles ab, verdrängte die Übelkeit. Das Zielband riss und ich stieß mit letzter Kraft einen Schrei aus. Meine Beine brannten schlimmer als der Phantomschmerz, schlimmer als der Schmerz im Stumpf. Aber das Gefühl, das sich in Wellen in mir ausbreitete, war im Gegensatz dazu unbeschreiblich.

Nie wieder. Nie wieder würde es so sein. Unkontrolliert flossen die Tränen über meine Wangen. Niemand bemerkte sie, weil alle gebannt auf den Bildschirm starrten. Die Frau verwandelte sich zurück in Stefanie, die Zuschauer jubelten, als sie über die Ziellinie lief. Walter rannte ihr entgegen, packte sie an der Schulter und drückte sie an sich. Er flüsterte ihr etwas zu.

Gut gemacht.

Das weiß ich, weil er es so oft zu mir gesagt hatte. Er hätte mich in den Arm nehmen sollen. Ich hätte gewinnen sollen. Stattdessen war ich dazu verdammt, in der Reha laufen zu lernen, mit einem Bein, das nicht meins war. Wie betäubt drehte ich dem Bildschirm den Rücken zu und zwang mich, nicht mehr hinzusehen. Am Handlauf entlang hangelte ich mich zurück ins Zimmer, wo ich mich samt Prothese aufs

Bett warf. Die Schwere der Enttäuschung drückte mich in die Matratze. Wer war ich ohne das Laufen? Ohne meine Leidenschaft?

Niemand.

Meine Schultern bebten und ich wurde in ein Meer der Traurigkeit gesogen. Ich leistete keinen Widerstand. Der Strudel zog mich tiefer, wirbelte mich herum, sodass mir schwindlig wurde. Irgendwann schlug ich auf dem Grund auf. Es fühlte sich an wie der Aufprall, nachdem ich angefahren und durch die Luft geschleudert worden war. Etwas in mir verrutschte, wurde wachgerüttelt. Die Erkenntnis durchfuhr mich wie ein Stromschlag.

Vielleicht war es kein Unfall gewesen.

Ich schoss hoch und stemmte mich mit den geballten Fäusten auf der Bettdecke ab. Eine Welle der Übelkeit durchflutete mich und ich drückte eine Hand auf den Mund. Es war, als wäre ich blind gewesen und nun würden alle Eindrücke der Welt gleichzeitig auf mich herabprasseln.

Sie kannte meine Trainingspläne.

Sie wusste, welche Strecke ich gelaufen war.

Und sie hatte mitbekommen, dass ich Überstunden schieben musste.

»Stefanie«, krächzte ich ins leere Zimmer.

Sie hatte mich angefahren.

Herr Gerber saß mir gegenüber am kleinen Tisch neben dem Fenster. Seine dunkelblaue Polizeiuniform wirkte fremd in einer Umgebung, in der alle Angestellten weiße Kleidung trugen. Ich schaute seinem Stift nach, der gemütlich über das Papier wanderte und alles notierte, was ich sagte. Mein Blick blieb an der Zeitung hängen. Die Berichterstattung über die Europameisterschaft füllte zwei Seiten. »Zwillings-pärchen gewinnt zum dritten Mal in Folge.« So lautete die Schlagzeile. Darunter waren Philipp und Stefanie abgebildet. Sie reckten ihre verschwitzten Köpfe in die Kamera, auf der Brust blitzten die Goldmedaillen. Wut brodelte in meinem Bauch und breitete sich bis in die Fingerspitzen aus. Stefanie hatte diese Medaille nicht verdient. Ich müsste an ihrer Stelle neben Philipp stehen. Zu Hause hätten wir nach dem Lauf die Goldmedaillen nebeneinander aufgehängt. Wir wären ins Schlafzimmer hochgetorkelt, ineinander verschlungen und taumelnd vor Glück, und hätten das Bett für den Rest des Tages nicht mehr verlassen. Nichts davon war passiert. Wegen Stefanie.

Ich schob die Zeitung von mir und schaute Herrn Gerber direkt ins Gesicht. »Sie war es, da bin ich überzeugt.«

»Möchten Sie Ihrer Aussage noch etwas hinzufügen?«

Ich überlegte kurz. »Nein, das ist alles.«

Herr Gerber legte den Stift parallel neben sein Notizbuch. »Ich fasse zusammen: Sie verdächtigen Stefanie Salvisberg, Sie angefahren und Fahrerflucht begangen zu haben. Sie glauben, sie wollte Sie als Konkurrentin außer Gefecht set-zen.«

Ich nickte. Sein Blick ging an mir vorbei und ich drehte meinen Kopf in die Richtung. Philipp stand regungslos zwi-schen Tür und Angel, die Hand auf der heruntergedrückten Klinke. Ich schnappte nach Luft und alles in mir verkrampfte sich. Seit wann war er dort?

»In Ordnung, Frau Goldmann, wir werden der Sache auf den Grund gehen und melden uns bei Ihnen.«

»Danke«, brachte ich knapp hervor und stemmte mich mit zittrigen Armen an den Stuhllehnen hoch.

»Bleiben Sie ruhig sitzen, ich finde allein raus.« Er nickte Philipp zu und verließ das Zimmer.

Ganz langsam folgte ich seinem Ratschlag und sank zurück in den Stuhl. Ich zog den Kopf ein und schaute auf meinen Schoß. Mein Herz hämmerte wie wild. Philipps Gesichtsausdruck von eben deutete darauf hin, dass er alles mitbekommen hatte. Seine Turnschuhe klebten auf dem Linoleumboden. Ratsch, ratsch, ratsch, bei jedem Schritt. Die Härchen auf meinen Armen stellten sich auf, als wollten sie flüchten. Er nahm mir gegenüber Platz, dort, wo der Polizist gesessen hatte, und musterte mich. Ich spürte es, aber ich konnte ihn nicht ansehen. Unerträgliche Sekunden der Stille folgten, in denen ich mit mir kämpfte, mich nicht zu rechtfertigen. Dann setzte Philipp das Verhör des Polizisten fort.

»Das war ein schlechter Scherz, oder? Du glaubst nicht im Ernst, dass Stefanie etwas mit dem Unfall zu tun hat.«

Mit zackigen Bewegungen strich ich über meine Trainingshose. Immer wieder auf derselben Stelle, bis der Stoff ganz warm wurde. Ich wollte zerfließen unter seinem Blick, mich folgsam beugen, damit wir uns wieder im Einklang bewegten.

Steh zu dem, was du denkst, sagte eine Stimme in mir. Er hätte es früher oder später sowieso erfahren. Später wäre mir lieber gewesen, dann hätte ich Zeit gehabt, mich auf dieses Gespräch vorzubereiten. Ich zwang mich, den Blick zu heben, und verzog keine Miene.

»Jennifer, das ist Wahnsinn!«

»Für mich ist es die glaubhafteste Erklärung«, krächzte ich. Meine Stimme klang bei Weitem nicht so selbstbewusst, wie ich es mir gewünscht hätte.

»Wieso sollte sie so etwas tun?«

»Sie wollte gewinnen, um jeden Preis.«

»Dafür geht sie bestimmt nicht über Leichen.« Philipp schüttelte den Kopf, als würde er sich fragen, ob die Person vor ihm tatsächlich seine Freundin war.

»Wenn die Leichen ihre Karriere ruinieren könnten, schon.«

Er runzelte die Stirn. »Worauf willst du hinaus?«

»Stefanie dopt.«

»Bist du verrückt?«, spie er mir entgegen.

Bei seinen Worten zuckte ich zusammen. Ich war es nicht gewohnt, dass er in dieser Lautstärke mit mir sprach.

»Hast du den Bluterguss an ihrem Arm nicht gesehen?«

»Der hat andere Gründe.«

»Und welche?«

»Ihr Eisenwert war zu tief.«

»Mir gegenüber hat sie behauptet, sie hätte Blut gespendet.«

Nun war Philipp derjenige, der zusammenzuckte, und ich fühlte mich in meinem Verdacht bestärkt. »Ich bin sicher, dass sie dopt.«

Philipp schüttelte den Kopf, langsam und ungläubig. »Und ich, dass du spinnst.«

»Ich habe gedroht, sie auffliegen zu lassen. Ihr blieb keine Wahl. Wenn sie die Europameisterschaft gewinnen wollte, musste sie mich aus dem Weg schaffen.«

»Jetzt mal halblang.« Philipp sprang vom Stuhl hoch und beugte sich über den Tisch. Seine Halsschlagader pochte. »Sie dopt nicht und sie würde dir sicher nichts antun.«

Ein Spucketröpfchen landete in meinem Gesicht. Ich verschränkte die Arme. »War ja klar, dass du dich auf ihre Seite stellst.«

»Sie ist meine Schwester.«

»Und ich bin deine Freundin!«

Die Stille nach meinem Ausruf dröhnte in meinen Ohren, füllte all die Sekunden danach. Philipp setzte sich wieder und atmete einmal tief ein und wieder aus. Die Falten auf seiner Stirn kamen deutlich zum Vorschein. »Vielleicht hättest du besser aufpassen sollen, als du nachts über die Straße gerannt bist.«

Ich sank wie angeschossen im Stuhl zusammen. In diesem einen Satz steckte so viel. Vorwürfe, die sich auch ohne Philipps Zutun in meinem Kopf festgebissen hatten.

Warum musstest du dieses Training unbedingt durchziehen?

Warum hast du nicht besser aufgepasst?

Warum, warum, immer nur warum?

Philipp rang mit sich, lehnte sich nach hinten und schlug die Beine übereinander. Dann stellte er wieder beide Füße auf den Boden und legte entschlossen die Hände auf die Armlehne. Meine Unterlippe zitterte verräterisch. Ich presste die Lippen zusammen, um es zu unterdrücken, und wartete, lauschte dem Ticken der Wanduhr. Tick, tack, tick, tack. Immer weiter, als könnte nichts sie aufhalten. Genauso wenig wie Philipp. Ohne mich noch einmal anzuschauen, stand er auf und ging.

Kapitel 18

Letzten Juli

Wie fühlen Sie sich dabei, Jennifer nicht mehr sehen zu dürfen?«
Er antwortete nicht, konnte nicht aufhören, auf ihren Dutt zu starren, der wie ein verfilztes Wollknäuel auf ihrem Kopf thronte. Wollte die Psychotante tatsächlich wissen, wie er sich fühlte? Was für eine dumme Frage. Ohne Jenni war alles sinnlos leer.

Er hatte vor ihrer Wohnung gekauert und geglaubt, dass sie irgendwann hierher zurückkommen würde. In der Bäckerei, wo sie gearbeitet hatte, erspähte er nur ihre Arbeitskolleginnen. Eine hatte er angesprochen. Jenni hatte ihren Job gekündigt, offenbar war sie auch weggezogen und hatte niemandem die neue Adresse verraten. Daraufhin hatte er Jenni gegoogelt, jeden Zeitungsartikel mehrmals durchkämmt auf der Suche nach einem Hinweis. Sogar auf der Webseite stand nur noch die Adresse eines Impressumsdienstes. Er wusste nicht, wo sie war. Man hätte ihn ausweiden können, es wäre weniger schmerzhaft gewesen, als Jenni nicht mehr zu sehen. In Gedanken hielt er sie fest im Arm, rieb seinen Unterleib an ihrem Becken und roch an ihrer Halsbeuge, wanderte hoch zu ihren Lippen und saugte daran. Wenn er sie nicht haben konnte …

»Möchten Sie mir erzählen, wie es Ihnen dabei geht?«, hakte sie nach und reichte ihm ein Taschentuch.

Er starrte auf das Weiß, so rein wie seine Jenni. Zumindest hatte er das geglaubt, bis sie zur Polizei gegangen war.

»Es geht mir gut.« Er betonte jedes einzelne Wort. Sogar in seinen eigenen Ohren klang er unglaubwürdig. Weil es ihm noch nie so beschissen gegangen war wie in den letzten Wochen. Sie war ein Parasit, der sich in seinem Kopf eingenistet hatte. Es fiel ihm schwer, an etwas anderes zu denken. Ohne sie war sein Gehirn Matsch. Er konnte sich nicht konzentrieren. Sie war der Grund, warum er gefeuert worden war. Ihretwegen waren ihm all die Fehler passiert.

»Sie leiden an einer schweren Depression«, sagte die Trulla mit dieser ekelhaft mitfühlenden Stimme.

Einen neuen Job sollte er sich suchen. Das würde seinem Leben eine Struktur, einen Sinn geben. Stabilität, die er so sehr nötig hatte. Er brauchte ihre Ratschläge und ihr Mitleid nicht, nur Jenni. Noch wusste er nicht, warum sie umgezogen war und auch nicht, warum sie die Bullen auf ihn gehetzt hatte. Sie hatte es doch auch gewollt. War das auch ein Teil ihres Spiels gewesen? Wollte sie herausfinden, wie viel sie ihm wirklich bedeutete? Ob er für sie riskieren würde, weggesperrt zu werden? Denn das hatte ihm die Psychotante unterschwellig suggeriert, wenn er sich nicht »besserte«. Sie hatte es als Einrichtung bezeichnet. Als Ort, wo ihm geholfen werden konnte. Er hörte nur Gefängnis. Einen Raum mit einem winzigen Fenster mit Gittern. Eng, bedrückend. Er schnappte nach Luft.

»Ich verschreibe Ihnen etwas, womit Sie sich besser fühlen werden.« Sie reichte ihm ein Rezept. Wieder Antidepressiva, eine andere Sorte. Sein ganzer Schädel pochte vor Schmerz. Nein, dieses Mal würde er die Tabletten nicht nehmen. Jenni war das wirksamere Mittel. Er musste sie suchen, jeden Lauf abklappern und ganz vorsichtig vorgehen. Bloß nicht auffallen, dann würde er sie finden.

Kapitel 19

November

S cheiße«, entfuhr es Charlotte.
Ich schaute vom Handy auf. Sie starrte auf den Farbfleck auf der weißen Bettwäsche.

»Die Putzhilfe bringt mich um.«

»Wenn die kommt, bist du längst weg.«

»Auch wieder wahr.« Sie warf die Tube in den Koffer und wischte mit einem Taschentuch die überschüssige Farbe weg. »Das muss reichen.«

Danach fuhr sie fort, die Leinwände zu verpacken, steckte die größeren in eine Tasche und die kleinen in den Koffer. Gelbe Blumenwiesen, rote Bergpanoramen und violette Seen leuchteten um die Wette. Ihre Farbwahl hatte etwas Surreales. Meinen Geschmack traf es nicht, aber bei jedem Bild schimmerte unverkennbar ihr Talent, die Natur einzufangen, hindurch. Ich zog die Bettdecke bis zum Kinn und kuschelte mich hinein wie in einen tröstenden Kokon. Sie durfte zu Hause weitermalen und ich musste hierbleiben. Wenn ich an Philipp und unseren Streit dachte, war es vielleicht sogar besser. Ich öffnete zum gefühlt hundertsten Mal meine Handynachrichten. In der letzten Stunde waren keine neuen dazugekommen. Auch ich hatte mich nicht bei ihm gemeldet. Wir hatten uns seit Tagen nicht mehr gesehen. Die Erinnerung an unseren ersten großen Streit drang an die Oberfläche. Ich wusste nicht mehr, was der Auslöser gewesen war. Drei Nächte hatten wir es ohne einander ausgehalten, dann waren wir gleichzeitig übereinander hergefallen und hatten den besten Versöhnungssex aller Zeiten gehabt.

»Wir sollten uns öfter streiten«, hatte Philipp mir ins Ohr geflüstert.

Stur waren wir beide. Vielleicht weil sich nachgeben anfühlte wie aufgeben. Marathonläufer gaben nicht auf. Sie hielten durch, kämpften, bis sie ihr Ziel erreicht hatten. Um jeden Preis. Stefanie war gleich gestrickt, weswegen ich mir so sicher war, dass sie mich angefahren hatte. Inzwischen musste sie von der Polizei vorgeladen worden sein und bald würde auch Philipp erkennen, dass ich recht hatte.

Und was, wenn nicht? Die Stimme in meinem Kopf war laut. Ich suchte den Ausschaltknopf, fand ihn aber nicht. War es den Streit mit Philipp wirklich wert?

»Verdammter Mist!«

Wieder schaute ich auf und musste lächeln, als ich sah, wie Charlotte auf ihrem Koffer saß und versuchte, den Reißverschluss zuzuziehen.

»Warte.« Ich rutschte vom Bett, schob die herausschauenden Pinsel ins Innere und schloss den Koffer mit dem zweiten Reißverschluss.

»Endlich.« Sie setzte sich auf die Bettkante und atmete auf. Es kam mir vor, als meinte sie nicht nur die gepackten Koffer.

»Jetzt kannst du nach Hause«, murmelte ich und blieb auf dem Boden. Die Stille im Raum war bedrückend.

Charlotte musterte mich mit ernstem Gesicht. »Du warst eine tolle Zimmergenossin.«

»Echt?«

Sie brach in Gelächter aus. »War nur ein Witz. Du warst mit Abstand die schlimmste Gesellschaft, die man sich vorstellen kann.«

»Danke, gleichfalls.«

»Falls es dich tröstet: Ich habe Hoffnung für dich. Gegen Ende wurdest du erträglicher.«

»Das kann ich nicht zurückgeben.« Nun musste auch ich schmunzeln.

»Alles Gute.« Charlotte nahm mich in den Arm. Der herbe Duft von Männerduschgel stieg mir in die Nase. Der passte so gar nicht zu ihrem elfenhaften Auftreten. Sie hielt mich eine Armlänge von sich und betrachtete mich. »Du findest dein inneres Gleichgewicht wieder, ganz bestimmt.«

Das hoffe ich, dachte ich und ließ mich nochmals von ihr umarmen. Dabei spürte ich, wie sie mir etwas in die hintere Hosentasche schob. Als sie gegangen war, kramte ich es hervor. »Charlie«, stand da und ihre Telefonnummer. Ich lächelte und stopfte den Zettel zurück.

Das Bett neben dem Fenster blieb leer und die Decke weiß. Ich hatte meine Ruhe, genauso, wie ich es mir bei meiner Ankunft in der Reha gewünscht hatte. Es war sogar so ruhig, dass ich meine eigenen, rasselnden Atemzüge hörte. Ich stellte das Kopfteil ein Stück höher, damit ich besser atmen konnte. Diese Erkältung raubte mir alle Kraft.

Ein Tag nach dem anderen verging, ohne dass ich Philipp sah. Ohne dass wir uns versöhnten. Am liebsten würde ich den ganzen Tag schlafen. Meine Nase war verstopft, mein

Rachen ausgetrocknet. Jedes Mal, wenn ich mich schnäuzte, dauerte es keine zwei Sekunden, bis sie wieder völlig zu war. Ich stöhnte und drehte mich auf die andere Seite.

Es klopfte.

Philipp!

Ich richtete mich auf und schaute erwartungsvoll zur Tür. Die Hoffnung währte so lange, bis Walter hineinlugte. »Darf ich reinkommen?«

Vor Überraschung brachte ich kein Wort hervor und nickte nur stumm. Was machte er hier? Walter war nicht der Typ, der andere besuchte, ob sie im Krankenhaus oder in der Rehaklinik lagen, spielte keine Rolle. Man bekam keine Blumen geschenkt und auch keine Schokolade. Wenn sich einer seiner Schützlinge verletzte, schickte er höchstens eine SMS mit Genesungswünschen.

Walter setzte sich auf den Rollstuhl, der unbenutzt neben meinem Bett stand. Mein Magen verkrampfte sich. Wusste er von meinen Anschuldigungen gegen Stefanie? Ich suchte in seinen Augen nach einem Hinweis, fand aber nichts.

»Bist du erkältet?«

Ich nickte und schnäuzte mich erneut.

»Dumme Frage, entschuldige.« Betroffen blickte er auf die gefalteten Hände in seinem Schoß. Seine Nase schälte sich. Wahrscheinlich die Folge eines Sonnenbrandes in den Bergen. Schnee war ein tückischer Reflektor. »Das mit deinem Bein tut mir unendlich leid.«

Ich zuckte mit den Schultern. »Kann man nichts machen.«

»Ich will deine Zeit nicht lange in Anspruch nehmen.« Er griff in seine Hosentasche und legte mir ein zerknittertes Papier aufs Bett.

»Was ist das?«

»Die formelle Beendigung unserer Zusammenarbeit.«

Für einen Moment blieb mir die Luft weg.

»Ich denke, es ist auch in deinem Sinne. Jetzt, wo ich dich sowieso nicht mehr trainieren kann.«

»Es ehrt mich, dass du extra hierhergekommen bist, um mir das zu geben«, blaffte ich. Mit meiner näselnden Stimme tönte es eher jämmerlich als wütend.

»Wie meinst du das?«

»Du hättest mir den Brief schicken können.«

»Na, hör mal.« Er hob die Hand und einen Moment lang glaubte ich, er würde sie auf meinen Arm legen. Doch er ließ sie wieder sinken. »Du warst meine große Nachwuchshoffnung. Da versteht es sich von selbst, mich wenigstens persönlich zu verabschieden.«

Da war sie wieder, die Vergangenheitsform. Das aus seinem Mund zu hören, hatte etwas Endgültiges. Er war der Mann, auf den ich die letzten fünf Jahre gehört hatte. Wenn er mir sagte, ich solle an meiner Beweglichkeit arbeiten, machte ich das. Wenn er der Meinung war, ich bräuchte mehr Intervalltraining, glaubte ich ihm. Er irrte sich nie. Auch jetzt sprach er nur aus, was ich schon lange wusste: Meine Läuferkarriere war vorbei. Der Gedanke drückte mich ins Kissen zurück.

»Ich wünsche dir alles Gute. Übrigens …« Seine Gesichtszüge wurden weich, als hätte er Mitleid mit mir. »Ich verstehe, dass du frustriert bist, weil deine Zeit als Läuferin vorbei ist. Aber Stefanie trifft keine Schuld.«

Ich öffnete den Mund, doch bevor ich etwas erwidern konnte, stand er auf und ging. Ich blieb zurück, im freien Fall, und niemand würde mich auffangen.

Kapitel 20

Letzten August

*E*r stellte sich auf die Zehenspitzen, reckte sich und spähte über die Köpfe hinweg auf die Straße. Da war sie, seine Jenni, so auf den Lauf konzentriert, dass sie ihn am Wegrand nicht entdeckte. Sein Magen sackte ab wie bei einer Achterbahnfahrt. Am liebsten wäre er über die Absperrung gesprungen und hätte sich mitten auf die Straße gestellt, damit sie direkt in seine Arme lief. Wie ein Blitz rannte sie an ihm vorbei. Gebannt starrte er ihr nach. Sie war perfekt. Ihr Hintern in der engen Laufleggins. Die langen Haare. Kein einziges Foto im Internet wurde ihrer Schönheit gerecht. Keines konnte ihren Geruch einfangen. Sie war wie ein Magnet und er das Gegenstück. Er konnte sie nicht loslassen, trotz der Tatsache, dass sie für einen anderen die Beine spreizte. Der Gedanke daran versetzte ihm einen Fausthieb in die Eingeweide. Schnell schob er ihn zur Seite, marschierte in Richtung der Menschenmenge im Ziel. Dieses Mal durfte er sie nicht aus den Augen verlieren, weil er zu vorsichtig war. Er musste ihr folgen, endlich herausfinden, wo sie wohnte.

Aus der Ferne beobachtete er, wie seine Jenni mit einer anderen Läuferin und einem älteren Mann in einen Mercedes stieg. Er rannte zu seinem eigenen Wagen und fuhr hinterher. Sein linker Fuß wippte während der ganzen Fahrt auf und ab. Sie durften ihn nicht abhängen. Mit einem Kleinlaster dazwischen folgte er ihr bis zum Bahnhof. Er parkte weiter vorn und wartete, bis der Zug quietschend einfuhr. Im Schatten des

Bahnhofgebäudes lief er zum Waggon und stieg ein. Nicht in denselben wie Jenni, aber gleich in den davor. Er setzte sich ans Fenster, presste die Wange an die Scheibe und starrte hinaus. Bei jeder Haltestelle beobachtete er genau, wer ausstieg. Ob sie ausstieg.

Endlich, in einem Kaff mitten im Emmental, verließ sie den Zug. Er schlich hinterher, vorsichtig, sodass sie ihn nicht bemerkte. Sein Atem ging ruckartig, fast keuchend. Gleich würde er es wissen. Immer wieder hielt er inne und versteckte sich. Hinter Gebäuden, inmitten einer Menschengruppe, im Maisfeld, spähte zwischen den Ähren hervor. Ihr Pferdeschwanz schwang hin und her, bis sie plötzlich stehen blieb und in seine Richtung schaute. Es war, als würde sich ihr Blick in ihn hineinbohren, aber sie schaute nur durch ihn hindurch. Dann rannte sie, den Hügel hoch zum Haus. Hatte sie ihn entdeckt? Er reckte sich, sah, wie sie sich ins Haus oben auf dem Hügel stürzte. Den Knall der zugeschlagenen Tür hörte er bis hier. Sie war weg. Aber nun wusste er, wo sie wohnte. Seine Hand schob sich wie von selbst in seine Hose und rubbelte alles weg, was sich in den letzten Wochen aufgestaut hatte. Er stellte sich vor, wie Jenni ihn beobachtete, und sank auf den Boden. Seine Augenlider flackerten. Als es vorbei war, lag er regungslos da und betrachtete die vorbeiziehenden Wolken. Seine Jenni. Bestimmt vermisste sie ihn und schämte sich für ihre Fehler. So sehr, dass sie sich nicht getraute, mit ihm Kontakt aufzunehmen. Sobald sie allein war, würde er ihr zeigen, wie sehr er sie immer noch liebte. Kein Verbot der Welt konnte ihn davon abhalten.

Kapitel 21

Dezember

Endlich aus der Rehaklinik herauszukommen, ließ mich ein bisschen freier atmen. Gleichzeitig drückte der Gedanke, zu Hause auf Philipp zu treffen, auf meine Brust. Ich hatte ihm nicht gesagt, dass ich entlassen werden würde. Die Angst, er würde mich nicht sehen wollen, hatte die Sehnsucht nach ihm schwarz übermalt. Die Prothese unter meiner Trainingshose konnte man nicht als solche erkennen. Ich trug an beiden Füßen die gleichen Sneakers. Nur der Rollstuhl verriet mich. Der eisige Wind fand seinen Weg bis unter meine Jacke. Wenn Mam nicht gerade unterrichten würde, hätte sie mich abgeholt.

Ein Taxi hielt vor dem Gebäude. Wie auf Kommando rollte ich los, die Tasche auf dem Schoß.

»Schönes Wetter heut«, begrüßte mich der Fahrer.

Er nahm mir die Tasche ab und warf sie auf den Beifahrersitz. Dann half er mir hinein und verlud den Rollstuhl im Kofferraum. Ich schaute nochmals zurück zum Eingang des Betonklotzes. Zwar durfte ich nach Hause, aber das Hochgefühl, etwas Großartiges erreicht zu haben, blieb aus. Wahrscheinlich, weil ich nichts geschafft hatte. Die Physiotherapie diente nur dazu, etwas Verlerntes wiederherzustellen. Das war kein Erfolgserlebnis. Ich wollte meinen Blick gerade abwenden, da erschien jemand ganz in Schwarz im Eingangsbereich. Der Metal-Typ. Zögerlich hob ich die Hand und er winkte ebenfalls.

Das Taxi fuhr den kurvigen Weg hinab zur Hauptstraße. Mit jedem Höhenmeter nahm der Druck auf meine Ohren zu und dämpfte die Geräuschkulisse um mich herum: das Dröhnen des Motors, die Popmusik im Radio und das Summen des Taxifahrers. Ich wartete auf den Moment, in dem ich gähnen musste und ich mit einem Schlag wieder hörte. Wenn doch alles so einfach wäre wie der Druckausgleich im Ohr. Gedankenverloren starrte ich aus dem Fenster. Diese Fahrt würde mich ein Vermögen kosten. Das war es mir wert, damit ich mich nicht mit dem öffentlichen Verkehr herumschlagen musste.

»Gehn Sie doch mal ran«, brummte der Taxifahrer.

Ich musterte ihn im Rückspiegel und fragte mich, was er wohl meinte. Da merkte ich, dass mein Handy klingelte. Ich fischte es aus der Hosentasche und antwortete. Der Anrufer sagte etwas, doch ich verstand nur das Wort »Polizei«. Ohne das Handy vom Ohr zu nehmen, schaltete ich es auf volle Lautstärke.

»Wir haben Neuigkeiten.« Das war Herr Gerbers Stimme, klar und deutlich.

Ich hielt die Luft an und wartete darauf, dass er weitersprach.

»Stefanie Salvisberg ist unschuldig. Sie hat ein Alibi.«

»W-w-was?«, stammelte ich. »Das kann nicht sein.«

»Ich darf Ihnen leider nicht sagen, wo sie sich aufgehalten hat. Aber ihr Bruder war zum Tatzeitpunkt bei ihr. Wir konnten dies anhand des Bewegungsprofils beider Handys nachweisen.«

»Das muss ein Trick sein.«

»Leider nein, es gibt weitere Zeugen.«

In meinem Kopf brummte es. Ich verstand nicht im Detail, was Herr Gerber danach sagte. Nur, dass die Ermittlungen weiterhin liefen und es, abgesehen von Bernhard Laurent, keine weiteren Verdächtigen gab. Nach dem Gespräch ließ ich die Hand mit dem Handy auf den Schoß sinken. Philipp war am Abend des Unfalls nicht zu Hause gewesen, das stimmte. Bei Stefanie jedoch auch nicht, das hätte er mir gesagt. Ich presste die Hände an die Schläfe. Warum unterstützte er ihr falsches Alibi? Ein böser Verdacht beschlich mich. Hatte er etwas mit dem Unfall zu tun? Verhielt er sich nicht wegen der Prothese so abweisend, sondern weil er mit Stefanie gemeinsame Sache machte? Der Gedanke war Unsinn. Dennoch nistete er sich in mir ein und ließ sich nicht mehr vertreiben. Ich starrte aus dem Fenster und beobachtete die vorbeiziehende Landschaft. Nach einer Stunde Fahrzeit wurde die Umgebung vertrauter. Wir passierten das Dorf, dann die Brücke. Die Maisähren waren umgepflügter Erde gewichen. Auf den letzten hundert Metern hoch zum Haus schüttelte es mich durch. Mit dem Rollstuhl hätte ich es nicht hoch geschafft. Das Haus wirkte verlassen, so als würde hier niemand mehr wohnen. Das Taxi stoppte und der Fahrer holte den Rollstuhl aus dem Kofferraum. Ich blieb sitzen. Das Muster der Kopflehne verschwamm vor meinen Augen.

»Steigen Sie mal aus, ich hab nicht den ganzen Tag Zeit.«

Verwirrt fokussierte ich meinen Blick und die verschwommene Silhouette des Taxifahrers wurde scharf. Wie in Zeitlupe stieg ich aus. Er streckte mir die Tasche entgegen und fuhr davon. Ich umklammerte sie mit beiden Armen, mit den

Gedanken immer noch bei Philipp und Stefanie. Wer waren die weiteren Zeugen, von denen Herr Gerber gesprochen hatte? Wenn meine Theorie stimmte, wären noch viel mehr Menschen beteiligt und das erschien mir wiederum abwegig. Warum hatte Philipp mich dann angelogen? Ich presste die Finger wie ein Fächer an die Stirn. Der Druck tat gut.

Nach einer Weile steckte ich den Schlüssel ins Schloss. Mitten in der Drehbewegung hielt ich inne. Ein beklemmendes Gefühl schlich sich in meine Brust. Was, wenn Philipp ausgezogen war? Das Gefühl des Verrats wurde von etwas viel Stärkerem überlagert: von der Angst, Philipp könnte mich verlassen. Meine Hand zitterte und die Schlüssel klimperten aneinander. Ich wusste genau, wie verbunden er und seine Schwester miteinander waren und dass ich nicht gewinnen konnte. Selbst, wenn Stefanie kein Alibi gehabt hätte, hätte Philipp einen anderen Weg gefunden, sich auf ihre Seite zu schlagen. Das hätte ich mir überlegen sollen, bevor ich aus einem Impuls heraus die Polizei benachrichtigt hatte. Tränen sammelten sich in meinen Augen. Philipp war alles, was mir blieb. Ich durfte ihn auf keinen Fall verlieren.

Zögerlich schob ich die Tür auf. Der modrige Geruch wehte mir entgegen. Irrte ich mich oder war er stärker als sonst? Nur umständlich schaffte ich es mit dem Rollstuhl über die Schwelle. Zum Glück hatte ich ein sportliches Modell gewählt, das gerade so durch die Tür passte. Ich schaltete das Licht ein. Alles sah aus wie immer. Die Tasche ließ ich im Eingangsbereich liegen und rollte ins Wohnzimmer. Sofort wanderte mein Blick zur Wand über der Vitrine. Die Medaillen hingen noch da. Ich lachte auf vor Erleichterung. Philipp war nicht ausgezogen. Niemals würde er die Medaillen zurücklassen, dafür bedeuteten ihm seine Erfolge zu viel. Um mich vollständig zu überzeugen, stemmte ich mich aus dem Rollstuhl und hangelte mich dem Geländer entlang die Treppe hoch. Atemlos riss ich im Schlafzimmer die Schranktür auf. Seine Kleider lagen wie immer ordentlich zusammengefaltet darin. Philipp war tatsächlich noch da.

Die Eingangstür quietschte. Schnell schloss ich den Schrank und ging langsam hinunter. Auf der untersten Treppenstufe blieb ich stehen und mein Herz fast mit mir. Philipp zog sich die Jacke aus, mir den Rücken zugekehrt. Er bemerkte meine Sporttasche und hielt kurz inne, ehe er die Schuhe auszog und daneben stellte. Er schaute mir nicht in die Augen, sondern auf einen Punkt neben meinem Ohr. Völlig gefasst, als hätte er gewusst, dass ich nach Hause kommen würde.

Schau mich an, flehte ich stumm. *Sieh mich.*

Aber er schüttelte nur den Kopf, als wollte er mein Bild vertreiben, nahm ein Handtuch aus seiner Sporttasche und verschwand damit im Bad. Ich blieb zurück, wartete auf das Gurgeln der Wasserleitungen. Nichts. Als er wieder hinauskam, merkte ich an den nassen Haaren, dass er schon geduscht hatte.

»Willst du auch was essen?«, wollte er wissen. Ungläubig starrte ich ihn an. So viele ungeklärte Fragen lagen zwischen uns und er fragte nach dem Essen, als wäre ich nie weg gewesen. Als hätte ich seine Schwester nicht angezeigt. Er machte nicht den Anschein, mich richtig begrüßen zu wollen. So nickte ich und folgte ihm in die Küche. Wir redeten nicht über meine Beschuldigungen Stefanie gegenüber und auch nicht über das Alibi, das Philipp ihr gegeben hatte. Statt meine Fragen zu stellen, sperrte ich sie ein und warf den Schlüssel weg. Ich wollte nicht mehr daran denken. Die

Polizei glaubte, Stefanie sei unschuldig, daran konnte ich nichts ändern. Mein Bein war weg und Beschuldigungen brachten es nicht wieder zurück. Stattdessen nahm ich mir vor, mich auf das zu konzentrieren, was wirklich wichtig war: Philipp und unsere Beziehung. Sie war alles, wofür es sich lohnte, nicht beim Unfall gestorben zu sein.

Kapitel 22

Januar

Ich bin weg«, rief Philipp und schwang die Sporttasche über die Schulter. »Kommst du klar?«

»Sicher.« Ich zuckte mit den Schultern, als wäre es tatsächlich so.

Er beugte sich zu mir herunter. Mit geschlossenen Augen reckte ich mich ihm entgegen, fand aber nur Luft. Als ich sie wieder öffnete, hielt Philipp seine Trinkflasche in der Hand, die er neben mir aufgehoben hatte. Ich hievte mich vom Sofa hoch und schaute ihm nach, wie er den Weg zur Bushaltestelle hinunterrannte, als könnte er nicht schnell genug von mir wegkommen. Ein schmerzhaftes Stechen breitete sich in meiner Brust aus.

Der Bus kam erstaunlich pünktlich. Beim Wegfahren gab er die Sicht auf einen Mann frei. Zuerst dachte ich, Philipp hätte sich umentschieden und sei wieder ausgestiegen, aber der Mann trug dunkle Kleidung und hatte keine Sporttasche dabei. Ich blinzelte und versuchte, das Gesicht zu erkennen. Aus dieser Distanz war das unmöglich. Mir wurde heiß. Hatte die Polizei Bernhard mittlerweile gefunden? Würde er mich nun aufsuchen, um sich dafür an mir zu rächen? Wie von selbst bewegte ich mich rückwärts, ein Stück weg vom

Fenster. Da sah ich Mams Mini. Meine Knie wurden weich vor Erleichterung, gleich nicht mehr allein zu sein. Mit weit vorgestrecktem Kopf fuhr sie geradewegs auf den Platz vor unserem Haus und schaltete den Motor aus, bevor sie die Tür zuknallte und über den Kies stöckelte.

»Wenn ich dich ohne Ankündigung überfalle, dann bringe ich wenigstens etwas Süßes mit.« Sie streckte einen Bäckereibeutel in die Höhe, der mir nur allzu bekannt vorkam.

»Donuts?« Ich lächelte gequält.

»Fürs Gemüt.« Mam ging an mir vorbei ins Haus.

Ich schaute wieder hinunter zur Bushaltestelle. Der Mann stand nicht mehr dort. Wahrscheinlich war er abgeholt worden. Die Distanzen waren zu groß, als dass er sich in dieser kurzen Zeitspanne zu Fuß hätte davonmachen können. Im Winter, wenn das Maisfeld gemäht wurde, gab es keine Gelegenheit, sich zu verstecken. Wenn jemand zum Haus hochgelaufen wäre, hätte ich ihn gesehen.

»Möchtest du Tee?« Mam verschwand, ohne eine Antwort abzuwarten, in der Küche.

Mit einem Rest flauen Gefühls im Magen setzte ich mich aufs Sofa und betrachtete die Donuts. Der Zuckerguss mit den roten Sprenkeln ließ mir das Wasser im Mund zusammenlaufen. Ihr Anblick erinnerte mich an Doris. Wie ferngesteuert griff ich danach und biss hinein. Süß und salzig vermischten sich mit dem leicht herben Geschmack des Hefeteiges. Eine wahre Geschmacksexplosion. Auf einmal war es mir unerklärlich, wie ich jeden Tag in der Bäckerei hatte arbeiten können, ohne jemals etwas probiert zu haben.

Mam servierte Tee in einer gepunkteten Kanne und zwei dazu passenden Tassen, von deren Existenz ich nicht einmal gewusst hatte.

»Wann habt ihr den installieren lassen?« Sie zeigte auf den Rollstuhllift am Fuß der Treppe.

»Vor einer Weile.«

In derselben Woche, in der ich meine Sportkleidung und die Laufschuhe in die Abstellkammer geräumt habe, ergänzte ich in Gedanken.

»Das erleichtert bestimmt einiges.«

Reflexartig strich ich über das Knie, bis ich die Verkleidung der Prothese spürte.

»Hast du noch starke Schmerzen?«

»Nein«, log ich, griff nach dem zweiten Donut und biss hinein. Der Physiotherapeut in der Reha hatte mir gefühlt hundertmal versichert, dass der Schaft exakt passte und der Tragekomfort nicht verbessert werden könnte. Ein gewisses Maß an Schmerzen sei normal. Eine Prothese könne nie so gut sitzen wie ein richtiges Bein. Aber so schlecht, dass ich nach zwei Stunden das Gefühl hatte, keinen Schritt mehr machen zu können?

Mam beäugte den Donut über den Rand ihrer Brille. »Der war eigentlich für mich gedacht.«

»Oh.« Ich spürte die Hitze in meinen Kopf steigen.

»Iss ihn nur.« Sie winkte ab und lächelte. »Es ist schön, dich mit so viel Appetit zu sehen.«

Als ob ich zuvor keinen Appetit gehabt hätte. Ich hatte nur darauf geachtet, was ich aß, damit ich möglichst leistungsfähig blieb. Doch das war nun nicht mehr nötig.

Es klingelte. Durch die Milchglasscheibe erkannte ich die graue Uniform des Postboten und das Paket unter seinem Arm. Mein Herz schlug schneller, schien davonzugaloppieren, aber ich regte mich nicht. Auch nicht, als es ein zweites Mal klingelte. Der Gedanke, dass ich bei der letzten Paketlieferung nur mit einem Badetuch umwickelt vor ihm gestanden hatte, zerriss mich beinahe. Da hatte ich noch beide Beine gehabt, durchtrainiert und makellos. Nun war ich verstümmelt.

»Willst du nicht öffnen?«, fragte Mam.

»Nein.«

Mam erhob sich und wollte zur Tür gehen.

»Ich sagte Nein!«

»Schon gut.« Sie hob abwehrend die Hände, setzte sich wieder und schwieg.

Der Schatten vor der Tür verschwand. Ein Motor heulte auf, brummte und entfernte sich. Das Adrenalin wich aus meinem Körper. Dafür spürte ich wieder diesen Stich in der Brust, der sich quälend langsam ausdehnte und mich lähmte. Meine Arme, ja sogar meine Fingerspitzen kribbelten, als wären sie eingeschlafen. Ich würde es nicht ertragen, das zuvor so offensichtliche Interesse des Postboten schwinden zu sehen und fortan meine Pakete aus dem Briefkasten holen zu müssen. Er durfte mich nicht so sehen.

Mam erzählte mir vom neu eröffneten Café in der Stadt und was sie nach dem Besuch bei mir noch alles einkaufen musste. Ich nippte am Tee, mit den Gedanken bei meiner ruppigen Reaktion von vorhin. Es war, als suchte mein Körper ein Ersatzventil. Alles, was er vor dem Unfall mit dem Laufen verarbeitet hatte, musste er nun auf andere Weise loswerden.

»Ich muss los«, sagte Mam. »Bevor die Geschäfte schließen.« Sie klemmte sich die Handtasche unter den Arm und steuerte auf die Haustür zu. Bevor sie hinausging, blickte sie, wie jedes Mal, zum Familienfoto auf der Kommode und dann zu mir. Das Mitleid verschwand und die altbekannte

Traurigkeit legte sich über ihr Gesicht. Einen Moment lang schwelgte sie in der Vergangenheit, dann fokussierte sie mich. »Kommst du zurecht?«

»Ja, Mam.« Ich versuchte mich an einem Lächeln. Vielleicht sollte ich etwas kochen, um die Zeit zu vertreiben. Philipp würde hungrig sein, wenn er vom Training zurückkam.

»Schon wieder Spaghetti mit Fertigsoße?« Philipp runzelte verärgert die Stirn. Ein paar Haarsträhnen klebten daran und sein Funktionsshirt wies dunkle Flecken unter den Armen auf. Er schien nach dem Training so hungrig gewesen zu sein, dass er das Essen der Dusche vorgezogen hatte.

»Wir hatten nichts anderes im Haus.«

Widerstrebend schöpfte er sich eine Portion. »Warum gehst du nicht einkaufen? Ich arbeite und du …« Er verstummte, musste es nicht aussprechen, denn ich wusste ohnehin, was er sagen wollte. Ich saß den ganzen Tag zu Hause und machte nichts.

»Mit der Prothese schaffe ich es nicht so weit.« Den anderen Grund verschwieg ich. Philipp würde es nicht verstehen. Er hatte meine Angst noch nie verstanden. Auch wenn der Mann vom Nachmittag ein fremder gewesen war, könnte Bernhard jederzeit aus dem nächsten Bus aussteigen, hinter jeder Ecke lauern und nur darauf warten, dass ich nichts ahnend das Haus verließ. Näherungsverbot hin oder her. Wenn Philipp mehr Abwechslung wünschte, musste er öfter in den Supermarkt. Die Gabel kratzte auf meinem Löffel. Die Spaghettifäden wollten nicht abreißen, das Bündel wurde dicker und dicker.

»Wie war das Training?«, fragte ich mehr aus Höflichkeit als aus Interesse. Und um die Stille zwischen uns zu vertreiben, die es sich mit jedem Tag gemütlicher machte.

»Zwanzig Kilometer bin ich gerannt. In Bestzeit.« Ein Lächeln umspielte seine Lippen. »Ich hätte ohne Probleme zehn weitere anhängen können.«

Ich schob die Spaghetti in den Mund und schlang sie fast, ohne zu kauen, hinunter. Zwanzig Kilometer. Und ich schaffte nicht einmal einen, ohne dass mich die Schmerzen einholten.

»Schön für dich«, murmelte ich, gereizter als gewollt.

Philipp schaute auf. »Gönnst du es mir nicht?«

»So ein Quatsch«, antwortete ich schnell, obwohl ich nicht einmal wusste, was er genau meinte. Seine Bestzeit, oder dass er, im Gegensatz zu mir, sein Leben so weiterführte wie bisher.

»Ich glaube, es tut dir nicht gut, den ganzen Tag zu Hause zu sein. Vielleicht solltest du wieder arbeiten.«

»Du weißt, dass ich nicht so lange hinter dem Tresen stehen kann.«

»Kopfsache, genau wie das Einkaufen.« Er wischte gleichgültig einen unsichtbaren Fusel vom Tisch.

»Mein Bein ist weg, ist das etwa auch nur in meinem Kopf passiert?«

»Es gibt Laufprothesen.«

»Ich will keine Laufprothese!« Ich schlug mit der Faust auf den Tisch, so fest, dass mein Wasserglas umkippte. Philipp beobachtete mit ausdrucksloser Miene, wie die Flüssigkeit in die Fasern des Tischtuchs sickerte.

»Wenn du eine hättest, könntest du an die Paralympics.«

»Wie erstrebenswert.«

»Besser, als im Selbstmitleid zu vergammeln.«

Ich wusste nicht, was es war, seine wegwerfende Handgeste oder sein abwertender Tonfall. Oder vielleicht die Tatsache, dass er recht hatte. Die Wut brodelte in mir wie Lava, war kurz davor auszubrechen. Ich drückte die Gabel in meiner Faust so fest, dass sich die Fingernägel in meine Handinnen-flächen bohrten.

Reiß dich zusammen, sagte ich zu mir. Ich wollte ihm nicht zeigen, wie sehr mich seine Bemerkung aufregte. Philipp beachtete mich nicht weiter, sondern brachte den leeren Teller in die Küche. Das Scheppern des Geschirrs in der Spülmaschine tönte durch das Haus. Er kam wieder hinaus und blieb im Türrahmen stehen. Ich wartete darauf, dass er mich in den Arm nahm und mir unanständige Dinge ins Ohr flüsterte, so wie er es früher nach einem Streit ge-tan hätte. Die Sekunden vergingen. Nichts passierte. Dann wandte er sich ab.

Die Wasserleitungen gurgelten. Philipp duschte und ich zapp-te gedankenverloren durch die Fernsehkanäle. Nichts weckte mein Interesse. Um diese Uhrzeit liefen fast ausschließlich Seifenopern. Mitten in einer Liebesszene hielt ich inne. Ein Paar küsste sich übertrieben leidenschaftlich. Wie gebannt starrte ich auf die nackten, ineinander verschlungenen Kör-per. In dem Moment wurde mir schmerzlich bewusst, wie sehr ich Philipp vermisste. Ich sehnte mich danach, ihn zu umarmen, mit den Fingern über seinen Körper zu fahren und ihn auf meiner Haut zu spüren. Unsere fehlende Nähe klaffte wie ein Abgrund zwischen uns. Er bröckelte, Steine fielen in die Tiefe. Ich musste etwas tun. Irgendetwas, um den Zerfall aufzuhalten.

Ich schaltete den Fernseher aus und ging wie ferngesteuert zur Badezimmertür. Das Wasser rauschte auf der anderen Seite. Ich sah Philipp vor mir, wie er hinter der Glasscheibe

den Strahl auf sein Gesicht richtete, mit schnellen Hand-
bewegungen seinen Körper einseifte und dabei alles nass
spritzte. Als wäre es ein notwendiges Übel, sich waschen
zu müssen. Ich sah ihn vor mir, wie er auf nur einem Fuß
den anderen einseifte und sich dabei die schlanken Muskeln
am Oberschenkel anspannten. Wie oft hatte ich ihm gesagt,
er solle aufpassen. Eine falsche Bewegung und er könnte
fallen, sich das Bein brechen oder den Kopf aufschlagen.
Jedes Mal hatte er meine Bedenken zur Seite geschoben.
Er ging so fahrlässig mit seinem Körper um. Als wüsste er
nicht zu schätzen, was dieser tagtäglich für ihn leistete. Was
es bedeutete, wenn man noch beide Füße hatte, die man
einseifen konnte.

Ich legte eine Hand an die Türklinke und drückte sie hinunter. Dampf flüchtete aus dem Badezimmer, als hätte er
nur darauf gewartet, zu entkommen. Die hohe Luftfeuch-
tigkeit drang in meine Lunge. Ich schloss die Tür hinter
mir und atmete ein paar Mal tief durch, um mich daran zu
gewöhnen. Selbst durch die angelaufene Scheibe erkannte
ich Philipps Rücken, rot vom feuerheißen Wasser. Er musste
den Schwall kalter Luft bemerkt haben, doch er drehte sich
nicht um, ließ weiter das Wasser über sich rieseln. Ich näherte
mich der Dusche. Meine Prothese klackte bei jedem zweiten
Schritt verdächtig auf dem Boden. Sie war nicht wasserfest,
aber in dem Moment war es mir egal. Fest entschlossen zog
ich den Pullover über den Kopf. Das Gummi löste sich und
meine Haare fielen locker über die Schulter. Philipp hielt
inne und drehte endlich den Kopf in meine Richtung. Nur
kurz, dann schaute er wieder weg.

Im Selbstmitleid vergammeln. Seine Worte fuhren Karussell in
meinem Kopf. Nur kurz flackerte Unsicherheit in mir auf,

die ich schnell zur Seite wischte. Wenn ich unsere Beziehung retten wollte, musste ich das hier durchziehen. Ich öffnete den BH und ließ ihn auf den Boden fallen, Hose und Slip folgten. Mein Atem ging unregelmäßig. Etwas umständlich stieg ich in die Dusche. Mein Blick schweifte über seinen schmalen Rücken und blieb am Hintern hängen. Läufer hatten die knackigsten, dafür war Philipp der beste Beweis. Sanft schmiegte ich mich an seinen Rücken, schlang die Arme um seine Taille und fühlte die festen Bauchmuskeln. Er verkrampfte sich in meiner Umarmung und drehte sich zu mir um. Wie eine Bitte, nein, vielmehr ein Flehen, mich endlich zu küssen, reckte ich mich ihm entgegen. So nah war er, ich spürte seinen Atem auf meinem Gesicht, und doch musste ich die Hand in seinen Nacken legen und ihn zu mir hinunterziehen, damit seine Lippen meine berührten. Sie waren nass, das Wasser lief über sein Kinn, tropfte in mein Gesicht. Ich kniff die Augen zu, versuchte, mich auf die Bewegungen meiner Zunge zu konzentrieren, die mechanisch mit der von Philipp interagierte. Meine Hände rutschten zu seinem Hintern und zogen ihn näher. Ich hielt inne und hörte auf, ihn zu küssen. Es war anders als sonst. Etwas fehlte und ich fand schnell heraus, was es war. Fast gleichzeitig sahen Philipp und ich an ihm herunter.

»Tut mir leid«, murmelte er, fasste an mir vorbei und schnappte sich ein Handtuch. »Ich kann das nicht.«

Ruppig wickelte er es um seine Hüften und verdeckte damit sein schlaffes Glied. Er stieg aus der Dusche und ließ mich allein. Nach einer Weile merkte ich, dass das Wasser immer noch lief, und drehte den Hahn zu. Der Dampf war aus dem Bad gewichen und gab einen Blick in den Spiegel frei. Dunkle Ringe hingen unter meinen Augen, in meinen

Mundwinkeln hatten sich Falten gebildet und die Schwerkraft zog meine Brüste gegen den Boden. Meine Schultern bebten. Ganz leise wimmerte ich, damit Philipp mich nicht hörte. Kein Wunder, dass er nicht mit mir schlafen wollte. Von der Frau, die ich einst gewesen war, war nichts mehr übrig geblieben.

Kapitel 23

Februar

Der Anruf, der mich aus meiner Routine riss, kam gegen Mittag.

»Heute um zwei in meinem Büro«, befahl der Drache. Ihre Worte fühlten sich an wie eine Ohrfeige. Ich stockte und für einen Moment wusste ich nicht, was ich erwidern sollte. Nur, dass ich nicht aus dem Haus konnte. Noch nicht.

»Ich habe Physiotherapie«, log ich.

»Dann eben eine Stunde später.«

Wieder Schweigen. Ich stellte mir vor, wie ich über die Schwelle trat und zur Bushaltestelle hinunterlief, die ganze Landschaft im Blick. Wie Bernhard auftauchte, die Hände in den Jackentaschen vergraben, und mit genüsslicher Langsamkeit auf mich zu schlenderte. *Du entkommst mir nicht.*

»Lässt sich das nicht telefonisch klären?« Mit aller Kraft versuchte ich, das Zittern in meiner Stimme zu unterdrücken. Sie sollte nicht glauben, dass ich mich vor ihr fürchtete. Wobei das bei ihrem brüsken Tonfall gar nicht so abwegig wäre.

»Entweder kommst du vorbei oder …«

»… ich verliere meinen Job, schon klar.« Wenn sie wüsste, wie egal mir das mittlerweile war, wenn ich nicht auf das Geld angewiesen wäre.

»Bis später.« Sie hatte aufgelegt.

»Verdammtes Geld«, murmelte ich und rieb meine mit Gänsehaut überzogenen Arme.

Die Zeit, bis ich losmusste, verbrachte ich damit, den Zeiger der Uhr zu beobachten und zu grübeln, wie ich mich vor dem Treffen drücken könnte. Was, wenn ich es darauf ankommen ließ oder einen Notfall vortäuschte? Wenn ich ein wenig Glück hatte, würde der Drache einsehen, dass sie mich nicht persönlich treffen musste.

»Verdammte Prothese.« Ich schlurfte zum Sofa und kuschelte mich ins Kissen. Mein Stumpf drückte am Schaft. Mir war bewusst, dass ich aus dem Haus gehen sollte. Zum Treffen mit dem Drachen, in die Physiotherapie, in den Supermarkt. Und doch war die Türschwelle eine unüberwindbare Grenze. Innen Sicherheit, draußen Gefahr. Wärme und Kälte. Komfortzone und Konfrontation. Würde ich es mit den Schmerzen überhaupt bis zur Bushaltestelle schaffen? Der Zeiger drehte weiter seine Runde.

Dong. Ein Uhr. Ich musste los.

Ein Taxi, ging es mir durch den Kopf. Ich würde dieses Mal einfach ein Taxi bestellen.

Viel zu früh lud mich das Taxi direkt vor der Bäckerei ab. Als mir der Fahrer den Preis nannte, kramte ich in meiner Jackentasche nach einer weiteren Banknote und drückte sie ihm in die Hand. Die Strecke ins Dorf war nicht weit, aber die Grundtaxe so horrend hoch, dass ich mir den Luxus nicht täglich würde leisten können. Wöchentlich auch nicht, vielleicht nicht einmal monatlich.

Da stand ich nun und beobachtete durch die Scheibe, wie Doris die leer gewordenen Platten aus der Vitrine in die

Spülmaschine stellte. Die Aushilfskraft hantierte mit dem Milchschäumer herum. Die Klingel ertönte, als ich die Bäckerei betrat. Doris hob den Kopf.

»Jennifer!« Sie kam um den Tresen herum und fiel mir um den Hals. Ihr Körper war weich und tröstlich warm, der Duft von Hefegebäck stieg mir in die Nase. »Schön zu sehen, dass es dich noch gibt. Komm, ich mache dir einen Kaffee. Möchtest du einen Donut dazu?« Sie ahmte Mams Stimme nach und grinste.

Ich betrachtete die Vitrine. Die Donuts glänzten verführerisch. »Den mit Zuckerguss.«

»Sieh mal einer an.« Doris' Mundwinkel hoben sich noch stärker. »Du bist auf den Geschmack gekommen.«

Wie bei jedem anderen Kunden griff sie nach der Zange und legte den Donut auf einen Teller. Ich setzte mich an einen der Tische am Schaufenster und fixierte die Blätterteigtaschen, die Doris vor sich hinstellte.

»Heute um zwölf war die Hölle los, keine Zeit, um zu essen«, rechtfertigte sie ihre Ausbeute. Ich nickte verständnisvoll und biss in den Donut.

»Der Drache hätte fast einen Herzinfarkt bekommen, als sie erfahren hat, dass du ausfällst. Ich musste wochenlang Doppelschichten schieben, bis sie endlich einen Ersatz für dich eingestellt hat.«

»Tut mir leid.«

»Du kannst nichts dafür.« Doris kaute mit offenem Mund und erzählte mir von den Stammkunden am Morgen. Nichts hatte sich verändert, außer dass nicht ich, sondern eine Aushilfe hinter dem Tresen stand.

Die Bürotür knallte an die Wand und der Drache stand mitten im Raum. Doris versteifte sich und schien nicht zu wissen, ob sie hinter den Tresen springen oder sitzen bleiben sollte. Sie entschied sich für den Tresen.

»Du bist schon da«, stellte der Drache fest und verschwand wieder im Büro. Gerade als ich aufstehen wollte, um ihr zu folgen, kam sie mit einem Blatt wedelnd zurück. »Einmal unterschreiben, bitte.«

Ich starrte auf das Stück Papier. »Ein Formular?«

»Papierkram muss auch erledigt werden.«

»Das hätte ich auch zu Hause unterschreiben können.«

»Persönlich geht es schneller.«

Am liebsten hätte ich mit der Faust auf den Tisch gehauen. Sie hatte mich tatsächlich völlig unnötig in die Bäckerei bestellt. Der Stift schrieb nicht auf Anhieb, so fuhr ich ein paar Mal übers Papier und zerriss es dabei fast. Ich erkannte meine Schrift nicht wieder. Der Drache nahm das Formular und verduftete. Kein »Wie geht es dir?«, kein »Alles wird gut«. Dafür aber auch keine auffällig unauffälligen Blicke auf meine Prothese. Es schien sie schlichtweg nicht zu interessieren.

»Vielleicht wollte sie sich selbst ein Bild machen, ob du tatsächlich zurückkommst.« Doris setzte sich und leckte die Blätterteigkrümel vom Teller. Einer blieb an ihrer Wange kleben. »In einem Monat, oder?«

Ich zuckte mit den Schultern. Die Invalidenversicherung gewährte mir nur eine minimale Rente auf Basis meines Halbtagespensums vor dem Unfall. Es reichte knapp für die Miete. Um einen Job kam ich nicht herum.

»Bitte lass mich nicht im Stich.« Etwas leiser fügte sie hinzu: »Der Cappuccino der Aushilfe sieht schlimmer aus als deiner.«

Ich lachte. »Ich gebe mein Bestes. Aber jetzt muss ich los. Einkaufen.«

»Ich bin wieder da.« Philipps Stimme drang nur schwach in die Küche. Das Piepsen des Timers hingegen, der das Ende der Garzeit ankündigte, hörte ich deutlich. Ich verteilte die Medaillons auf zwei Teller und füllte den Rest mit Kartoffeln und Soße. Philipp setzte sich an den Esstisch. Sein Lächeln erstarb, als ich den Teller vor ihn hinstellte. Wortlos griff er nach dem Messer und prüfte damit die Konsistenz der Soße. »Ist das Sahne?«

»Milch.« Ich schnitt mir ein großes Stück Fleisch ab und steckte es in den Mund.

Philipp schabte die Soße vom Fleisch, scheiterte aber bei den Kartoffeln. »Warum kochst du so ungesund?«

»Du hast dich über Spaghetti mit Tomatensoße beschwert«, verteidigte ich mich mit vollem Mund.

»Das bedeutet nicht, dass du alles in Fett ertränken sollst.«

In meinem Bauch sammelte sich die Wut, wie so oft in den letzten Tagen, Wochen, Monaten. Nur für ihn war ich Einkaufen gegangen und hatte die Tüten nach Hause geschleppt. Anstatt sich zu bedanken, nörgelte er an mir herum. »Nur weil du auf alles verzichtest, was schmeckt, muss ich es nicht auch tun.«

Nicht mehr, fügte ich in Gedanken hinzu.

»Wann bist du so egoistisch geworden?«

»Seit ich dir egal bin.«

»Ach ja?« Philipp legte sein Besteck ab und funkelte mich an.

»Du machst mit deiner Sportroutine weiter. Kein einziges Mal hast du mich gefragt, was das bei mir auslöst.«

»Ich soll deinetwegen auf Sport verzichten?«

»Du könntest ihn weniger offensichtlich ausüben.« Noch während ich die Worte aussprach, merkte ich, wie dumm meine Forderung war.

Er lachte auf. »Du machst dich lächerlich.«

Die Wut in meinem Bauch wurde größer und ich lauter. »Warum sprichst du so mit mir?«

»Wie denn?«

»So abwertend. Als wären meine Gefühle nichts wert.«

»Deine Gefühle?« Er lachte wieder, den Kopf in den Nacken gelegt, immer lauter. Wie einen Irren schüttelte es ihn durch.

Plötzlich war mir zum Weinen zumute. Ich ballte die Hände zu Fäusten und ohne dass ich es wollte, flossen die Tränen. Endlich hörte Philipp auf zu lachen.

»Und jetzt heulst du? Ausgerechnet du?« Nun schrie er fast. »Meinst du, das Ganze ist einfach für mich? Nach dem Unfall wurde dein Bein amputiert und du lagst zwei Wochen im Koma. Hast du dich je gefragt, wie es mir damit ging?«

Die Gabel fiel mir aus der Hand und klirrte auf dem Teller. Ich war unfähig zu antworten. So wütend und gleichzeitig so verletzlich hatte ich Philipp noch nie erlebt.

»Sei froh, dass du dieses verdammte Bein los bist. Wenn die Ärzte es nicht amputiert hätten, wärst du jetzt tot.« Er fuhr mit dem Zeigefinger horizontal über den Hals und presste die Lippen zusammen.

»Vielleicht wäre das für alle besser gewesen«, flüsterte ich und wandte den Blick ab.

Aus dem Augenwinkel sah ich, wie Philipp den Kopf schüttelte. Mit ruhiger Stimme sagte er: »Du brauchst professionelle Hilfe, Jennifer.«

»Ich brauche mein Bein.«

Philipps Blick streifte meine Prothese nur flüchtig. Er mied es, hinzusehen. Immer noch. »Ich weiß nicht mehr weiter.« Er ließ seinen halb vollen Teller stehen und zog sich ins

Schlafzimmer zurück. Ich umschlang mein linkes Bein mit beiden Armen und legte den Kopf auf dem Knie ab. So gut, wie ich konnte, hielt ich es fest, als ob ich es auch noch verlieren könnte. Früher hatte sich in unserer Beziehung alles nur ums Laufen gedreht. Nach einem Lauf hatten wir uns kennengelernt und das erste Mal geküsst. Wir hatten über unsere Trainingspläne, die anstehenden Wettkämpfe, über Konkurrenten und Sponsoringverträge gesprochen. Das Laufen war unser beider Lebensinhalt gewesen. Philipp hatte alles: sein Bein, das Laufen, sein Leben. Mir hingegen hatte dieser Unfall alles genommen. Wie sollte er mich jemals verstehen?

Von jenem Abend an nahm Philipp Rücksicht auf mich. Er ließ seine Sporttasche nicht mehr beim Eingang liegen. Er verschwand, ohne mir Bescheid zu geben, wohin. Nicht einmal von seinen Erfolgen berichtete er, was bedeutete, dass wir kaum miteinander sprachen. Mit jedem Tag wurde er mir fremder und ich bereute, dass ich ihn so angeschnauzt hatte. Was hatte ich damit bezwecken wollen? Dass er mit dem Laufen aufhörte und wir uns auf dem Sofa gegenseitig bemitleideten?

Im Obergeschoss war es still. Philipps Yoga-Einheit würde jeden Moment zu Ende sein. Er hatte recht. Ich musste etwas ändern. Nein, ich musste *mich* ändern. Vielleicht war der erste Schritt nachzugeben. Ich erhob mich vom Sofa. Die Stelle, an der ich immer saß, war mittlerweile abgewetzt und eingedrückt. Leise klopfte ich an die Schlafzimmertür. Keine Antwort. Ich klopfte noch einmal, traute mich nicht, hineinzugehen. Philipp öffnete mit nacktem Oberkörper und tief sitzender Trainingshose. Eine Weile schauten wir uns wortlos an. Ein Starr-Contest, bei dem derjenige verlor, der zuerst wegschaute: ich.

»Es tut mir leid«, stotterte ich. »Bitte verzeih mir.«

Er musterte mich prüfend. Erst ein paar Sekunden später kamen die Worte hinaus. »Hast du dich wirklich gerade entschuldigt?«

»Ich mache es nochmals: Es tut mir leid, Philipp. Ich weiß nicht, was in mich gefahren ist. Seit dem Unfall fühle ich mich, als würde ich in einem fremden Körper stecken. Ich muss mich erst daran gewöhnen, nicht mehr tun zu können, was ich geliebt habe.« Während ich die Worte aussprach, kämpfte ich mit den Tränen und wünschte mir, Philipp würde mich endlich erlösen.

Er verschränkte die Arme und schaute mich an, als wüsste er nicht, ob er mir verzeihen wollte. Oder ob er es konnte. Nach unendlich langen Sekunden streckte er die Arme aus. »Komm her.«

Die Umarmung fühlte sich steif an. Unnatürlich. Vielleicht lag es daran, dass wir uns so lange nicht mehr im Arm gehalten hatten. Wir wiegten uns im Gleichtakt zu einem nicht hörbaren Lied. Die erwartete Erleichterung blieb aus. An ihre Stelle trat eine Schwere, die mich betäubte. Stumm beobachtete ich uns im Spiegel. Ich hatte nachgegeben und es fühlte sich an, als wären wir nicht mehr gleichwertige Partner. Wem machte ich etwas vor? Das waren wir schon lange nicht mehr.

»Nächste Woche sind wir bei meinen Eltern eingeladen«, flüsterte Philipp in mein Ohr. »Mein Vater feiert seinen sechzigsten Geburtstag.«

Ich versteifte mich in seiner Umarmung.

Wird Stefanie auch da sein?, wollte ich fragen, aber Philipp war schneller.

»Du kommst auch, nehme ich an.«

Keine Frage. Eine Bemerkung, die sich wie ein Test anfühlte.

»Natürlich.«

Er lächelte zufrieden und küsste mich auf die Wange. Der Versöhnungssex blieb aus.

Kapitel 24

Letzten September

*I*ch möchte Jennifer Goldmann besuchen.« Er räusperte sich und schaute auf seine Fußspitzen, dann auf die aufgedunsenen Finger der Empfangsdame. »In welchem Zimmer finde ich sie?«

Sie tippte auf der Tastatur herum und er vergrub die Nase im Rollkragenpullover. Hier roch es so stark nach Krankheit, dass ihm übel wurde. Die Pupillen der Frau zuckten hin und her und verharrten, ein wenig zu lange.

»Tut mir leid, ich kann keine Jennifer Goldmann finden«, sagte sie.

Er lehnte sich vor, wollte auf den Bildschirm spähen, um zu überprüfen, ob sie den Namen richtig geschrieben hatte. Aber aus diesem Winkel sah er nur schwarz.

»Jennifer Goldmann«, buchstabierte er. »Versuchen Sie es noch einmal.«

»Tut mir leid.« Sie faltete ihre Hände.

Sie log. Seine Mundwinkel zuckten. Er musste sich beherrschen, sie nicht zur Seite zu schieben und die Zimmernummer selber nachzuschlagen. Bestimmt hatte Jenni den Ärzten von ihm erzählt, damit ihre Privatsphäre gewahrt wurde. Er schlenderte zum Kiosk neben dem Ausgang und blätterte in den Zeitschriften. Vielleicht stieß er darin auf eine Sonderreportage über den Unfall.

»Jenni, Jenni«, murmelte er vor sich hin. »Hättest du dich für mich entschieden, wäre das nicht passiert.«

Ihr Bein würde er nicht vermissen, denn das, was ihn interessierte, war noch da. Umso besser, wenn sie nicht mehr ständig davonlaufen konnte. Er legte die Zeitung zurück in den Ständer. Sie musste hier sein, in diesem Krankenhaus. Er würde jede Station, jedes Zimmer absuchen, bis er sie gefunden hatte.

Kapitel 25

Februar

Das Haus von Philipps Eltern war so elegant und zeitlos wie sie selbst. Eine Jugendstilvilla aus dem späten 19. Jahrhundert mit elf Zimmern und einem Garten so groß wie ein Park. Schnee hatte sich auf Dach, Bäumen und Rasen niedergelassen. So wenig, dass ich ihn mit Frost verwechselt hätte, wenn ich die Flocken am Nachmittag nicht mit eigenen Augen hätte fallen sehen.

Wir parkten unser Mietauto neben Stefanies weißem Van. Mein Blick blieb flüchtig daran hängen. Philipp schaltete den Motor aus. Beim Aussteigen waren meine Knie ganz weich und drohten nachzugeben. Wussten seine Eltern, dass ich Stefanie beschuldigt hatte, mich angefahren zu haben? Wie würden sie mich empfangen? Wir betraten das Haus und ich zog unbewusst den Kopf ein.

»Hallo Jennifer.« Philipps Vater reichte mir die Hand. »Wie geht es dir?«

»Alles Gute zum Geburtstag.« Ich zwang mich zu einem Lächeln und hoffte, er würde nicht merken, dass ich der Frage ausgewichen war. Er lachte nur verlegen, als hätte ich ihm gesagt, er sähe gut aus für sein Alter. Aufs Äußere bezogen ähnelte Philipp ihm stark, beide waren schlank und drahtig und der Adamsapfel zuckte beim Sprechen. Was er nicht von ihm geerbt hatte, war sein Geschmack für Mode. Sein Vater trug eine Schiebermütze, um die beginnende Glatze zu überspielen, dazu eine eng anliegende Weste und eine Stoffhose.

»Jennifer.« Philipps Mutter umarmte mich nur kurz. Sie duftete nach Braten, Nelken und Zimt, fast wie an Weihnachten. »Du warst lange nicht hier.«

»Mein Terminkalender ist ziemlich voll.«

Philipp strafte mich mit einem bösen Blick für diese Lüge. Ich schaute in die Gesichter von Philipps Eltern, die mir so vertraut waren wie fremd. Vielleicht hatte sich nur meine Wahrnehmung von ihnen geändert? Oder ihre von mir, wenn Philipp ihnen von meinen Anschuldigungen erzählt hatte? Wie gerufen tauchte Stefanie im Eingangsbereich auf. Sie trug ein schwarzes Kleid, das nur knapp über den Hintern reichte und ihre durchtrainierten Beine zur Geltung brachte. Ich öffnete den Mund, aber kein Wort kam heraus, und auch sie begrüßte mich nicht. Europameisterschaft. Doping. Unfall. Und doch war sie gemäß Aussage der Polizei unschuldig. Ich hatte nichts in der Hand. Auf Basis von Gefühlen wurde niemand verurteilt.

»Kommt, Kinder. Der Aperitif wartet.« Philipps Vater scheuchte uns ins Wohnzimmer.

Philipp zog mich am Arm zur Seite. »Ich will, dass du dich bei Stefanie entschuldigst.«

»Philipp, ich …«

»Du hast behauptet, sie hätte dich angefahren, und die Polizei hat bewiesen, dass sie es nicht war. Eine Entschuldigung ist das Mindeste.« Ohne ein weiteres Wort folgte er seiner Familie ins Wohnzimmer. Es war, als würden sich seine

Finger immer noch in meinen Oberarm bohren. Ich berührte die Stelle. Wie könnte ich mich bei Stefanie entschuldigen, wenn ich insgeheim glaubte, sie hätte etwas mit meinem Unfall zu tun? Philipp hatte mir nicht gesagt, dass er an jenem Abend bei ihr gewesen war. Warum? Ich rieb über meinen Arm, immer stärker, bis der Schmerz meine innere Zerrissenheit überlagerte. Mir blieb nichts anderes übrig. Wenn ich wollte, dass Philipp und ich wieder auf den richtigen Weg zurückfanden, musste ich tun, was er verlangte.

Ich trottete hinter ihm ins Wohnzimmer. Auf dem Sideboard hatte seine Mutter Häppchen hergerichtet, alle hausgemacht. Daneben standen Sektgläser und ein mit Eis gefüllter Behälter mit Champagner.

»Wem darf ich ein Glas einschenken?« Philipps Vater griff nach der Flasche und schaute mit erwartungsvoller Miene in die Runde.

»Für mich nicht, danke«, sagten Philipp und Stefanie gleichzeitig. Natürlich tranken sie nicht. Es würde ihr Training am nächsten Tag negativ beeinflussen.

»Jennifer?«

»Gern.« Überrascht drehten sich alle nach mir um. Ich hatte erst einmal in meinem ganzen Leben Alkohol getrunken. Zu gut waren mir die Kopfschmerzen und die Trägheit am darauffolgenden Tag in Erinnerung geblieben, sodass ich das Lauftraining hatte verschieben müssen. Nun hatte ich keinen Grund mehr, länger darauf zu verzichten. Wir standen schweigend um die Häppchen herum. Ich trank einen Schluck Champagner. Herb mit einer bitteren Note, bemerkte ich. Die Kohlensäure prickelte im Mund und eine Sekunde später im Magen. Philipps Mutter schwebte beinahe ins Wohnzimmer, unauffällig wie eine Servierkraft an einem Catering-Event, mit einem Tablett voller belegter Brötchen. Wer sollte das alles essen?

»Jennifer, möchtest du dich nicht lieber setzen?«

»Es geht, danke.« Mein Stumpf schmerzte, aber aus falschem Stolz blieb ich stehen. Der Alkohol fand den Weg ins Blut und in meinen Kopf. Alles drehte sich. Die kargen Gespräche der anderen bekam ich nur am Rande mit. Zum Glück stand die erste Vorspeise kurze Zeit später auf dem Tisch und ich konnte mich endlich hinsetzen.

Philipp deutete zu Stefanie, wohl um mich daran zu erinnern, mich zu entschuldigen. Als ob ich das vor versammelter Familie tun würde. Ich senkte den Blick auf den Teller. Feldsalat mit Ei und Speck, eine Portion so groß wie ein Hauptgang. Der Tellerrand war fast nicht mehr zu sehen. Aus Erfahrung wusste ich, dass noch mindestens drei Gänge folgen würden.

»Guten Appetit.«

Alle griffen gleichzeitig zur Gabel. Philipp schaufelte als Erstes die Speckwürfel vom Salat. Stefanie tat es ihm gleich. Nur das Kratzen der Gabeln auf den Tellern und die klassische Musik im Hintergrund waren zu hören. Auch von der Steinpilzsuppe entfernten Philipp und Stefanie das Sahnehäubchen. Seine Mutter bemerkte es mit einem traurigen Blick.

»Das riecht lecker.« Demonstrativ rührte ich die Sahne unter die Suppe.

Ein Lächeln schlich sich auf ihre Lippen.

»Hat die Polizei herausgefunden, wer dich angefahren hat?«, fragte Philipps Vater.

Mitten in der Bewegung hielt ich inne. Mein Blick verselbstständigte sich und wanderte zu Stefanie. Sie spielte mit ihrer Serviette.

Sie wussten es tatsächlich nicht. Sonst hätte Philipps Vater das Thema nicht angesprochen. Ich schob den Löffel in den Mund und verbrannte mir die Zunge.

»Leider nicht«, presste ich hervor.

»Gib die Hoffnung nicht auf. Sie werden ihn bestimmt finden.«

Ich lächelte gezwungen und trank einen Schluck Wein. Vielleicht sollte ich mit dem Alkohol aufhören. Das Glas Champagner war bereits zu viel gewesen.

Nach dem Hauptgang war mein Magen zum Bersten gefüllt. Alles drückte: der Bund meiner Hose, meine Blase. Ich rutschte im Stuhl ein Stück nach unten und lehnte mich nach hinten, um meinem Bauch mehr Platz zu verschaffen. Selten hatte ich mich so unwohl gefühlt. Philipps Mutter sammelte die Teller ein und häufte das übrig gebliebene Kartoffelgratin auf den obersten.

»Wir helfen dir beim Abwasch.« Philipp deutete seinem Vater, ebenfalls mitzukommen.

Stefanie und ich schoben unsere Stühle gleichzeitig zurück.

»Ihr dürft sitzen bleiben.« Philipp lächelte säuerlich. »Der Abwasch ist heute Männersache.«

Die Lehne des Stuhls bohrte sich in meinen Rücken. Er wollte mir die Gelegenheit geben, mich unter vier Augen zu entschuldigen. Bei dem Gedanken raste mein Herz, als wollte es flüchten. Philipp zog die Schiebetür der Küche zu. Das Klappern der Teller drang gedämpft ins Wohnzimmer. Stefanie und ich waren allein. Sie lehnte sich zurück und reckte das Kinn in die Luft.

Es tut mir leid.

Vier Worte, die ich zu ihr sagen müsste, damit Philipp und ich eine Chance hätten, wieder eins zu werden.

»Du willst dich entschuldigen?« Sie rutschte hinüber, sodass sie direkt neben mir saß.

Natürlich hatte Philipp es ihr schon angekündigt. Warum stand er ihr so viel näher als mir? Unter dem Tisch ballte ich die Hände zu Fäusten.

Spring über deinen Schatten. Entschuldige dich. Tu es für Philipp. Für eure Beziehung.

»Es tut mir leid«, murmelte ich kaum hörbar. Die Worte fühlten sich an wie ein Verrat an mir selbst.

»Wie bitte? Ich kann dich nicht hören.«

Ich presste die Fingernägel in die Handflächen. Sie schikanierte mich. Immer noch, obwohl ich für ihre Goldmedaillen keine Bedrohung mehr war. Die Situation artete in einen Wettkampf aus. Ich gegen sie. Schuld gegen Überzeugung. Da platzte die Wahrheit aus mir heraus.

»Weißt du was?« Ich funkelte sie an. »Es tut mir nicht leid.«

»Wie bitte?« Ihr siegessicheres Lächeln erlosch.

»Ich nehme dir dein Alibi nicht ab. Vielleicht hast du jemanden beauftragt, mich anzufahren. Außerdem sind Handys nicht an eine Person gebunden. Gut möglich, dass du es jemandem in die Tasche geschmuggelt oder die angeblichen Zeugen bezahlt hast, damit sie für dich aussagen.«

»Das ist absolut lächerlich.«

»Ich weiß, dass du es warst.«

»Du irrst dich.« Sie machte eine bedeutungsschwangere Pause und fuhr eine Spur leiser fort: »Trotzdem bin ich nicht unglücklich darüber, dass du als Konkurrentin ausgeschieden bist.«

Die nächsten Sekunden liefen wie in Zeitlupe ab. Ich löste die Finger meiner Faust und holte aus. Mit voller Wucht klatschte meine Handfläche gegen Stefanies Wange. Ihr Kopf flog zur Seite. Auf meiner Hand breitete sich eine wohlige Wärme aus. Ich hatte ihr gezeigt, dass ich mir nicht alles gefallen ließ. Die Genugtuung, die ich dabei empfand, hielt nur so lange, bis ich Philipp und seine Eltern im Türrahmen entdeckte. Sie starrten mich mit geweiteten Augen an. Philipps Mutter hielt sich vor Schreck die Hand vor den Mund. Auf einen Schlag war ich nüchtern. Was hatte ich getan?

Wir verließen die Geburtstagsfeier noch vor dem Nachtisch. Auf dem Heimweg saß ich steif im Auto und wusste nicht, was ich denken, geschweige denn fühlen sollte. Mein Kopf war wie Watte. Die Straßenbeleuchtung ließ die Welt farblos erscheinen. Philipp sprach kein Wort mit mir, hielt den Blick stur auf die Straße gerichtet. Er ignorierte das Tempolimit, überfuhr eine rote Ampel und nahm einem Mercedes im Kreisverkehr die Vorfahrt. All das bei nassen Straßen und Temperaturen von nur knapp über null Grad. Ich klammerte mich am Türgriff fest. Vor unserem Haus bremste er abrupt. Kies spritzte an die Unterseite der Karosserie.

»Ich bringe den Wagen allein zurück.«

Verunsichert und mit klopfendem Herzen regte ich mich kein Stück.

»Steig aus.« Er schrie nicht, war aber kurz davor.

Endlich schaffte ich es, die Tür zu öffnen, und stolperte aus dem Wagen. Ich schaute den roten Rücklichtern nach, bis Philipp mit quietschenden Reifen abbog und in Richtung Dorf zur Vermietungsstation fuhr. Die Dunkelheit lullte mich ein und ich starrte so lange in den Himmel, bis meine fünf Zehen eiskalt wurden. Erst als ich sie nicht mehr spürte, erlaubte ich mir, hinein zu gehen. Ich setzte mich aufs Sofa und wartete. Wartete und wartete. Der Alkohol hatte meine Glieder träge gemacht und wegen der Wärme fielen meine Augenlider immer wieder zu. Ich zwang mich, wach zu bleiben, bis Philipp zurückkam. Wir mussten darüber sprechen, was passiert war. Ich musste ihm erklären, wie Stefanie mich provoziert hatte. Wie wütend ich geworden war. Und dass ich zu viel getrunken hatte. Es war, als würde sich ein Band eng um meine Brust legen und mir die Luft abschnüren. Ich versank immer tiefer im Kissen. Würde er mir überhaupt zuhören?

Erst weit nach Mitternacht hörte ich den Schlüssel im Schloss. Ich schreckte aus dem Halbschlaf hoch und die Spannung kehrte in meinen Körper zurück. Langsam richtete ich mich auf und rieb mir den Schlaf aus den Augen. Philipps Haare waren pitschnass. Ein paar Schneeflocken glitzerten darin.

»Bist du nach Hause gerannt?«, fragte ich, obwohl die Antwort offensichtlich war.

Philipps Blick streifte mich. Seine Augen waren gläsern. Er setzte sich auf den Sessel gegenüber und stützte die Ellenbogen auf den Knien ab. »Warum hast du sie geohrfeigt?«

»Sie hat mich provoziert.«

»Stimmt es, dass du immer noch denkst, sie sei schuld am Unfall?«

»Du hast mit ihr gesprochen?«

»Schließe damit ab, Jennifer.« Er rieb sich über das Gesicht. »Sie hat nichts damit zu tun.«

»Warum hast du mir nicht von Anfang an erzählt, dass du an dem Abend mit ihr zusammen warst?« Die Worte waren schneller aus meinem Mund gesprudelt, als ich denken konnte.

Philipp hielt mitten in der Bewegung inne, schien nach einer Antwort zu suchen. Viel zu lange. In meinen Fingerspitzen kribbelte es. Am liebsten hätte ich ihn am Kragen gepackt und die Wahrheit aus ihm herausgeschüttelt.

»Ich habe nicht mehr daran gedacht«, sagte er schließlich.

»Eine bessere Erklärung ist dir auf die Schnelle nicht eingefallen, was?«

»Es geht hier nicht um Stefanie und den Unfall. Es geht um uns. Um dein Verhalten. Ich erkenne dich kaum wieder.«

»Ich habe meinen Unterschenkel verloren«, blaffte ich ihn an, die Hände fest in den Schoß gepresst.

»Das ist fast fünf Monate her. Die Jennifer, die ich kenne, hätte sich zusammengerissen und gekämpft. Sie hätte gelernt, wie man mit einer Prothese rennt, um eines Tages bei den Paralympics zu gewinnen. Du hingegen gehst nicht einmal mehr aus dem Haus.«

»Ich habe Schmerzen.« Philipp verschwamm vor meinen Augen, seine Worte aber hörte ich deutlich. Gnadenlos fuhr er fort, damit auf mich einzustechen.

»Statt den Fehler bei dir zu suchen, beschuldigst du Stefanie und mich. Alle anderen sind schuld daran, was in deinem Leben schiefläuft.«

Ich schnappte nach Luft. Dieses Gespräch ging in die falsche Richtung.

Philipp wirkte auf einmal unendlich müde. »Es ist besser, wenn wir uns eine Zeit lang nicht mehr sehen, damit du wieder zu dir selbst finden kannst.«

»Du machst es dir verdammt einfach«, presste ich hervor. »Sobald es schwierig wird, haust du ab.«

»Ich habe es versucht, wollte der neuen Jennifer eine Chance geben. Doch ich kann nicht mehr. Morgen packe ich meine Sachen und ziehe aus.«

Er ließ mich allein im Wohnzimmer zurück. In dem Moment begriff ich die Tragweite seiner Worte nicht. Alles in mir war wie betäubt. In meinem Ohr piepste es, immer lauter und schriller. Philipp und ich waren Seite an Seite nebeneinander gelaufen. Nach der Amputation war ich langsamer geworden und nun stand ich still. Er hingegen rannte in gewohnt hohem Tempo weiter und ließ mich hinter sich. Die Distanz zwischen uns vergrößerte sich so stark, dass ich ihn nur noch als kleinen Punkt am Horizont wahrnahm. Selbst wenn ich die Kraft hätte aufbringen können, um nach ihm zu rufen, würde es nichts nützen: Er hörte mich längst nicht mehr.

Am nächsten Morgen fuhr Philipp mit dem Van seiner Schwester vors Haus. Stumm räumte er alles aus seiner Schrankhälfte. Jede Hose, jeden Pullover, ja sogar die einzelnen Socken, die nicht mehr zueinander passten. Ich saß zusammengekauert auf dem Sofa, während ich ihm mit tränennassem Gesicht zuschaute. Es hätte keinen Sinn, ihn umstimmen zu wollen. Ich spürte seine Entschlossenheit mit jedem Gegenstand, den er in beängstigender Ruhe ausräumte, als hätte er seit dem Unfall nur auf einen Grund gewartet, endlich von mir wegzukommen. Als er fertig war, steckten nur noch die Nägel, an denen die Medaillen befestigt gewesen waren, in der Wand. Ich fühlte mich, als wäre ich mit einer Schlinge um den Hals daran aufgehängt worden. Wie benebelt schlitterte ich durch den Tag.

Am Abend zog ich meine Prothese aus und legte mich auf Philipps Bettseite. Ich steckte die Nase in sein Kopfkissen und atmete tief ein. Die Erinnerungen an unsere gemeinsame Zeit durchflutete mich. Meine Schultern bebten vor Schluchzern. In meinem Bauch brannte die Sehnsucht und brachte mich zurück in die Vergangenheit, als wir noch Philipp und Jennifer waren und auf der Überholspur durchs Leben rannten. Jede Faser meines Körpers sehnte sich nach seinen Berührungen und seinem kitzelnden Atem in meinem Ohr. Ich drehte mich auf den Rücken, starrte an die Zimmerdecke und wimmerte. Was wäre, wenn ich am Geburtstag nicht die Beherrschung verloren hätte? Wenn ich mich aufrichtig bei Stefanie entschuldigt hätte, statt ihr eine Ohrfeige zu geben? Würde Philipp jetzt hier neben mir liegen und mich im Arm halten oder hätten wir uns ohnehin getrennt und der Unfall hatte den Prozess bloß beschleunigt? Ich atmete nochmals tief ein und wischte die Tränen weg. Es spielte keine Rolle. Er war weg. Und ich drohte, zu erfrieren.

Kapitel 26

März

Ich mache mir Sorgen um dich, Jennifer.« Mam musterte mich mit zusammengezogenen Augenbrauen. So hatte sie mich immer angeschaut, wenn sie mir kurz darauf geraten hatte, beim Laufen kürzerzutreten. Ich wich ihrem Blick aus und starrte auf den braunen Rasen neben der Terrasse. Der Schnee hatte ihm zugesetzt und nun war er den für diese Jahreszeit viel zu hohen Temperaturen gänzlich zum Opfer gefallen.

Ich zog die Decke enger um mich und vergrub das Kinn darin. »Ich komme klar.«

»Du verkümmerst in diesem Haus. Du musst hier raus.«

»Wir sitzen draußen.«

Sie verdrehte die Augen. »Das meinte ich nicht. Du könntest wieder zu mir ziehen.«

»In mein altes Kinderzimmer, das du zum Bügelraum umfunktioniert hast?«

»Die paar Wäscheständer und das Bügelbrett wären rasch in der Abstellkammer verstaut.« Sie schaute mich an, bittend, fast flehend.

Ich war ausgezogen, weil ich weg von Bernhard wollte. Vielleicht stand er immer noch regelmäßig vor meinem

Fenster und spähte hinauf, in der Hoffnung, einen Blick auf mich zu erhaschen. Beim Gedanken, wie er mich monatelang verfolgt hatte, kroch die Kälte unter meine Haut. Ich konnte nicht mehr dorthin zurück.

»Das ist lieb, Mam, aber ich wüsste nicht, wie ich mit meinem Rollstuhl das Treppenhaus bewältigen könnte.«

»Wir finden einen Weg. Ich könnte den Vermieter fragen, ob er einen Lift installieren würde.«

»Ach, Mam …«

»Du würdest Miete sparen und könntest das Geld zur Seite legen. Dieses Haus ist viel zu groß für dich.«

Als ob ich mich vor ihren Argumenten schützen wollte, schlang ich die Arme um mich. »Philipp zahlt die Hälfte.«

»Wie bitte?« Sie schob die Brille hoch und lehnte sich nach vorn. »Vielleicht kommt er wieder zurück?«

Ich stieß ein genervtes Zischen aus. »Etwa so, wie Pa wiedergekommen ist?«

Ihr Gesicht verdunkelte sich augenblicklich. »Das ist etwas völlig anderes.«

»Pa hat einen Fehler gemacht und sich bei dir entschuldigt. Genau wie ich bei Philipp. Was soll daran anders sein?«

»Philipp hat dich nie betrogen.« Sie ballte die Fäuste und funkelte mich an, wütend, dass ich die Sprache auf meinen Vater gelenkt hatte.

»Er hat es bereut.«

»So ein Vertrauensbruch lässt sich nicht verzeihen.« Tränen glitzerten in ihren Augen.

Ich schwieg. Beim Gedanken an die Zeit nach Pas Seitensprung verspürte ich den Drang, meine Haut zu reiben, um das Frösteln zu vertreiben. Monatelang hatten wir drei unter einem Dach gelebt, in einem Knäuel aus Schreien und Tränen. Jedes Wort von Pa hatte Mam als Beleidigung gewertet, jede Geste als Angriff. Stück für Stück hatte sie ihn von sich weggestoßen, bis nur noch das Eheversprechen auf dem Papier sie verband. Er hätte nicht für immer darauf warten können, dass sie ihm verzieh.

»Ich gehe jetzt besser.« Mam klemmte die Handtasche unter den Arm.

Ich begleitete sie bis zur Tür. Sie versuchte mit aller Kraft, die Tränen zurückzuhalten. Es gelang ihr, zumindest für den Moment. Ich sah sie vor mir, wie sie auf dem Nachhauseweg mit verschwommenem Blick versuchen würde, das Lenkrad geradeaus zu richten und den Gedanken an Pa zu verdrängen. Sie wusste genau wie ich, wie wenig ihr das gelingen würde. Und ich wusste genau, wie sehr sie es bereute, ihrem Mann nie ernsthaft eine zweite Chance gegeben zu haben. Nun war es zu spät.

Nachdem Mam gegangen war, nahm ich die Post aus dem Briefkasten und sah sie durch. Rechnung. Rechnung. Werbung. Rechnung. Ein Brief, adressiert an Philipp. Auf dem Schild standen noch beide Namen. Vielleicht sollte ich es austauschen lassen. Ich blätterte weiter und stieß auf einen jungfräulich weißen Umschlag. Als hätte mich eine Wespe gestochen, schreckte ich zurück und plumpste auf den Boden. Ein stechender Schmerz schoss mir in die Hüfte. Die Briefe flatterten durch die Luft und verstreuten sich vor mir. Ich robbte mit schnellen Bewegungen zurück, bis ich die Wand im Rücken spürte. Den Umschlag ließ ich nicht aus den Augen. War der Brief von Bernhard? Er hatte mir früher jede Woche geschrieben und seine Botschaften eigenhändig in den Briefkasten geschoben. Unbeschriftet, unfrankiert und schneeblütenweiß. Wenn es doch damals bei den Briefen geblieben wäre. Ich wollte ihn nicht lesen. Wenn er tatsächlich von Bernhard war, würde mir nicht gefallen, was darin stand. Trotzdem musste ich wissen, ob er mich gefunden hatte. Mit den Fingern öffnete ich den Umschlag und zupfte den Inhalt raus. Das Blut rauschte in meinen Ohren und weiße Punkte tanzten vor meinen Augen. Die Kälte der Platten drang durch den Stoff meiner Hose. Ich wartete und zählte in Gedanken die Sekunden. Eins, zwei, zehn, zwanzig, sechzig. Mein Herzschlag beruhigte sich allmählich und ich sah wieder klar. Da merkte ich, dass ich keinen Brief in der Hand hielt, sondern eine Karte mit einem Zitat:

»Es ist nicht von Bedeutung, wie langsam du gehst, solange du nicht stehen bleibst.«
Konfuzius

Nur dieser eine Satz, sonst nichts. Ich atmete auf. Bernhard käme nie auf die Idee, mir so etwas zu schicken. Philipps Handschrift war es auch nicht, dafür standen die Buchstaben zu ebenmäßig. Ich drehte die Karte um und zog scharf die Luft ein. Eine Läuferin. Im warmen Licht des Sonnenuntergangs rannte sie über eine Wiese. Ihr Lachen war ansteckend. Ich betrachtete sie genauer und spürte einen Stich im Herzen, einen kleinen Pikser, wie bei einer Blutentnahme. Sie trug eine Laufprothese.

Die Karte geisterte mir ständig im Kopf herum. Die Botschaft war klar: Der Absender wollte mich ermutigen, wieder zu laufen. Doch wer hatte sie mir geschickt? Auch im Umschlag hatte ich nirgends einen Hinweis entdeckt. Im Kopf ging ich eine Liste mit Personen durch, die mir spontan in den Sinn kamen: Mam? Völlig ausgeschlossen. Stefanie? Wahrscheinlicher war, dass ich bei einem Lauf Erste werden würde, als dass sie sich Gedanken um mich machte. Walter? Genauso wenig wie Blumen und Schokolade beim Krankenhausbesuch waren Karten sein Ding. Außerdem hatte er mich längst abgeschrieben. Doris? Vielleicht. Ich würde sie darauf ansprechen, obwohl ich es mir nicht so recht vorstellen konnte, dass sie mir eine Karte schicken würde, wenn sie mich bald wieder jeden Tag persönlich sähe. Vielleicht war es ein Fan. Jemand, der sich wünschte, dass ich mich aufraffte.

Oder Charlotte?

Charlotte. Ich hatte mich nie bei ihr gemeldet, war zu sehr mit mir selbst beschäftigt gewesen. Der Klang ihrer fröhlichen Stimme hatte keinen Platz in meinem Leben gehabt. Vielleicht war der Zettel mit ihrer Telefonnummer noch irgendwo. Hatte ich ihn nicht in die Tasche der Trainingshose gesteckt? Ich eilte ins Schlafzimmer und durchsuchte jede Hose im Schrank, auch die Jeans. Zweimal, weil ich die Taschen so hektisch durchwühlte. Außer einem verwaschenen Stück Papier fand ich nichts. Es war zu groß, als dass es ihre Nachricht hätte sein können. Da kamen mir die Sportsachen in der Abstellkammer in den Sinn. Hatte ich versehentlich eine Trainingshose aussortiert? Ich suchte im Kleidersack danach. Gefütterte Leggins mit Lichtreflektoren und ein Laufshirt des Grand Prix von Bern. Der Stoff fühlte sich glatt an. Auch dort war der Zettel nicht. Als ich den Kleidersack wieder zurückstellen wollte, entdeckte ich die Schachtel mit meinen alten Laufschuhen. Ich ließ den Sack fallen und hob langsam den Deckel. Die Schuhe leuchteten mir rot entgegen. Ich betrachtete sie von allen Seiten. Der abgewetzte Stoff, das abgelaufene Profil, die schwarzen Abdrücke meiner Füße auf der Innensohle.

Im Schuhgeschäft hatte ich gefragt, ob sie das Modell auch in Schwarz hätten. Die Verkäuferin hatte verneint und geantwortet, Läufer würden knallige Farben bevorzugen. Nach dem Probelauf war mir die Farbe egal gewesen. Die Schuhe schmiegten sich perfekt an meinen Fuß und selbst auf dem Asphalt federten sie so gut, dass ich glaubte, auf weichem Waldboden zu laufen. Jedes Mal, wenn ein Paar ausgedient hatte, kaufte ich erneut das gleiche Modell.

Ich legte die Schuhe samt Karton auf den Boden, nahm wahllos eine Leggins aus dem Sack und zerrte sie über meinen Hintern. Obwohl der Stoff dehnbar war, spannte er an den Oberschenkeln und der Bund schnitt in meinen Bauch. Auch das Laufshirt, das ich mir überzog, war zu eng. Anstatt die Laufschuhe anzuziehen, wie ich es vorgehabt hatte, setzte ich mich auf den Boden. So schnitt der Bund der Hose noch stärker ein. Dieses Ziehen im Bauch. Diese Sehnsucht nach der Unbeschwertheit eines Laufes. Nie wieder würde ich sie stillen können. Die Abstellkammer kam mir plötzlich klein vor, als ob die Wände immer näher rücken und mich zerdrücken würden. Mein früheres Ich auf dem Werbeplakat mit den langen schlanken Beinen, die Philipp so sehr geliebt hatte, lächelte mich durch den Türspalt hindurch an. Diese Person war ich nicht mehr. Ich trank keine Recoveryshakes mehr, weil ich die zusätzlichen Nährstoffe nicht mehr brauchte. Ich trug keine Shorts mehr, weil sie mir nicht mehr passten. Ich lief nicht mehr, weil mir dafür das Bein fehlte.

Dann tat ich etwas, was längst überfällig war: Mit einem Schrei riss ich das Plakat herunter. Nun hielt ich den Teil mit meinem Körper in der Hand, der andere mit dem Kopf baumelte schräg an der Wand, nur noch mit einer Reißnadel befestigt.

»Und?«, brüllte ich den Rest des Plakats an. »Wie fühlt es sich an, so zerrissen zu sein?«

Mein früheres Ich antwortete nicht, lächelte weiter, als wäre dieser Unfall nie passiert. Ich entfernte das restliche Stück, knüllte beide zusammen und warf sie in den Abfalleimer. Philipp hatte recht gehabt. Die alte Jennifer hätte sich aufgerafft. Sie hätte passende Laufkleidung gekauft und eine Laufprothese anfertigen lassen. Wer auch immer diese Karte geschickt hatte, wusste nicht, dass sie nicht mehr existierte. An ihre Stelle war die neue Jennifer getreten, die auf dem Sofa vergammelte. Ich warf die Schuhe samt Karton in den Abfall. Sie hatten ausgedient.

Kapitel 27

Letzten Oktober

*S*chon als er die Abholungseinladung aus dem Briefkasten gefischt hatte, hatte sich dieses beißende Gefühl in seinen Magen gefressen. Nun, wo er den eingeschriebenen Brief mit dem Wappen der Polizei in der Hand hielt, schien es ihn von innen heraus zu verätzen. Noch bei der Poststelle riss er den Umschlag auf und überflog das Geschriebene. Genau wie er vermutet hatte: eine Vorladung aufs Revier. Ihm wurde heiß. Obwohl er den Finger zwischen Kragen und Hals steckte, konnte er kaum atmen. Sie suchten ihn. Hatte seine Jenni ihn schon wieder an die Bullen verpfiffen? Wie konnte sie ihm das antun? Er sah sich selber in einer Zelle, kaum genug Platz fürs Bett. Nur ein kleines Fenster, vergittert, so hoch, dass er nicht hinaussehen konnte. Einsamkeit. Demütigung. Keine Chance, seine Jenni jemals wiederzusehen.

»Niemals«, flüsterte er mehrmals nacheinander. Sterne tanzten vor seinen Augen. Niemals wollte er eingesperrt werden. Sobald er wieder sehen konnte, schob er das Papier in die Hosentasche, rappelte sich auf und torkelte zum Fahrzeug. Er musste weg. Sich unsichtbar machen. Abwarten. Jenni lief ihm ja nicht davon.

Kapitel 28

März

Der Wind pfiff ums Haus und weckte mich. Zusammen mit den Regentropfen spielte er eine unerträgliche Melodie. Ich zog die Decke über den Kopf. Am liebsten hätte ich nur noch geschlafen. Im Tiefschlaf spürte ich nichts. Weder die Nachwehen vom Streit mit Stefanie, noch die Trauer um Philipp, aber vor allem nicht den Schmerz über den Verlust meines Beins. Ich war wieder zurück auf null, nur dass ich dieses Mal einen Stock tiefer gefallen war. Meine Blase drückte. Egal wie verbissen ich versuchte, alle Gedanken aus meinem Kopf zu verbannen, ich fand nicht mehr zurück in den Schlaf. Meine Prothese lag verloren zwischen den leer gegessenen Tellern mit den Brotkrümeln. Ich ließ sie liegen und setzte mich in den Rollstuhl. Beim Händewaschen blickte ich stur auf den Wasserstrahl. Mir war auch ohne den Blick in den Spiegel bewusst, wie ich aussah: wie jemand, der seit einer Woche in einem ungelüfteten Haus vor sich hin vegetierte und sich von Toastbrot und Dosenravioli ernährte. Alles war mir gleichgültig: das Klingeln an der Haustür, der mit Gratiszeitungen überquellende Briefkasten, die zwanzig verpassten Anrufe meiner Chefin, die sich bestimmt wunderte, warum ich nicht zur Arbeit erschienen war. Sogar Bernhard interessierte mich nicht mehr. Was könnte er mir noch nehmen? Ich hatte schon alles verloren. Nur die leeren Vorratsschränke und mein vor Hunger rebellierender Magen vertrugen sich nicht und zwangen mich, aus dem Haus zu gehen.

Ich machte mir nicht die Mühe, mich umzuziehen. Nur die Prothese brauchte ich. Den Schlafanzug unter einer viel zu großen Regenjacke versteckt trat ich nach draußen. Die Traurigkeit in meiner Brust drückte auf meine Lunge. Es fiel mir schwer zu atmen, obwohl die Luft hier viel mehr Sauerstoff enthielt als die im Haus. Ich schlurfte den Weg hinunter zur Bushaltestelle, streckte die Arme aus, um im Wind das Gleichgewicht zu halten. Beim nächsten Schritt verlor ich den Halt unter den Füßen und fiel hin. Ich stöhnte und verzog vor Schmerz das Gesicht. Die Nässe des durchweichten Bodens drang bis auf meine Haut. Schwerfällig rappelte ich mich hoch und strich die dreckigen Hände an der Hose ab. Den Tränen nahe setzte ich meinen Weg bis zur Haltestelle fort.

Mit hin und her schwingenden Scheibenwischern hielt der Bus an und öffnete die Türen. Ich machte einen Schritt hinein. Jemand lachte, ein vertrautes Geräusch. Ich blickte auf und entdeckte Philipp in der hintersten Bankreihe. Noch nie hatte ich ihn so gelöst lachen gehört. Innerhalb von Sekundenbruchteilen sah ich, was ihn so fröhlich stimmte. Neben ihm saß eine Frau. Nasse Haarsträhnen klebten ihr im Gesicht und ihre Wangen glühten. Selbst die altmodische gelbe Regenjacke stahl nichts von ihrer Schönheit. Ich erstarrte in der Bewegung und konnte meinen Blick nicht von ihr abwenden. Ich kannte sie. Bei der letzten Schweizermeisterschaft hatte sie den dritten Platz geholt, hinter Stefanie und mir. Sie hielt Philipps Hand fest und strahlte ihn an. Die vertraute Geste versetzte mir einen Hieb. Philipp hielt nie Händchen.

»Rein oder raus?«, rief der Busfahrer in meine Richtung.

Ich wäre am liebsten winzig klein geworden und in meinem Regenmantel verschwunden. Mit eingezogenem Kopf blickte ich wieder zu Philipp und wartete darauf, dass er mich entdeckte. Doch er interessierte sich nicht für einen unentschiedenen Fahrgast. Mein Instinkt nahm mir die Entscheidung ab. Langsam trat ich wieder hinaus. Der Busfahrer schüttelte den Kopf, schloss die Tür und fuhr davon.

Der Regen tröpfelte nur noch sanft auf mich hinab, sodass ich ihn fast nicht mehr spürte. Meine Jacke war komplett durchnässt und in meinen Stiefeln hatte sich eine Pfütze gebildet, die bei jedem Schritt ein schmatzendes Geräusch erzeugte. Meine Zähne klapperten. Wie betäubt lief ich die Straße entlang und trat auf die Brücke. Der Wind zerrte und zog an mir. Er zwang mich, stehen zu bleiben und mich am Geländer festzuhalten, um nicht auf die Straße geweht zu werden. Ich starrte in die Tiefe. Der Fluss schwemmte umgefallene Baumstämme wie Zündhölzer mit sich. Alles war grau. Philipps Lachen hallte wie ein endloses Echo in meinen Ohren nach und mischte sich mit dem seiner Begleitung. Ihn mit einer anderen Frau zu sehen, machte es auf grausame Weise endgültig. Er war nicht auf Zeit ausgezogen, um mir den nötigen Raum zu geben, mich aufzuraffen, damit wir wieder Jennifer und Philipp sein konnten, das erfolgreiche Läuferpaar. Er hatte mich ersetzt, und zwar mit einer Frau, mit der ich nicht konkurrieren konnte. Sie war alles, was ich nicht mehr war. Schönheit. Lebensfreude. Zukunft. Meine Traurigkeit war verschwunden, so wie jedes andere Gefühl auch. Dieser

Unfall, diese klitzekleine Sekunde der Unachtsamkeit hatte mir alles genommen. Nun bereute ich von ganzem Herzen, dass ich das Training an diesem Abend nicht hatte ausfallen lassen. Dass ich wie ein blindes Huhn auf die Straße gerannt war, weg von einer Gefahr, die nur in meinem Kopf existiert hatte. Ohne meine Dummheit wäre dieser Unfall gar nicht passiert. Ich war schuld. Ich allein.

Ich umklammerte das Geländer der Brücke, stieg auf die unterste Metallstange und lehnte mich nach vorn. Welches Gesicht würde vor meinen Augen erscheinen, wenn ich auf dem Wasser aufprallte? Würde ich spüren, wie die Kälte in meine Lungen drang, oder würde ich vorher ohnmächtig werden? Die letzte Frage war nicht von Bedeutung. Wenn ich losließ, wäre es vorbei, so oder so. Da sah ich Mam vor mir, die Augen verquollen von den Tränen. Genau wie in den Wochen, nachdem Pa ausgezogen war. Wie würde sie damit klarkommen, dass sie nach ihrem Mann auch noch ihre Tochter verloren hatte? Würde sie vielleicht endlich über ihren Schatten springen und ihn anrufen?

»Ziemlich tief, was?«

Die Stimme war sanft und zurückhaltend, als wüsste sie, dass ich mich bei zu lauten Geräuschen erschrecken und fallen könnte. Trotzdem zuckte ich zusammen und drehte den Kopf ruckartig zur Seite. Haselnussbraune Augen umrahmt von langen Wimpern musterten mich aufmerksam. Diese Augen. Ich hatte sie schon einmal gesehen. Erst die graue Uniform gab meinem Gedächtnis einen Schubs: der Postbote.

»Tief genug«, erwiderte ich so leise, dass ich mir nicht sicher war, ob er mich gehört hatte. Egal. Alles war mir egal, sogar dass er mich so sah, wie ich nie von ihm gesehen werden wollte.

»Komm, ich bringe dich nach Hause.«

Ich reagierte nicht, tat so, als wäre ich nach wie vor allein auf der Brücke und würde gleich übers Geländer klettern und springen.

»Dort drüben steht mein Auto, du musst nicht laufen.« Er zeigte auf den Lieferwagen, der halb auf dem Randstein parkte. Der Motor lief und die Scheibenwischer pendelten im perfekten Halbkreis von einer Ecke zur anderen.

»Man steigt nicht zu fremden Männern ins Auto«, murmelte ich, ohne den Blick vom Fluss zu nehmen.

Der Postbote lachte. Ein überraschtes, klares Lachen. »Ich zähle mich nicht zu den Fremden.«

Ich erwiderte nichts, lenkte meine Aufmerksamkeit wieder auf den Abgrund. Lange sagten wir kein Wort. Der Regen ließ weiter nach, bis er ganz aufhörte und die Sonne sich fast durch die Wolken drückte.

»Du willst nicht springen.«

Erstaunt blickte ich auf. »Woher willst du das wissen?«

»Sonst hättest du es längst getan.« Nun flüsterte er, so als spräche er aus Erfahrung.

»Du irrst dich.«

»Dann tu es.« Seine Augen funkelten. »Spring. Jetzt gleich.«

»Das hatte ich sowieso vor.« Herausgefordert kletterte ich auf den winzigen Absatz auf der anderen Seite des Geländers. Der Postbote hinderte mich nicht daran. Angst blitzte in seinen Augen auf. Ha! So sicher war er sich doch nicht. Ich drehte mich um die eigene Achse, sodass ich zum Fluss hinunter schaute. Stumm flossen Äste vorbei und verschwanden unter der Brücke. Das Blut brodelte in mir. Ich spürte es in meinen Händen pochen. Warum hielt ich das Geländer so krampfhaft fest? Wenn ich springen wollte, musste ich loslassen. Vielleicht würde ich lockerer werden, wenn ich die Augen schloss und nicht mehr sah, wie weit es nur Zentimeter von meiner Fußspitze entfernt nach unten ging. Auch das funktionierte nicht. Meine Finger klammerten sich ans Metall. Ans Leben.

»Ich kann nicht«, wimmerte ich und öffnete die Augen. Weiße Punkte vermischten sich mit schwarzen, bis ich nichts mehr sah. Panik überkam mich. Ich wollte weg von hier, wieder auf die andere Seite. Etwas zu schnell drehte ich mich. Mein Stiefel verlor den Halt. Ich strauchelte und rutschte ab. Ein spitzer Schrei entfuhr mir. Aber anstatt zu fallen, durchfuhr mich ein Ruck und ich fand mich am Geländer wieder.

»Keine Angst, ich habe dich«, flüsterte mir der Postbote ins Ohr.

Zieh mich rüber, wollte ich ihm sagen, *ich will nicht sterben.* Aber ich brachte keinen Ton heraus. Er umfasste mich und hob mich über das Geländer, bis ich wieder festen Boden unter den Füßen hatte. Trotzdem klammerte ich mich weiter an ihm fest. Auch er drückte mich eng an sich, als hätte er Angst, ich könnte mich umentscheiden und doch von der Brücke springen. Ich atmete tief ein, spürte meinen Herzschlag an seiner Brust. Er roch so anders als Philipp und doch irgendwie vertraut.

»Ich bringe dich nach Hause«, flüsterte er und trug mich zum Fahrzeug.

Die feuchten Haarspitzen kitzelten im Ausschnitt des Pullovers, den ich mir nach einer heißen Dusche übergezogen hatte. Ich saß auf dem Sofa, die Hände auf den Armlehnen, den Fuß fest auf dem Boden. Noch nie hatte ich mich so bewusst wahrgenommen wie in diesem Moment. Nicht während des Laufens, nicht nach dem Unfall und auch nicht, als die Phantomschmerzen mich heimgesucht hatten. Mein Herz schlug weiter, als hätte ich es nie dazu bringen wollen, damit aufzuhören. Mein Magen hingegen hatte aufgegeben, zu protestieren. Der Hunger war verschwunden, obwohl ich seit mehr als vierundzwanzig Stunden nichts gegessen hatte.

Der Postbote hantierte in der Küche. Wasser sprudelte und kurze Zeit später stellte er mir eine Tasse Tee auf den Sofatisch.

»Geht es dir besser?«

»Ja.« Ich griff nach der Tasse, legte beide Handflächen um das Porzellan und spürte der Wärme nach.

»Kann ich jemanden für dich anrufen? Jemand, der vorbeikommen würde?« Er setzte sich neben mich, nahe genug, dass ich mich nicht allein fühlte und genug weit weg, um mich nicht einzuengen.

Ich überlegte, wen ich jetzt an meiner Seite wollen würde. Mir kam nur Philipp in den Sinn. Würde er kommen, wenn er wüsste, was ich beinahe getan hätte? Würde er uns deswegen eine zweite Chance geben? Das glockenklare Lachen seiner Begleitung ertönte wieder in meinen Ohren. Das Gelächter wurde immer lauter, bis es nur noch Gespött war. Sie lachten mich aus.

»Nein«, sagte ich. »Da gibt es niemanden.«

Er fragte nicht nach, musterte mich nur eindringlich. Ich hielt seinem Blick stand. Erst als er blinzelte, wandte ich mich ab. Seine Jacke hing über der Stuhllehne beim Esstisch. Vom Regen durchtränkt wirkte sie mehr schwarz als grau und das Gelb des Postlogos stach noch deutlicher hervor. Auch sein T-Shirt wies dunkle Flecken auf. Das war meine Schuld.

Meinetwegen würde er in nassen Sachen weiterarbeiten müssen. Bestimmt warteten etliche Briefe und Pakete darauf, zugestellt zu werden.

»Du darfst ruhig gehen«, forderte ich ihn auf. »Es ist ja nicht so, dass ich mich umbringen würde.«

»Stimmt.« Er lächelte verhalten, als würde er seinen Worten an der Brücke selbst keinen Glauben mehr schenken. »Mir ist trotzdem nicht wohl dabei, dich allein zurückzulassen. Kann ich wirklich niemanden anrufen? Deine Eltern? Eine Freundin?« Er schaute nur kurz auf seine Hände, dann wieder zu mir. »Deinen Freund?«

»Ich habe keinen Freund«, kam es leise über meine Lippen. Ich beobachtete seine Reaktion. Da war kein Leuchten in seinen Augen, kein Zucken um den Mundwinkel. Erstaunt bemerkte ich, wie enttäuscht ich darüber war. Nein, ich hatte keinen Freund und auch keine Freundin. Seit ich mit dem Profisport angefangen hatte, fehlte mir die Zeit, Freundschaften zu pflegen. Außer meinen Laufkollegen im Verein hatte ich keine Freunde mehr. Selbst die waren oberflächlich gewesen, sonst hätten sie mich in den letzten Monaten besucht und nicht nur mit einer Textnachricht ihr Mitleid bekundet.

»Ich rufe selbst an.«

Sein Blick schweifte zum Handy auf dem Tisch.

»Du gehst erst, wenn ich angerufen habe, richtig?«, stellte ich fest und er nickte. Ich griff nach dem Telefon, drückte darauf herum und hielt es mir ans Ohr, ohne ihn aus den Augen zu lassen. »Mam? Mir geht es nicht gut. Nein, nichts Schlimmes. Kannst du vorbeikommen? In Ordnung. Bis gleich.« An den Postboten gewandt sagte ich mit meiner überzeugendsten Stimme: »Meine Mutter kommt. Du darfst weiter die Post verteilen.«

Er griff in die Innentasche seiner Jacke, zog ein Stück Papier und einen Stift hervor und kritzelte etwas auf die Vorderseite. »Wenn du Hilfe brauchst oder reden möchtest, ruf mich an.«

»Ja.« Ich nahm das Papier entgegen. Michael stand darauf, und daneben seine Telefonnummer.

»Keine Dummheiten?«

»Versprochen.«

Er lächelte schief, packte seine Jacke und warf sie lässig über die Schulter. Dabei schaute er mich an, als wäre ich eine Glasfigur, die jeden Moment zerbrechen könnte. »Pass auf dich auf.«

Ich brachte ihn nicht zur Tür. Doch sobald sie ins Schloss gefallen war, stand ich auf und drehte den Schlüssel zweimal um. Durch die Fensterscheibe beobachtete ich, wie er im Auto sein nasses T-Shirt auszog und sich damit mit geschlossenen Augen übers Gesicht fuhr. Er wirkte unwahrscheinlich müde und ausgelaugt. Bevor ich ihn genauer betrachten konnte, hatte er bereits ein trockenes Shirt übergezogen. Er spähte zum Haus und unsere Blicke begegneten sich. Ich versteckte mich hinter dem Vorhang und wartete, bis er den Motor startete und vom Kiesplatz fuhr. Dann sank ich auf den Boden und schluchzte so laut wie noch nie zuvor. Mam würde nicht kommen, weil ich sie nicht angerufen hatte. Diesen Moment brauchte ich für mich allein, um alles aus mir herauszuweinen, was sich im letzten halben Jahr aufgestaut hatte. Ich weinte um ein Leben, das ich nicht zurückholen konnte. Der Schmerz darüber saß so unendlich tief in mir fest wie eine Wunde, die nicht verheilte. Doch nun, mit jeder Träne, die über mein Gesicht floss, merkte ich, dass sich etwas in mir veränderte.

Kapitel 29

März

So wie bisher ging es nicht weiter, das war mir seit meinem Aussetzer auf der Brücke mehr als bewusst. Ich musste etwas ändern, auch wenn der Gedanke daran mir so viel Angst einjagte, dass meine Hand auf der Türklinke zitterte. Die Härchen auf meinen Armen stellten sich auf. Ich griff in meine Jackentasche und versicherte mich, dass der Pfefferspray noch dort war. Es war keine Option, mich für den Rest meines Lebens zu verstecken. Aus Angst vor den Stumpfschmerzen, vor Bernhard und allem anderen, was da draußen auf mich lauern könnte. Jeden Tag ein Taxi zu rufen, kostete zu viel. Entschlossen umfasste ich den Spray und drückte gleichzeitig die Türklinke nach unten. Kalte Luft strömte ins Innere. Ich machte einen Schritt. Dann einen weiteren. Einen nach dem anderen ließ ich das Haus hinter mir und ging auf die Bushaltestelle zu.

Du kannst nicht mehr davonlaufen.

Mein Atem ging stoßweise. Wie aus einem Reflex schaute ich immer wieder über die Schulter, ob nicht doch Bernhard hinter dem Haus lauerte. Mein Zeigefinger lag auf dem Auslöser des Pfeffersprays, jederzeit bereit, zuzudrücken. Ich konnte zwar nicht mehr davonlaufen, aber wehrlos war ich nicht.

Unten bei der Bushaltestelle zitterten meine Beine vor Anstrengung. Angespannt schaute ich nach links, dann wieder nach rechts. Niemand war da. Ein paar Minuten später gesellten sich zwei Frauen zu mir und ich wagte es, aufzuatmen. In Gegenwart von anderen würde sich Bernhard nicht zeigen. Eine nach der anderen stiegen wir in den nächsten Bus in Richtung Dorf. Alle Sitzplätze waren besetzt, die Fahrgäste hatten den Blick auf den Boden gerichtet. Niemand machte Platz für mich, denn im Gegensatz zum Alter, das jeder offen im Gesicht trug, bemerkte mein fehlendes Bein keiner.

Ich trat in die Bäckerei. Der vertraute Duft von Brot und Gebäck umschmeichelte meine Nase. Ich schaute zu Doris, die gerade eine Kundin bediente. Sie war allein. Wahrscheinlich war sie es die ganze letzte Woche gewesen. Eine Welle des schlechten Gewissens überrollte mich. Irgendwie würde ich es überleben, genau wie mein Stumpf die Stunden in der Bäckerei durchstehen würde. Ich musste einfach.

»Wo warst du?«, fragte Doris geradeaus, ohne mich vorher zu begrüßen.

»Es …« Ich überlegte, wie viel ich ihr sagen wollte, und entschied mich fürs Minimum. »Es ging mir nicht gut.«

»Aha.« Sie wandte sich wieder den Sandwiches zu und legte sie so unachtsam zusammen, dass Schinken und Käse zur Hälfte herausrutschten. Der Mittagsansturm fand samstags früher statt als an Werktagen, weil sich das halbe Dorf Essen für Ausflüge holte. Nun war er vorbei, das erkannte ich an den Sandwichbeständen, die nur noch ein Viertel der ganzen Auslage ausmachten.

»Bist du allein?«

»Siehst du sonst noch jemanden?«, brummte sie, ohne aufzusehen. »Der Aushilfe wurde gekündigt, weil du wieder kommen solltest.«

»Ich weiß, du bist sauer, und es ist dein gutes Recht.«

»Pfft.« Doris machte eine wegwerfende Handbewegung. »Wenn du glaubst, ich sei sauer, dann warte ab, bis der Drache auftaucht.«

»Philipp hat mich verlassen.«

Mitten in der Bewegung hielt sie inne und wartete darauf, dass ich weitersprach.

»Ich war eine Weile lang neben der Spur, aber jetzt geht es mir besser. Es tut mir leid, dass du den Laden allein schmeißen musstest.«

Sie stemmte die Hände in die Hüften und suchte forschend mein Gesicht ab, wie leid es mir wirklich tat. Ich blinzelte zweimal und legte den Kopf zur Seite. Nun lachte sie.

»Na gut, Entschuldigung angenommen. Aber nicht wegen Philipp. Es wurde ehrlich gesagt Zeit, dass du den Typen loswirst.«

Ich stimmte in ihr Lachen ein und spürte förmlich, wie die Anspannung von mir abfiel. Doris konnte nie jemandem lange böse sein. Meine Schürze hing noch dort, wo ich sie zurückgelassen hatte. Ich band sie um und trat hinter den Tresen.

Der Drache ließ nicht lange auf sich warten. Als sie mich neben Doris entdeckte, blitzte zuerst Erstaunen in ihrem Gesicht auf, dann funkelte sie mich wütend an. »Jennifer! Ins Büro, sofort!« Sie rauschte mit einem Stapel Papier an mir vorbei und knallte ihn so laut aufs Pult, dass sogar die Kundin an Fensterplatz zusammenzuckte.

»Viel Glück.« Doris tätschelte meine Schulter.

»Kann ich gut gebrauchen.« Mit klopfendem Herzen folgte ich dem Drachen ins Büro.

»Schließ die Tür!«

Ich tat, was meine Chefin befahl. Eine nackte Glühbirne beleuchtete den Raum und warf Schatten auf die umliegenden Regale. Sie setzte sich auf den einzigen Stuhl und verschränkte die Arme. Ihr Blick bohrte sich tief in mich hinein. Meine Finger tasteten den Saum meiner Schürze ab. Ich war die Robbe im Wasser und sie der Eisbär oberhalb der einzigen Öffnung im zugefrorenen Meer. Bald musste ich Luft holen und dann würde sie mich fressen. Im Nachhinein wusste ich, dass es ein Fehler gewesen war. Ich hätte anrufen und mich krankmelden sollen. Doch in dem Moment war mir alles egal gewesen. Würde sie mich deswegen rauswerfen? Warum fürchtete ich mich davor? Der Job war mir egal, ich könnte jederzeit etwas anderes finden. Ich realisierte, dass es nicht so war. Mein ganzes Leben wurde auf den Kopf gestellt. Wenn ich eine neue Stelle suchen müsste, einen anderen Arbeitsweg und andere Arbeitskollegen hätte, müsste ich ganz von vorn beginnen. Dabei brauchte ich gerade jetzt ein wenig Kontinuität, auch wenn es nur bei der Arbeit war.

»Ich nehme an, du hast einen triftigen Grund für dein Fernbleiben letzte Woche?« Bevor ich antworten konnte, fuhr sie fort: »Du warst zur Nachuntersuchung im Krankenhaus?«

Ich schüttelte den Kopf. »Nein, ich …«

»Es gab Komplikationen und du lagst eine Woche lang auf der Intensivstation, wo man keine Handys benutzen darf?«

»Ich …«

»Das Telefon auf der Station war ebenfalls defekt, weswegen es dir unmöglich war, dich abzumelden?« Sie kniff die Augen zusammen. Ich betrachtete ihr Gesicht, versuchte, aus ihren heruntergezogenen Mundwinkeln und den Falten auf der Stirn etwas herauszulesen. Wollte sie, dass ich ihre Aussagen bestätigte, und kündigte sie mir anschließend, weil ich gelogen hatte, oder wollte sie, dass ich widersprach, und warf mich dann hinaus, weil ich grundlos eine Woche lang gefehlt hatte?

Im Zweifelsfall bei der Wahrheit bleiben, hörte ich Mams Stimme. Ich wagte erneut einen Versuch, dem Drachen zu widersprechen, aber als ich den Mund aufmachte, schlug sie mit der Faust so fest auf den Tisch, dass die Regale um uns herum bebten. So presste ich die Lippen aufeinander und nickte nur.

»In Ordnung.« Sie notierte etwas auf einen Zettel. »Falls so etwas noch einmal passieren sollte, sorg wenigstens dafür, dass du in einem Zimmer mit funktionierendem Telefon landest.«

Ich nickte wieder, suchte nach einem Schmunzeln oder einem anderen Anzeichen, dass sie das Gesagte nicht völlig ernst nahm. Nicht einmal ihre Mundwinkel zuckten.

»Worauf wartest du? An die Arbeit!«

»Dein Kopf ist noch dran«, meinte Doris, als ich wieder neben ihr stand.

»Ja, und meinen Job habe ich auch noch.«

»Amputationsbonus.«

»Was?«

»Wer ein Bein verliert, darf unentschuldigt eine Woche blaumachen.« Sie lachte und wandte sich dem nächsten Kunden zu.

Ob es nur das war? Ich wurde aus dem seltsamen Gespräch mit dem Drachen nicht schlau. Sie hatte unbedingt gewollt, dass ich ihre Aussage bestätigte, obwohl sie eindeutig gelogen war. Verbarg sich hinter ihrer gehässigen Fassade doch so etwas wie Mitgefühl? Oder hatte Doris ihre Finger im Spiel gehabt? Ich beobachtete aus dem Augenwinkel, wie sie kassierte. Da erinnerte ich mich an den Briefumschlag, der wegen des fehlenden Absenders mindestens genauso rätselhaft war wie der Drache vorhin. Ich wartete, bis der letzte Kunde der Schlange mit einem Pappbecher aus der Bäckerei eilte.

»Hast du mir letzte Woche eine Karte in den Briefkasten gelegt?«, fragte ich.

»Eine Karte?« Sie runzelte die Stirn.

Da wusste ich, dass sie es nicht gewesen war. »Nichts, vergiss es bitte wieder.«

»Erzähl schon.« Sie setzte ihren kecken Blick auf. »Hast du einen Verehrer?«

»Was? Nein!« Mein spitzer Aufschrei kam selbst für mich überraschend. »Warum sollte ein Verehrer mich dazu animieren, wieder zu laufen?«

»Es ging also ums Laufen?« Doris hielt inne und ich sah förmlich, wie ihre Ohren spitzer wurden. »Was hat er geschrieben?«

»Warum glaubst du, dass es ein Mann war?«

»Warum eine Frau?«

Ich wollte gerade etwas erwidern, da weckte eine Bewegung im Schaufenster meine Aufmerksamkeit. Michael lud zwei Pakete ab und nahm die Briefe auf dem obersten an sich. Er schaute auf und unsere Blicke trafen sich. Im nächsten Moment betrat er die Bäckerei.

»Hallo«, sagte ich.

»Hey.«

»Was hättest du gern?«

»Ich wollte nur fragen, wie es dir geht.«

Ich lächelte mein aufrichtigstes Lächeln. »Es geht mir gut.«

»Schön.« Er klemmte die Briefe unter den Arm und musterte mich. Es war offensichtlich, dass er noch etwas sagen wollte, und gleichzeitig wusste ich nicht, ob ich es hören konnte.

»Bist du sicher, dass du nichts möchtest? Die Donuts sind lecker.« Mein Versuch, das Gespräch in mir vertraute Bahnen zu lenken, scheiterte.

»Gleich hier um die Ecke hat ein neues Café eröffnet. Hättest du Lust, nach der Arbeit hinzugehen?«

Perplex starrte ich ihn an, musste zuerst einordnen, was er gesagt hatte. Nur fand ich die passende Schublade nicht. Er schaute mich weiter an, eindringlich, hoffnungsvoll. Eine Verabredung? Mit der Prothese?

»Ich kann nicht«, kam es zäh wie Pech aus meinem Mund.

»Schade.« Es war, als hätte in seinen Augen ein Feuer gebrannt, das ich mit meinen Worten gelöscht hatte. »Also dann. Pass auf dich auf.« Er hob die Hand zum Gruß, lächelte schwach und drehte mir den Rücken zu.

Doris stieß mir den Ellbogen ins Schulterblatt.

»Au!«, zischte ich.

Sie deutete mit dem Kinn auf Michael und gestikulierte wild umher. In dem Moment wirbelten tausend Gedanken durch meinen Kopf. Es kribbelte in meinem ganzen Körper, als wären alle Gliedmaßen gleichzeitig eingeschlafen. Ich sah ihn vor meiner Tür, das Paket mit der Funktionskleidung unter dem Arm und mich nur mit einem Handtuch bekleidet. Wie er mich angrinste und ich dachte, dass ich ihn in einem anderen Leben auf einen Kaffee einladen würde.

»Warte.« Er horchte auf, drehte sich um und schaute mich erwartungsvoll an. »Morgen Vormittag hätte ich Zeit.«

Seine Augen strahlten, als hätte ich das Feuer erneut entfacht. Ich atmete tief in den Bauch und wieder aus. Dies war mein anderes Leben und es wurde Zeit, es tatsächlich zu leben.

Kapitel 30

März

*S*eit Monaten hatte er Jenni nicht mehr aus dem Haus gehen sehen. Eigentlich hatte er schon aufgegeben, war überzeugt gewesen, dass es sich bei ihrem Namen am Briefkasten um ein Ablenkungsmanöver handelte und sie längst umgezogen war. Immer seltener war er gekommen, auch weil die Polizei oft hier Streife fuhr. Jedes Mal hatte er sich gesagt, es sei das letzte. So auch jetzt. Die Veränderung war so subtil, dass sie ihm fast nicht aufgefallen wäre. Plötzlich stand auf dem Briefkasten nur noch ein Name. Ihrer. Davon angespornt kauerte er stundenlang im Gras, wartete bei der Bushaltestelle oder versteckte sich hinter Bäumen und kaute die Fingernägel bis aufs Nagelbett ab, bis er endlich Gewissheit hatte. Im ersten Moment glaubte er, sie sei jemand anderes. Sie ähnelte mehr einer alten Frau als der Jenni in seiner Erinnerung, so gebeugt, wie sie den Weg zur Straße hinunter hinkte. Nur ein Schatten ihrer selbst. Er blinzelte zweimal. Sie war es, kein Zweifel. Seine Jenni war noch da und ihr Kerl nicht mehr. Eine Welle der Erregung flutete ihn. Er würde sie mit in seinen Wagen nehmen, auf den Rücksitz legen und sie mit seiner Liebe aufpäppeln. Sie könnten einfach dort weitermachen, wo sie aufgehört hatten, bevor sie fremdgegangen war. Sie hatte zwar eine Weile gebraucht, um einzusehen, dass sie diesen Philipp zum Teufel schicken musste, aber er wäre bereit, ihr zu verzeihen. Nicht nur das Techtelmechtel, sondern auch, dass sie ihn bei der Polizei verpfiffen hatte. Wenn die beiden Frauen bei der Bushaltestelle nicht gewesen wären, wäre er sofort auf sie zugestürmt und hätte sie mitgenommen. Er musste warten, bis sie allein war, und sie dann zurückerobern.

Kapitel 31

März

Die nasse Straße reflektierte die schräg darauf fallenden Sonnenstrahlen und die Welt versank in gleißendem Licht. Ich hob eine Hand, um überhaupt etwas sehen zu können. Noch zwei Minuten Fußmarsch lagen vor mir, von der Bushaltestelle zum Café, wo ich mich mit Michael treffen würde. Ich war nervös. Nein, das war die Untertreibung des Jahres. Ich war kurz vor einem Nervenzusammenbruch. Mit entschlossenen Schritten ging ich trotzdem weiter, eine Hand immer auf dem Pfefferspray. Nur für alle Fälle.

Auch ohne Uniform erkannte ich Michael sofort. Mein Herz machte einen freudigen Hüpfer. Er wartete vor dem Eingang neben den zusammengefalteten Sonnenschirmen und blinzelte gegen das Licht an. In Jeans und T-Shirt wirkte er ganz anders als in der Arbeitsuniform. Irgendwie männlicher.

»Hallo.«

»Hey.«

Wir blieben voreinander stehen wie zwei Teenager, die überredet worden waren, auf ein Blind Date zu gehen, und nicht recht wussten, wie sie einander begrüßen sollten. Er nahm mir die Entscheidung ab und streckte mir die Hand entgegen. Als ich sie ergriff, funkte es. Überrascht zog ich meine wieder zurück.

»Das Polster im Lieferwagen ist aus Polyester.« Er lachte. »Tut mir leid.«

Mit einem seltsamen Ausdruck in den Augen musterte er mich. Sorge gepaart mit Neugierde. Verlegen senkte ich den Blick und schaute an ihm vorbei ins Café.

»Wollen wir?«

Ich nickte und folgte ihm ins Innere. Es roch nach neuen Möbeln. Mein Blick fiel auf die Kaffeemaschine hinter dem Tresen und schweifte die Wand hinauf zu den gefühlt hundert Sorten Kaffee. Bei einem Tisch direkt neben dem Fenster zog Michael die Lederjacke aus und hängte sie über die Stuhllehne. Ich betastete die Narzissen im Topf. Die Blüten fühlten sich weich und zerbrechlich an.

»Die sind echt«, stellte ich fest.

»Hier ist alles echt.«

Sein Lächeln weckte etwas in mir, das lange geschlafen hatte. Ein Gefühl im Bauch wie auf einer Achterbahnfahrt. Ich ignorierte es und begutachtete die Speisekarte. Das kleine Frühstück und ein Cappuccino sollten genügen. Michael entschied sich für das große, klappte die Karte zu und schaute auf. »Du siehst besser aus.«

»Besser als was?«

»Als vor ein paar Tagen.«

»Ist das ein Kompliment oder eine Beleidigung?«

»Nur eine erfreuliche Feststellung.«

Meine Wangen brannten. Zum Glück kam unser Frühstück schnell und lenkte Michaels Aufmerksamkeit von mir weg auf die Fleisch- und Käseplatte. Mein Magen knurrte. Warum genau hatte ich das kleine Frühstück bestellt? Als hätte Michael meine Gedanken gelesen, schob er die Platte in die Mitte.

»Bedien dich.«

»Ich will dir nichts wegessen.«

»Das bin ich gewohnt. Mein Bruder kann nie genug auf seinem Te…« Er brach mitten im Wort ab.

»Du hast einen Bruder?«

Er nickte.

»Steht ihr euch nahe?«

»Wir wohnen zusammen.«

»Du wohnst bei deinen Eltern?«

»Das habe ich nicht gesagt.«

»Warum wohnt ihr dann zusammen?«

»Die Wohnung gehört meinen Eltern. Mein Vater ist Diplomat«, erklärte Michael. »Als Kinder sind wir von Land zu Land gezogen, immer dorthin, wo er gearbeitet hat. Jedes Mal, wenn ich mich an einen Ort gewöhnt hatte, wechselte er die Botschaft und wir mussten weiter.« Sein Lächeln verschwand und der Schmerz legte sich auf seine Gesichtszüge.

»Das muss schwierig gewesen sein«, sagte ich und biss mir im nächsten Moment auf die Unterlippe. So eine dahergesagte Phrase würde ihn kaum trösten.

Er schien sich weniger Gedanken darüber zu machen als ich. »Dauerhaft Kontakt zu halten, wenn einen Tausende Kilometer trennten, das war schwierig. Freundschaften zerbrachen, ich schloss neue, die wieder auseinandergingen. Jahr für Jahr. Als ich zwanzig war, habe ich beschlossen, nicht mehr mitzureisen, in die Schweiz zurückzukehren und eine Ausbildung zu beginnen. Vor zwei Jahren ist mein Bruder nachgekommen und seither wohnen wir zusammen.«

»Eine Geschwister-WG«, stellte ich fest.

»Genau.«

Um seinen Mund herum lag ein dunkler Schatten. War der vorhin auch schon da gewesen? Die Härchen auf meinen Armen stellten sich auf. In Gedanken hob ich eine Hand und fuhr mit den Fingerspitzen über seine Wange, um zu fühlen, ob es sich beim Schatten um Bartstoppeln handelte. Ich konnte das Kratzen förmlich spüren.

»Es gibt auch im Ausland schöne Orte, aber die Schweiz wird immer meine Heimat bleiben. Nirgends kann man so unkompliziert klettern wie hier, wo man die Berge direkt vor der Haustür hat.«

Nun zog sich mein Bauch schmerzhaft zusammen. Auch ich vermisste die Berge. Allerdings nicht aus demselben Grund. Ich biss in ein Stück Brot. Außen knusprig, innen luftig. Perfekt. »Das Brot schmeckt viel besser als bei uns in der Bäckerei.«

»Bevor ich dich hinter dem Tresen gesehen habe, konnte ich mir nicht vorstellen, dass du Brote verkaufst.«

»Wieso nicht?«

»Na ja.« Er lachte und zeigte dabei eine Reihe gerader Zähne. »Du wirkst eher wie jemand, der die Natur zum Leben braucht. Landschaftsgärtnerin würde zu dir passen. Oder Landwirtin.«

»Du siehst mich eher auf dem Misthaufen als neben Baguettes?«

»Nein.« Er verstummte und wurde ernst. »Ich sehe dich über eine Wiese rennen, die Arme weit ausgebreitet. Du schließt die Augen und drehst dich im Kreis und genießt die Sonne auf deinem Gesicht.«

Die Hitze stieg mir in die Wangen. Wusste er, dass ich Läuferin gewesen war? Vielleicht hatte er es aufgrund meiner

Bestellungen im Laufgeschäft geahnt oder hatte mich in der Zeitung gesehen. Aber wusste er auch vom Unfall und von meiner Prothese? Ich rührte das Kakaopulver unter den Schaum, bis mein Cappuccino aussah wie eine heiße Schokolade.

»Briefe und Pakete verteilen passt auch nicht zu dir«, murmelte ich.

»Wo siehst du mich?«

Ich ließ meinen Blick über seinen Oberkörper huschen, schaute aber schnell wieder weg, als würde ich mich verbrennen, wenn ich ihn länger als zwei Sekunden betrachtete. »Im Fitnessstudio, oder so.«

Nun war Michael derjenige, der rot anlief. »Das ist dem Klettern geschuldet.«

»Wo kletterst du?«

»Am Wochenende im Freien und jeden Dienstagabend in der Kletterhalle im Dorf.« Er tunkte sein Brötchen in die Konfitüre und biss ab. »So kann ich meine Technik gezielt verfeinern und regelmäßig draußen sein.«

Ich stellte mir vor, wie er sich an den farbigen Griffen der Kletterwand hocharbeitete und sich dabei seine Muskeln unter dem T-Shirt abzeichneten. Seine Arme hatten mich auf der Brücke festgehalten. Wie könnte ich ihm sagen, wie dankbar ich dafür war, dass er mich gerettet hatte? Mit Dankesreden hatte ich genauso wenig Erfahrung wie mit Entschuldigungen. Ich starrte meine Finger an, streckte und beugte sie und suchte dabei nach den passenden Worten. Sie wollten einfach nicht in meinen Kopf. So sagte ich nur: »Danke.«

»Wofür?«

»Dass du mich auf der Brücke festgehalten hast, als ich …«

»Genau genommen war ich mitschuldig. Ohne mich wärst du nicht auf die andere Seite geklettert.«

Ohne dich hätte ich nicht erkannt, wie sehr ich trotz allem am Leben hänge, dachte ich, sprach es aber nicht aus. Seit dem Tag auf der Brücke funktionierte ich wie ein altes Uhrwerk. Ein Zahnrad griff ins nächste und setzte es in Bewegung. Manchmal verhakte es sich und blieb für kurze Zeit stehen, nur um gleich darauf wieder normal weiterzulaufen. Langsam und beschwerlich, aber unaufhaltsam. »Woher hast du gewusst, dass ich nicht springen würde?«

»Ich wusste es nicht.«

»Warum hast du mich dann aufgefordert, es zu tun?«

»Wenn es dir ernst gewesen wäre, hätte ich dich nicht daran hindern können. Wenn nicht die Brücke, hättest du einen anderen Weg gefunden.«

»Vielleicht.« Dabei wusste ich nicht, ob ich den Mut gehabt hätte, eine Packung Tabletten zu schlucken und zu warten, bis es vorbei war. Oder mir die Pulsadern aufzuschneiden und zu fühlen, wie das Leben langsam und quälend aus mir floss. Bei dem Gedanken schüttelte ich mich und eine Gänsehaut überzog meine Unterarme.

»Ist dir kalt?«

»Nein, ich bin nur froh, nicht gesprungen zu sein.«

»Das ist gut.« Wieder dieses Lächeln. Er fragte nicht nach dem Grund, warum ich so verloren auf der Brücke gestanden hatte. Und auch sonst stellte er keine Fragen, als ob er wirklich schon alles wüsste.

Ich machte den Mund auf, wollte ihm sagen, was mir widerfahren war, aber die Worte blieben mir im Hals stecken. Was, wenn er glaubte, ich wäre immer noch die Frau, die halb nackt die Post von ihm entgegengenommen hatte?

Wenn er nicht wusste, dass eine Prothese meinen rechten Unterschenkel ersetzte? Wollte ich ihn tatsächlich besser kennenlernen und mir dann anhören, dass er sich nicht vorstellen konnte, mit einer Verstümmelten zusammen zu sein? Diese Enttäuschung würde ich nicht ertragen. Ich wollte aufstehen und weglaufen, mich wieder im Haus einschließen, abgekapselt vom Rest der Welt. Noch bevor Michael mit seiner Wurst-Käse-Platte fertig war, schob ich den Stuhl zurück. »Ich muss los.«

Er verschluckte sich am Camembert und hustete. Schnell fasste er sich wieder und stand ebenfalls auf. »Ich begleite dich nach Hause.«

»Das ist nicht nötig.« Rasch nahm ich meine Tasche. »Ich finde allein raus.«

»Habe ich etwas Falsches gesagt?«

»Nein, ich …« Wie könnte ich es ihm erklären, ohne die Karten auf den Tisch zu legen? Wahrscheinlich gar nicht. »Mach's gut.«

»Warte.« Michael berührte mich an der Schulter und nahm seine Hand gleich wieder weg. Es reichte, um mich dazu zu bringen, mich umzudrehen. »Wann sehen wir uns wieder?«

Sein Blick, verloren und bittend, ging mir unter die Haut. Ich musste standhaft bleiben. »Hör zu, es war nett, mit dir zu plaudern, und ich bin dir dankbar, dass du auf der Brücke warst und mich gerettet hast. Das ist alles. Ich bin nicht … Ich kann nicht …«

»Verstehe«, sagte er, obwohl er so ratlos dreinblickte, als würde er überhaupt nichts begreifen.

Ich drehte mich endgültig um und verließ das Café, ohne nochmals zurückzuschauen.

Ich schwelgte im Halbschlaf, mehr im Traum als in der Wirklichkeit. Die Decke umschmeichelte mich wohlig wie ein Kokon. Ich spürte das Heben einer Brust an meinem Rücken und den warmen Atem im Nacken. Ein Arm lag schwer auf meiner Hüfte. Ich seufzte, genoss es, nach so vielen einsamen Nächten jemanden so nah bei mir zu spüren. Aber wen? Ich merkte, wie mich der Gedanke zurücksog, aus dem Traum in die Wirklichkeit.

»O Jennifer, wunderschöne Jennifer«, säuselte es in mein Ohr. »Ich habe immer gewusst, dass wir zusammengehören.«

Von einem Moment auf den anderen war ich hellwach. Ich schrie auf, tastete nach der Nachttischlampe und schaltete das Licht ein. Zuerst schaute ich auf das Bett, dann ins leere Zimmer. Da war niemand. Mein Atem ging stoßweise. Zu wenig Sauerstoff! Ich schlug die Decke zurück, reckte die Hand zum Fenster und kippte es. Die Luft strömte ins Innere und strich über meine schweißnasse Haut. Obwohl mir heiß war und meine Wangen glühten, erschauderte ich. Der feuchte Pyjama klebte an meinem Rücken. Es dauerte nicht lange, bis sich die Hitze in Kälte verwandelte und ich zitterte. Ich schloss das Fenster, zog mir ein trockenes T-Shirt über und befestigte die Prothese. In jedem Zimmer schaltete ich das Licht ein und kontrollierte, ob alle Fenster geschlossen waren, ob ich die Haustür und die Terrassentür abgesperrt hatte. Ich spähte hinaus in die Nacht. Jemand wartete neben dem Licht der Straßenlampe bei der Bushaltestelle. Es sah aus, als würde dieser Jemand zum Haus hochstarren. Mit laut klopfendem Herzen wartete ich neben dem Fenster, bis der Nachtbus kam und die Person mitnahm.

Hirngespinste, schalt ich mich. Nichts als Hirngespinste, gepaart mit einem seltsamen Traum. Trotzdem war an

Schlaf nicht mehr zu denken. Michael kam mir in den Sinn und der Zettel mit seiner Handynummer. Am liebsten hätte ich angerufen und ihn gebeten, herzukommen, damit er meine Ängste mit mir zusammen trug und sie nicht mehr so schwer wogen. Doch ich konnte nicht von ihm verlangen, um drei Uhr morgens aus dem Bett zu springen, um neben mir Wache zu halten. Außerdem hatte er sein Angebot, ich könnte ihn jederzeit anrufen, bestimmt schon zurückgezogen, nachdem ich ihn beim Brunch hatte sitzen lassen, ohne Erklärung und ohne zu bezahlen. Scham übermannte mich. Mein Abgang war unhöflich gewesen. All das war nur passiert, weil ich glaubte, mit meiner Prothese nicht zu genügen. Weder Philipp noch Michael. Dieser Gedanke war so fest in meinem Kopf verankert, dass ich jedes Mal in dasselbe Muster zurückfiel. Ich musste Michael davon erzählen, dann würde ich erfahren, was er darüber dachte. Spekulationen brachten mich nicht weiter.

Kapitel 32

April

Schon beim Betreten der Kletterhalle fiel mir auf, wie groß sie war. Die Decke ragte mindestens zwanzig Meter über mir empor. Griffe in allen Farben und Formen steckten in den Wänden. Ich schaute mich nach Michael um, fand ihn aber nicht. Es war Dienstag, also sollte er hier sein. Vielleicht war er schon wieder gegangen oder kam erst später? Ich schlenderte in die Mitte der Halle und suchte die Wände ab. Da sah ich ihn. Er hing fast zuoberst an einer Kletterwand, hinter einem Vorsprung, der mir zuvor den Blick auf ihn verwehrt hatte. Mit geschmeidigen Bewegungen arbeitete er sich Griff um Griff nach oben, während unten sein Partner stand und ihn mit einem Seil sicherte. Ich schirmte die Augen ab, um im Licht der Neonlampen besser sehen zu können. Fast oben angekommen klammerte sich Michael an zwei Griffen fest. Er hielt inne, überlegte offenbar, welches sein nächster Schritt sein könnte. Dann streckte er sich, packte den Griff – und rutschte ab. Ich hielt die Luft an und schlug die Hand vor den Mund. Michael baumelte nur noch an einer Hand. Suchend schaute er sich um, die Ruhe in Person, visierte ein anderes Ziel an und hielt sich wieder fest, bevor er sich abseilen ließ. Erst da atmete ich auf.

Michael verabschiedete sich mit einem Schulterklopfen von seinem Partner und löste den Klettergurt. Er schaute in meine Richtung, aber durch mich hindurch. Erst, als ich näher trat, bemerkte er mich und lächelte dieses Lächeln, bei dem mein Bauch jedes Mal ganz warm wurde.

»Mit dir habe ich nicht gerechnet.« Der Glanz in seinen Augen verriet, dass er sich freute.

»Mein Abgang letzten Sonntag tut mir leid. Ich wollte dich nicht so anfahren.« Die Worte kamen so einfach über meine Lippen, dass ich erstaunt innehielt. Bei Philipp hatte es mich jedes Mal unendlich viel Überwindung gekostet, mich zu entschuldigen. Bei Michael war es ganz leicht.

Seine Miene war unbewegt. Er schaute mich prüfend an, als ob er zuerst abwägen müsste, ob er mir vertrauen konnte.

»Klettere mit mir und ich verzeihe dir«, sagte er.

Überrascht trat ich einen Schritt zurück, legte den Kopf in den Nacken und starrte an die Decke. Die zwanzig Meter wirkten plötzlich wie hundert. »Ich fürchte, das geht nicht.«

»Keine Angst, ich sichere dich. Klettere so hoch, wie du dich wohlfühlst.«

Ich atmete tief ein und wieder aus. Der Zeitpunkt war gekommen. Ich musste es ihm sagen. »Ich h-h-habe …« Die Worte kamen nur stockend über meine Lippen. »Ich habe ein Bein verloren.«

»Welches?« Er schmunzelte. Nur ganz kurz, dann schien er es sich anders überlegt zu haben und sein Gesicht wurde zu einer Maske. »Tut mir leid, darüber macht man keine Witze.«

»Macht nichts.«

Michaels Blick wanderte wieder zu meinen Füßen. »Man sieht dir nichts an.«

»Das liegt an den langen Hosen.«

»Hast du eine Unterschenkelprothese?«

Ich nickte.

Er zeigte auf große, grüne Griffe. »Dann wirst du diese Route ohne Probleme bezwingen, da bin ich mir sicher.«

Immerhin durftest du dein Knie behalten.

Charlottes Stimme klang so echt in meinen Gedanken, als hätte ich sie gerade erst gehört und nicht vor ein paar Monaten. Warum nur hatte ich den Zettel mit ihrer Telefonnummer verlegt? Nun hätte ich sie gern angerufen.

»Und, machst du mit?«, fragte Michael erwartungsvoll. Da merkte ich, dass ich ihm keine Antwort gegeben hatte. Was hatte ich zu verlieren? Einen Versuch war es wert. Ich würde jederzeit abbrechen können, wenn die Schmerzen zu stark wären. »Na gut.«

Michael lächelte und musterte mich von Kopf bis Fuß. »Fünfundfünfzig Kilo?«

»Wie bitte?«

»Ich muss unseren Gewichtsunterschied ausgleichen.«

»Ach so.« Ich errötete. »Plus fünf.«

»Dann genügt ein Reibungsclip.«

Er lief zum Empfang und kam mit einem Gürtel zurück. Ich schlüpfte hinein. Mit ein paar geschickten Handgriffen befestigte Michael das Seil. Er war meinem Gesicht so nah, dass ich mich nur ein klein wenig hätte vorbeugen müssen, damit sich unsere Lippen berührten. Verlegen über meine eigenen Gedanken trat ich einen Schritt zurück. Michael schien nicht zu bemerken, welchen Gefühlssturm er mit seiner Nähe in mir auslöste.

»Willst du zuerst?«

»Nein.« Ich spähte nochmals zu der Stelle, an der Michael zuvor gegangen hatte. Bestimmt wäre ich hinuntergefallen wie ein nasser Sack, wenn ich es überhaupt dort hoch geschafft hätte. »Fang du an.«

»Dann zeige ich dir, wie man sichert.« Er erklärte mir, wie man die Hände hielt und was ich beim Sichern sonst alles beachten musste. Auf einmal erschien mir das Klettern einfacher.

»Bist du dir sicher, dass ich dich halten kann?«

»Nein.« Er grinste. »Aber ich falle sowieso nicht.«

»Sehr beruhigend«, murmelte ich.

Michael hörte mich nicht mehr. Er stand bereits unter der Kletterwand, hielt sich an einem Griff fest und zog sich hoch. Ich beobachtete gebannt das Zusammenspiel seiner Muskeln. Wie die Beine sich abstießen und die Arme ihn immer weiter nach oben zogen. War es der schwarzen Farbe seines T-Shirts zu verdanken, dass seine Schultern so breit wirkten und seine Taille so schmal? Er sah anders aus als Philipp. Sofort verdrängte ich den Gedanken wieder. Michael und Philipp waren wie zwei verschiedene Paar Schuhe. Den Oberkörper eines Ausdauerläufers mit dem eines Kletterers zu vergleichen, war nicht fair. Mein Blick wanderte über Michaels Hintern zu seinen Oberschenkeln und Waden. Wenn ich es mir recht überlegte, verlor Philipp auch hier mit Abstand. Ich bemerkte, dass das Seil schon zu stark durchhing und zog es an.

Konzentrier dich, ermahnte ich mich. Wenn er wider Erwarten fallen würde, wäre ich sein Sicherungsnetz. Ich musste lückenlos funktionieren.

Oben angekommen, berührte Michael kurz die Decke und ich seilte ihn ab. Mit einem Lächeln auf den Lippen kam er mir entgegen. »Du bist an der Reihe.«

Ich schluckte trocken. Selbst die einfachste Route war eine Herausforderung für mich. Nur zu gern stand ich mit beiden

Füßen fest auf dem Boden, na ja, mit einem Fuß. Nun hatte Michael mich dazu überredet, die Sicherheit unter mir zu lassen.

»Du schaffst das.«

Der zuversichtliche Unterton in seiner Stimme machte mir Mut. Ich umklammerte den ersten Griff in Reichweite. Gleichzeitig setzte ich einen Fuß auf einen Tritt weiter unten und zog mich hoch. Meine Hose spannte um den Hintern.

»Gut«, feuerte mich Michael an. »Weiter so.«

Wie von selbst wanderte die andere Hand hoch und das Prothesenbein war an der Reihe. Ein leichter Schmerz zog sich durch den Stumpf. Auch beim nächsten Tritt traute ich der Prothese nicht. Vorsichtig prüfte ich, ob der Fuß wirklich stand. Das tat er. Ich versuchte, so wenig Gewicht wie möglich darauf zu legen, und setzte die Arme stärker ein.

In der Mitte der Wand hielt ich inne. Michael kletterte wie ein Äffchen. Ich hingegen hing daran wie eine Fliege im Spinnennetz. Mein Stumpf pochte, als wäre ich kilometerweit gelaufen. Ich schaute nach unten. Ein Fehler. Instinktiv presste ich mich näher an die Wand.

»Willst du wieder hinunter?«

»Ja, bitte«, sagte ich gepresst.

Michael seilte mich ab und ich war froh, wieder den sicheren Boden unter mir zu spüren statt die schmalen Griffe. Trotzdem floss das Adrenalin durch meinen Körper. Im Gegensatz zu meinem Kopf hatte er Blut geleckt und schrie nach mehr. Den Schmerz schien er komplett zu ignorieren, so nickte ich, als Michael fragte, ob ich es nochmals versuchen wollte. Wir kletterten eine weitere Runde. Die Prothese machte alles mit. Zum ersten Mal war ich froh, dass ich nur den Unterschenkel hatte amputieren müssen und nicht wie Charlotte das ganze Bein.

Wie es ihr wohl ging? In der Reha hatte sie eine solche Zuversicht ausgestrahlt. Ohne Zweifel würde sie ihren Weg finden. Wenn ich es schaffte, sie erst recht. Angespornt von dem Gedanken wollte ich höher hinaus, immer weiter. Übereifrig streckte ich mich nach einem weiter entfernten Griff und hob das Bein, da riss der Stoff meiner Hose. Kalte Luft traf auf meine Oberschenkel. Verdammt. Ich bewegte mich nicht, aus Angst, es noch schlimmer zu machen, und blickte nach unten, direkt in Michaels Gesicht. Er versuchte, ein Grinsen zu unterdrücken. So ganz gelang es ihm nicht.

»Lass mich runter«, rief ich und setzte mich ins Seil. Als ich wieder auf dem Boden stand, strich ich mir die nassen Haare aus dem Gesicht. Meine Muskeln zitterten vor Anstrengung. »Findest du das witzig?«

»Ein bisschen.«

»Ein weiteres Mal klettere ich nicht hoch«, jammerte ich und versuchte dadurch, von meinem Missgeschick abzulenken.

»Der kleine Riss in der Hose stört bestimmt niemanden.« Nun kicherte er leise.

»Mir tut alles weh und du machst dich über mich lustig?«

Ich gab ihm einen Klaps auf die Schulter. Michael hatte nicht einmal versucht, auszuweichen.

»Aber du hast es geschafft.«

»Stimmt.« Ich betrachtete ihn von der Seite. An ihm fand man keine Spuren der Anstrengung. Ich hingegen roch den Schweiß unter meinen Achseln, ohne die Arme heben zu müssen. Wir gingen zum Empfang, oder besser gesagt, er ging und ich humpelte.

»Hast du starke Schmerzen?«, fragte er.

Ich spürte seine Hand auf meinem Rücken und vergaß beinahe, zu antworten. »Es geht schon, das passiert nicht nur beim Klettern.«

Michael runzelte die Stirn. »Wann noch?«

Ich überlegte. »Eigentlich immer, außer morgens vor dem Aufstehen.«

»Bist du sicher, dass die Prothese richtig sitzt?«

»Ich …« Michaels Hand auf meinem Rücken, sein forschender Blick auf meinem Gesicht. »K-k-keine Ahnung«, stammelte ich und kam mir vor wie der Metal-Typ aus der Reha.

»Versprich mir, dass du das überprüfen lässt.«

Ich nickte und er lächelte zufrieden. Nachdem wir das Material abgegeben hatten, standen wir genauso verloren voreinander wie vor ein paar Tagen beim Café.

»Michael«, ertönte es vom Empfang her. Sein Kletterpartner.

Er hob die Hand und winkte ihm zu. »Ich muss kurz hinüber«, sagte er zu mir. »Wenn du eine Viertelstunde wartest, kann ich dich nach Hause fahren.«

»Mach dir keine Umstände.«

»Bist du sicher?«

»Ich nehme den Bus.«

»Mit der gerissenen Hose?«

»Nicht so schlimm.«

Ein Teil von mir hoffte, ja erwartete sogar, dass er fragte, wann wir uns wiedersehen würden. Ich schaute auf seine Lippen und wartete, aber heraus kamen andere Worte: »Also dann.«

Ich schaute ihm nach und verfluchte mich, dass ich sein Angebot nicht angenommen hatte.

»Sie sind zu spät.« Rohner stand im Türrahmen des Warte-zimmers, eine Hand auf der Klinke. Seine Miene war aus-druckslos.

»Was für ein freundlicher Empfang.« Ich lächelte säuerlich, klemmte meine Handtasche unter den Arm und folgte ihm in einen der Behandlungsräume. Rohner musste bei jeder Tür den Kopf einziehen, damit er nicht gegen das Holz knallte. »Es ist nicht meine Schuld. Der Bus hierher ist zu früh losgefahren und ich habe ihn verpasst.«

»Sie sind mit dem Bus gekommen?«

»Sonst wäre ich noch später gewesen.« Ich setzte mich auf den Stuhl, den er mir mit einer flüchtigen Handbewegung zuwies. »Außerdem schaffe ich so weite Strecken nicht zu Fuß. Ich habe eine Prothese, schon vergessen?« Demons-trativ hob ich mein Bein hoch, sodass er es über den Rand des Schreibtischs gut sehen konnte.

»Das war nur ein halber Kilometer.«

Seine Worte schlugen mir mitten ins Gesicht. Die Lobes-hymnen hatten mir besser gefallen.

»Sie würden keine zehn Meter laufen, wenn jeder Schritt schmerzt«, verteidigte ich mich und verschränkte die Arme.

»Wie, jeder Schritt?«

»So, wie ich es sage. Deswegen bin ich hier.«

Nun runzelte er die Stirn. »Zeigen Sie mal.«

Ich löste die Prothese vom Bein. Rohners warme Hände betasteten vorsichtig meinen Stumpf. Er war gerötet und an manchen Stellen aufgeschürft.

»Ich will nichts beschönigen: Das sieht alles andere als gut aus. Warum sind Sie nicht früher gekommen?«

»Der Physiotherapeut in der Reha meinte, der Schaft wäre perfekt.« Schuldbewusst senkte ich den Blick.

»Vielleicht war er das mal. Jetzt bestimmt nicht mehr.«
Rohner setzte mein Bein wieder auf den Boden und richtete
sich auf. »Ich nehme meine Aussage von vorhin zurück. Es
ist ein Wunder, dass Sie es überhaupt bis hierhin geschafft
haben.«

»Und jetzt?«

»Ich passe Ihnen einen neuen Schaft an. Unter einer Be-
dingung.«

»Die wäre?«

»Wir hören mit dem dämlichen Sie auf und gehen zum
Du über.« Er hielt mir seine riesige Pranke hin und lachte.

»Wenn es nur das ist. Aber ich nenne dich trotzdem weiterhin Rohner.«

Wir besiegelten unsere Abmachung mit einem Hand-
schlag. »Und ich sorge persönlich dafür, dass du deinen
Schaft so schnell wie möglich bekommst.«

Kapitel 33

April

Rohner hatte sein Wort gehalten. Nach nur zwei Wochen durfte ich den neuen Schaft abholen. Schon beim Hineinschlüpfen merkte ich, dass mich ein ganz anderes Lebensgefühl erwarten würde und das bestätigte sich nach den ersten paar Schritten. Der Schaft fühlte sich an wie eine zweite Haut, die Schmerzen im Stumpf waren verschwunden. Dafür zerrte etwas an meinem Herzen. Ich wollte Michael wiedersehen. So sehr, dass ich bei Zalando ein paar neue Hosen bestellt hatte. An diesem Morgen war die Mail mit der Sendungsankündigung gekommen und seither konnte ich nicht mehr stillhalten. Ich wanderte vom Wohnzimmer in die Küche, hoch ins Obergeschoss und zurück. Alles komplett schmerzfrei, was sich immer noch wie ein Wunder anfühlte. Immer wieder spähte ich aus dem Fenster, obwohl ich wusste, dass die Post nie vor zehn Uhr zugestellt wurde.

»Warum schreibst du ihm nicht?«, würde Doris sagen, wenn sie davon wüsste. Als ob ich es nicht versucht hätte. Unzählige Male hatte ich eine Nachricht an ihn getippt, nur um sie gleich wieder zu löschen, weil mir die richtigen Worte nicht einfallen wollten. Da war es mir einfacher vorgekommen, eine Bestellung aufzugeben.

Gefühlte zehn Stunden später fuhr der Lieferwagen die Einfahrt hoch. Der Motor verstummte, Schritte knirschten auf dem Kies und kurz darauf klingelte es. Ich öffnete.

»Ein Zalandopaket?«, fragte Michael und streckte mir einen weiß-orange gestreiften Karton entgegen. »Ernsthaft?«

»Neue Hosen.«

»Zehn Stück?«

»Fünf.« Ich verschwieg, dass es nicht in den Briefkasten passen sollte.

»Betreten der Kletterhalle in Hosen auf eigene Gefahr.« Seine Mundwinkel hoben sich.

Bei seinem Lächeln wurde mir ganz warm. So warm, dass mir die Worte fehlten und wir schon wieder unschlüssig voreinander standen. Viel zu lange für eine gewöhnliche Paketübergabe.

»Danke, dass du mir das Klettern gezeigt hast. Ich hätte nicht geglaubt, dass ich es könnte«, sagte ich, um ihn weiter bei mir zu halten.

»Siehst du? Es ist nicht von Bedeutung, wie langsam du gehst, solange du nicht stehen bleibst.«

»Was …« Da begriff ich es. »Die Karte mit dem Zitat. Sie war von dir.«

Er zog den Kopf kaum merklich ein. »Ja, ich habe in der Zeitung vom Unfall gelesen und dich danach nie mehr …«

»Mach das nie wieder«, blaffte ich und wich, erschrocken über meinen eigenen Tonfall, einen Schritt zurück.

»Warum wehrst du dich so gegen das Laufen?«

Laufen.

Ich schloss die Augen und atmete tief ein, versuchte nachzuspüren, wie es sich angefühlt hatte. Die Luft auf meiner verschwitzten Haut. Mein Herzschlag, der mich fast schwerelos immer weiter trug. Dann stellte ich mir vor, wie es wäre, mit einer Prothese zu laufen.

»Es wäre nicht dasselbe«, flüsterte ich. »Jeder Schritt würde mich daran erinnern, was ich verloren habe. Ich kann nicht mehr laufen. Nie mehr. Verstehst du?«

»Nein.« Er schaute mich eindringlich an. »Das tue ich nicht.«

»Was das Laufen anbelangt, kann mir niemand helfen. Diesen Kampf muss ich allein ausfechten.«

»Na gut.« Sein schelmischer Gesichtsausdruck passte nicht zu seinen Worten. Da wusste ich, dass er so schnell nicht aufgeben würde. »Aber laufen im Schritttempo, das kannst du, oder?«

Ich nickte.

»Dann lass uns spazieren gehen. Gemütlich und ohne Druck. Morgen?«

»Na gut.« Wir grinsten uns an, eine halbe Ewigkeit, bis er leise »Ich freue mich« flüsterte und sich verabschiedete.

Ich blieb zurück und mein Herz klopfte noch schneller, sprang beinahe aus meiner Brust vor Freude. Er wusste von meiner Prothese. Und trotzdem wollte er mich wiedersehen.

Vielleicht hatte ich mich zu früh gefreut, denn Michael kam nicht. Seit einer gefühlten Ewigkeit starrte ich zur Hauptstraße hinunter. Hatte er sich umentschieden? Wollte er doch nichts mit mir unternehmen? Ich rief mir sein Lächeln in Erinnerung, die Freude auf seinem Gesicht, als ich seinem Vorschlag, spazieren zu gehen, zugestimmt hatte. Michael würde mir nichts vorheucheln. Aber wo war er? War ihm etwas zugestoßen? Eine innere Unruhe packte mich und ich lief vor dem Fenster auf und ab, schaute immer wieder hinaus. Er tauchte nicht auf. Langsam machte ich mir Sorgen. Was, wenn er irgendwo von der Straße abgekommen war und bewusstlos in einem Graben lag? Wenn der Fahrer ebenfalls abgehauen war? Andererseits war er erst eine halbe Stunde zu spät. Wäre es aufdringlich, ihn anzurufen und zu fragen, wo er blieb?

Noch bevor ich seine Nummer wählen konnte, entdeckte ich den Lieferwagen. In schnellem Tempo bretterte er den Weg hoch und schleuderte Staub durch die Luft. Ich ging nach draußen und Michael sprang aus der Fahrerkabine. »Entschuldige, dass ich zu spät bin.«

»Wo warst du?« Ich gab mir Mühe, nicht allzu vorwurfsvoll zu klingen. »Ich habe mir Sorgen gemacht.«

»Ich musste meinen Bruder zu einem Termin fahren und kam nicht mehr aus der Stadt raus. In zwei Stunden muss ich ihn wieder abholen. Entschuldige. Ich hätte dich nach deiner Nummer fragen sollen, dann hätte ich dir Bescheid geben können.« Er kam näher, steckte die Hände in die Hosentaschen, unsicher, wie er mich begrüßen sollte. Dann küsste er mich auf die Wange. So sanft, dass ich es mit geschlossenen Augen nicht bemerkt hätte. Dafür brannte die Stelle, wo seine Lippen meine Haut berührt hatten, umso stärker. Ich vergaß, was ich sagen wollte, und mein Ärger verrauchte.

»Also, gibst du mir deine Nummer?«

Ich nickte. Nachdem Michael sie abgespeichert hatte, gingen wir los. Stumm spazierten wir im Gleichschritt nebeneinander her. Michael lenkte mich so sehr ab, dass ich kaum bemerkte, wie wir den Wald betraten. Die sprießenden Blätter der Bäume filterten das Sonnenlicht und warfen dunkle Flecken auf das Laub am Boden. Bei jedem Schritt gab er nach, als hätte ich Laufschuhe an den Füßen. Vögel zwitscherten und in der Ferne rief ein Kuckuck.

»Wie ist er so, dein Bruder?«, fragte ich in die Geräuschkulisse der Natur hinein.

»Warum willst du das wissen?«

»Es interessiert mich.«

»Er ist …« Michael überlegte. »… ziemlich unordentlich. Lässt seine Socken überall in der Wohnung herumliegen. Ein Frauenheld ist er auch. Früher hat er mit seinem Charme ein Mädchen nach dem anderen abgeschleppt. Aber jetzt …« Er verstummte.

Ich wartete, dass er weitersprach, doch er hatte das Gesicht von mir weggedreht und schaute zum Waldrand. Die Berge schimmerten weiß am Horizont. Die Sehnsucht drückte schmerzhaft in meinem Bauch. Ihr Anblick erinnerte mich an den Jungfrau-Marathon, an dem ich vor zwei Jahren teilgenommen hatte. Der erste Teil bis Lauterbrunnen war machbar gewesen, aber dann ging es so steil bergauf, dass ich nur noch langsam vorwärts gekommen war. Es war eine Grenzerfahrung gewesen, so wie der Unfall und der Verlust meines Unterschenkels.

»Aber jetzt?«, wiederholte ich Michaels letzte Worte, in der Hoffnung, mehr über seinen Bruder zu erfahren. Ein Rascheln hinter uns weckte meine Aufmerksamkeit. Dann ein Knacken, als wäre jemand auf einen Ast getreten. Ich stoppte und drehte den Kopf in die Richtung des Geräuschs.

Michael war auch stehen geblieben. »Was ist?«

»Hast du das auch gehört?«

»Was?«

Beide schauten wir auf den zurückgelegten Weg. Auf diesem Waldabschnitt standen so viele alte Bäume, dass man sich, ohne aufzufallen, hinter den dicken Stämmen verstecken konnte. Es knackste und raschelte.

»Da, schon wieder.«

»Bestimmt ein Eichhörnchen.«

»Nein«, krächzte ich. Das war kein Tier. Es hörte sich vielmehr an wie Schritte. Ich beäugte das gehackte Holz, fein säuberlich am Waldrand gestapelt, tastete nach Michaels Arm und hielt ihn fest. Kam das Geräusch von dort? Mein Blick zuckte hin und her, so schnell, dass mir schwindlig wurde.

»Du bist ganz bleich.« Michael legte seine warme Hand auf meine Schulter. »Ist alles in Ordnung?«

»Da ist jemand«, flüsterte ich.

»Wo?«

»Hinter dem Holz.«

»Soll ich nachschauen?«

»Lieber nicht.« Der Gedanke, dass sich Michael auch nur einen Meter von mir entfernte, war unerträglich. Ich klammerte mich noch fester an seinen Arm. »Bitte lass uns aus dem Wald gehen.«

Wir steuerten auf den Waldrand zu und landeten inmitten einer Wiese. Das nasse Gras reichte uns bis zu den Knien. Michael marschierte mit mir hindurch bis wir mit feuchten Hosen und Schuhen auf einem Feldweg landeten. Ich schaute zurück. Hinter dem Holz war niemand.

»Was ist los?« Michael drückte meine schweißnasse Hand.

»Ich dachte, er wäre es.«

»Wer?«

Ich blickte erneut über die Schulter zum Wald. Wir standen so weit entfernt, dass ich die einzelnen Bäume nicht mehr erkennen konnte. »Bernhard. Der Typ, der mir nachgestellt hat.«

»Dir hat mal ein Typ nachgestellt? Wie meinst du das?«

»Es fing mit harmlosen Briefen an, die er eigenhändig in meinen Briefkasten legte. Er fing an, mir aufzulauern, versuchte immer wieder, mich zu umarmen und zu küssen, wollte nicht begreifen, dass ich kein Interesse hatte. Als er merkte, dass er mich nicht haben konnte, geriet es außer Kontrolle. Er jagte mich regelrecht, spielte mit meiner Angst. Einmal passte er mich im Wald ab. Er hatte … Er wollte …« Ich schüttelte mich beim Gedanken an die Minuten, während derer ich am Boden lag und völlig die Orientierung verloren hatte.

»Was hat er?« Alle Farbe wich aus Michaels Gesicht und er schluckte hörbar.

»Er hat mich niedergerungen. Gewürgt. Wollte mich …« Ich konnte es nicht aussprechen und verdrängte die aufkeimenden Bilder mit aller Kraft. »Im Nachhinein ist es mir ein Rätsel, wie ich es geschafft habe, ihm Erde in die Augen zu pfeffern, mich aufzurappeln und loszurennen.«

Michael schüttelte nur den Kopf. »Mir fehlen die Worte.«

»Ich ging zur Polizei. Die erwirkte ein Kontaktverbot. Er durfte mir weder schreiben noch mich anrufen oder sich mir nähern. Ich bin bei Mam ausgezogen und habe mir ein Haus auf dem Land gesucht. Das half, weil er nicht mehr wusste, wo ich war. Und ich fühlte mich sicherer. In der weitläufigen Landschaft konnte er sich nicht verstecken und mich überraschen.«

Michael blieb stehen und schlug sich die Hand vor den Mund. »Und ich Trottel werfe dir einen Brief ohne Absender ein.«

»Das konntest du nicht wissen.«

»Entschuldige.«

Ich lachte. »Hör auf, dich ständig zu entschuldigen.«

»Tut mir leid.« Er grinste.

Ich spähte wieder zum Wald. »Es ist seltsam. Obwohl ich ihn seit seinem Überfall nicht mehr gesehen habe, lässt mich das Gefühl nicht los, dass er hier ist. Immer wieder.«

»Vertrau deinem Instinkt, der täuscht dich nicht.«

»Danke«, flüsterte ich. »Dafür, dass du mich ernst nimmst.«

»Habe ich einen Grund, es nicht zu tun?«

»Philipp hat mich immer ausgelacht.«

Die Erwähnung von Philipp ließ Michael kalt. Er wusste, dass ich mit einem Philipp zusammengewohnt hatte. Der Briefkasten hatte bis vor Kurzem beide Namen getragen.

Wir kehrten um und ich fühlte mich wieder sicherer. Im Wald gab es einfach zu viele Hinterhalte. Vor meiner Haustür blieben wir stehen.

»Soll ich mit reinkommen?«

»Das ist nicht nötig. Ich verriegle alle Türen doppelt und schließe die Fensterläden. Außerdem wartet dein Bruder auf dich.«

»Das stimmt. Aber den würde ich manchmal gern warten lassen.«

Ich lachte.

»Und wann sehen wir uns wieder?«, fragte er und seine Augen strahlten. »Am Montag ist mein freier Tag.«

»Dann am Montag.«

Er nickte und wandte sich zum Gehen.

»Michael«, rief ich ihm nach und er drehte sich nochmals um. »Warum tust du das für mich?«

»Was denn?«, fragte er unschuldig, dabei wusste er es ganz genau.

»Du hilfst mir, wieder nach vorn zu schauen.«

»Seit der Brücke fühle ich mich ein kleines bisschen für dich verantwortlich.« Verlegen blickte er auf die Türschwelle. »Und weil ich dich mag, schätze ich.«

Er machte einen Schritt auf mich zu. Nur Zentimeter von mir entfernt blieb er stehen und legte seine Hand freundschaftlich auf meine Schulter. Seine Finger strichen meinem Hals entlang und plötzlich hatte seine Berührung überhaupt nichts Freundschaftliches mehr. Ich rührte mich nicht. Auch nicht, als er mir eine Haarsträhne hinters Ohr strich. Die Wärme flutete meinen Bauch, meine Lunge und mein Herz. Ich wartete darauf, dass er sich vorbeugte und mich küsste. Das tat er nicht, im Gegenteil. Er machte wieder einen Schritt zurück, doch ehe der Zauber brechen konnte, streckte ich mich ihm entgegen und legte meine Lippen auf seine, nur für den Bruchteil einer Sekunde, aber mir kam es vor wie eine Ewigkeit. Überrascht löste er sich von mir.

»Was war das denn?« Er berührte mit den Fingerspitzen seine Unterlippe.

»Hmm …« Ich überlegte kurz. »Ein Kuss?«

»Kannst du das noch einmal machen?«

Wieder zog ich ihn zu mir herunter. Dieses Mal blieb er nicht passiv. Er legte die Hände an meinen Rücken und drückte mich an sich. Ich wusste nicht, was über mich gekommen war, und es war mir völlig gleichgültig. Wichtig war nur, dass es sich gut anfühlte. Und das tat es.

Kapitel 34

April

Völlig fertig lehnte er sich an die raue Rinde des Baumstammes und lauschte den immer leiser werdenden Schritten. Das feuchte Laub nässte seine Hose. Seine Welt stürzte zum zweiten Mal in sich zusammen. Dabei hatte er geglaubt, Jenni und er hätten eine Chance, nachdem sie diesem Philipp den Laufpass gegeben hatte. Aber sie hatte nur einen Kerl gegen einen anderen getauscht. Er schlug mit der Faust gegen den Baumstamm, immer wieder, bis Blut auf die Erde tropfte und darin versickerte. Seine Hand brannte vor Schmerz. Noch einmal holte er aus, dieses Mal mit dem Kopf. So fest, dass ihm übel wurde. Für jeden machte sie die Beine breit. Für jeden außer ihn, obwohl er es am dringendsten brauchte. Das Feuer der Wut wallte in ihm auf und verschlang den Schmerz. Sie machte es mit Absicht, spielte wieder mit ihm. Aber nun war Schluss damit, er hatte keine Lust mehr. Lange genug hatte er ihr Zeit gegeben, ihr Verhalten zu überdenken, zu verstehen, dass sie zusammengehörten. Er wollte ihre ständigen Zurückweisungen nicht länger ertragen. Wenn sie sich so vielen Männern bereitwillig hingab, hatte auch er das Recht, sich zu holen, was er wollte.

Kapitel 35

Juni

Was ist los mit dir?« Doris legte den Kopf schräg und musterte mich.

»Was soll los sein?«, fragte ich.

»Du bist so verändert.«

»Das liegt am Wetter.«

»Heißt der Wetterfrosch etwa Michael?«

Nun konnte ich mein Grinsen nicht mehr verbergen. Doris hatte recht. Etwas in mir hatte sich verändert und ich trug es nach außen, damit es alle sehen konnten. Es verging kaum ein Tag, an dem Michael und ich uns nicht trafen. Wenn er bei mir war, genoss ich seine Nähe, und wenn er wieder ging, schwelgte ich in der Erinnerung, zehrte von ihr, bis wir uns wieder sahen. Zu Philipp hatte ich aufgeschaut, ihn bewundert und angehimmelt. Ich war hochjauchzend nach Hause gerannt, wenn er ein paar Worte mit mir gewechselt oder mich wie zufällig am Arm berührt hatte. Mit Michael war es anders. Er war anders. Wir redeten viel, und in seiner Gegenwart war alles locker flockig leicht wie die Schäfchenwolken am Himmel. Ich musste mich nicht bemühen, ihm zu gefallen, und trotzdem hatte ich den Eindruck, als täte ich genau das. Wenn er mich ansah, bemerkte ich die

Wärme in seinen Augen. Er hatte mich zwar vor dem Unfall gesehen, mich, die erfolgreiche Läuferin, aber er kannte nur die Jennifer danach. Allerdings hatte er außer Küssen keine Avancen für mehr gemacht und ich konnte nicht behaupten, dass ich unglücklich darüber war. Mich jemandem angezogen zu zeigen, war eine Sache, da konnte man über mein fehlendes Bein hinwegsehen. Nackt wäre ich eben genau das: nackt. Ohne Kleidung könnte ich nichts verschleiern, nichts beschönigen. Vor dem Moment fürchtete ich mich.

Eine Bewegung vor dem Schaufenster weckte meine Aufmerksamkeit: der Drache in Begleitung eines Mannes. Hand in Hand.

»Du bist nur noch hier, weil sie Mitleid mit dir hat«, sagte Doris an mich gewandt. »Also guck wieder so wie das Mädchen mit dem verlorenen Bein.«

»Zu Befehl.« Ich schnitt eine Grimasse und zog die Mundwinkel weit nach unten.

Der Drache betrat die Bäckerei. Ohne uns auch nur eines Blickes zu würdigen, schritt sie mit ihrer Begleitung an uns vorbei. Dabei plapperte sie aufgeregt und legte den Kopf in den Nacken, um in das Gesicht des Mannes schauen zu können. Ein Gesicht, das mindestens fünfzehn Jahre jünger war als ihres. Ich schaute ihnen nach. Erst da sah ich es: Der Mann trug eine Prothese.

Um fünf vor zwölf klingelte es. Ich grinste. Michael war überpünktlich. Eilig warf ich die Mungosprossen in den Wok, bevor ich ihm öffnete.

»Hallo«, sagte ich, noch bevor er auf der Schwelle stand.

Doch statt seiner üblichen Begrüßung nahm er mein Gesicht zwischen beide Hände und fuhr mit seinen Lippen über meine. Kurz verharrte er, nur um mich anschließend richtig zu küssen. Meine Beine, die vom Stehen in der Küche sowieso schon müde waren, gaben nach. Er fing mich auf und ich genoss das Gefühl kompletter Schwerelosigkeit.

»Hey«, flüsterte er.

Ich grinste dämlich wie ein verliebter Teenager. Hand in Hand gingen wir in die Küche.

»Kann ich helfen?«

»Du könntest mich festhalten, während ich das Curry abschmecke.«

»Wenn es nur das ist.« Er schmiegte seinen Oberkörper an meinen Rücken und legte die Hände auf meine Hüften und das Kinn auf meine Schulter. Seine innere Ruhe wanderte zu mir hinüber und erdete mich.

»Danke fürs Kochen.«

»Gern.«

Er nahm die voll beladenen Teller und brachte sie hinaus auf die Terrasse. Um diese Zeit lag sie noch im Schatten. Trotzdem war es warm genug, um im T-Shirt draußen zu sein. Kaum hatten wir uns gesetzt, klingelte es erneut.

»Erwartest du Besuch?«, wollte Michael wissen.

»Ich fürchte, jemand hat sich selbst eingeladen.« Ich lachte und ging zur Tür. Es erstaunte mich nicht, Mam zu sehen. Mit der Brille auf der Nasenspitze beäugte sie Michaels Fahrzeug.

»Was macht die Post hier?« Ihr Blick glitt an mir vorbei. Michael war ebenfalls hineingekommen und hob grüßend die Hand. »Guten Tag Frau Goldmann, ich heiße Michael.«

Mam ignorierte, dass er ihr mit der Erwähnung seines Vornamens das Du angeboten hatte. »Ich habe leider nur drei Donuts mitgebracht.« Sie wedelte mit der Tüte in ihrer Hand.

Michael guckte irritiert. »Wir sind zu dritt.«

»Ich nehme nur einen, Mam.« Ich drängte mich zwischen die beiden und nahm ihr die Tüte ab. »Möchtest du auch was essen?«

»Ein Tee reicht, danke.«

Ich schickte Michael auf die Terrasse und zog Mam in die Küche.

»Was macht der Postbote hier?«, zischte sie mir ins Ohr, so laut, dass er es bestimmt gehört hatte.

»Die Post bringen, was sonst?« Ich tat gleichgültig, aber in meinem Innern blubberte es nervös wie das immer heißer werdende Wasser. Mam musterte mich stumm über den Rand ihrer Brille. An ihrem Blick erkannte ich, dass sie es sich zum Ziel gesetzt hatte, selber herauszufinden, warum er hier war. Sie hielt einen ganzen Fragekatalog für ihn bereit, wie für alle anderen gleichaltrigen Männer, mit denen ich in der Vergangenheit ein Wort gewechselt hatte, da war ich mir sicher. Mit Donuts und Tee setzten wir uns zu Michael. Zuerst musterte Mam ihn nur, während wir unser Curry aßen, blieb immer wieder beim Postlogo auf seiner Uniform hängen. Sie schaute zwischen uns hin und her, plötzlich prustete sie los.

»Mam?«

Sie lachte und japste nach Luft. Hilflos schaute ich von Mam zu Michael und vergrub die Hände im Schoß. Wie peinlich.

»Habt ihr etwas miteinander?«, fragte sie völlig außer Atem.

»Nein«, sagte ich und Michael gleichzeitig: »Ja.«

Nun konnte sie sich vor Lachen nicht mehr halten. Ich sah sogar ihre Halsmandeln, so weit sperrte sie ihren Mund auf.

»Du hast etwas mit dem Postboten, Jennifer.« Sie kicherte. »Verstehst du? Ausgerechnet mit dem Postboten.«

»Ich bin nicht verheiratet, Mam.«

Amüsiert lehnte sich Michael im Stuhl zurück und verschränkte die Hände hinter dem Kopf. Als Mam sich wieder gefasst hatte, räusperte sie sich und ging nahtlos zum Fragenkatalog über. Warum er diesen Beruf gewählt hatte. Ob er lieber fernsah oder las. Wie viele Freundinnen er schon hatte. Zwei, registrierte ich. In dem Moment wurde mir klar, wie wenig ich über ihn wusste. Bei jeder weiteren Frage hörte ich gebannt zu und speicherte die Antwort in meinem Gedächtnis ab. Das Curry wurde kalt, weil wir alle entweder mit reden, antworten oder zuhören beschäftigt waren. Michael bewies, wie schlagfertig und kreativ er war. Ganz anders als Philipp, der Mam damals mit zusammengedrückten Knien und den Händen unter den Oberschenkeln Rede und Antwort gestanden hatte. Ich erinnerte mich vage, dass ich auch bei ihm nicht alle Antworten voraussagen konnte. Das beruhigte mich ein wenig. Immerhin standen Michael und ich noch ganz am Anfang. Die Geschichten, die uns geformt hatten, würden sich von selbst erzählen, je mehr Zeit wir miteinander verbrachten.

»Meine Mittagspause ist leider vorbei.« Michael streckte Mam die Hand entgegen. »Es hat mich gefreut, Sie kennenzulernen.«

»Margaret. Es freut mich sehr, Michael.«

Ich grinste. Michael hatte ihren Test bestanden.

»Ich bringe dich hinaus.« Ich begleitete ihn bis zum Lieferwagen. Er stieg ein und steckte den Schlüssel ins Schloss, drehte ihn aber nicht um. »Tut mir leid wegen meiner Mam.«

»Das macht nichts. Ich bin Postbotenwitze gewohnt. Einmal dachte ein Kunde tatsächlich, ich hätte etwas mit seiner Frau.«

»Wirklich?«

»Es ist schon länger her.« Er schmunzelte. »Seither fahre ich eine andere Strecke.«

»Die jetzige?«

»Genau.«

»Wir sind uns nur begegnet, weil jemand dachte, du hättest eine Affäre mit seiner Frau?«

Er rieb sich übers Kinn. Seine Bartstoppeln kratzten an seinen rauen Fingern und machten dieses Geräusch, bei dem ich ihn am liebsten zurück ins Haus gezerrt hätte. »So habe ich es noch nie gesehen.«

»Was für ein Zufall.«

»Das Leben ist voller Zufälle.«

»Ich habe das vorhin übrigens nicht so gemeint.«

»Was denn?«

»Das ›Nein‹ auf die Frage, ob wir etwas miteinander hätten.«

»Du wolltest Schadensbegrenzung betreiben, das verstehe ich.« Michael strich mit dem Daumen über meine Wange, als wollte er einen Krümel entfernen und meine Beine wurden wieder zu Gummi.

»Ich meine … Ich glaube … D-d-da ist schon etwas«, stotterte ich.

»Schön, dass du das auch so siehst.« Er konnte sich ein Grinsen nicht verkneifen.

»Wann sehen wir uns wieder?«, fragten wir beide gleichzeitig und lachten.

»Das nächste Mal bei dir? Ich würde gern wissen, wie du wohnst.«

»Da gibt es nicht viel zu sehen.« Er zuckte mit den Schultern. »Eine Männer-WG, schon vergessen?«

»Unordnung macht mir nichts aus.«

»Ich muss los.« Er wollte die Tür zuziehen, doch ich stellte mich dazwischen.

»Bekomme ich keinen Kuss?«

»Doch, natürlich.« Sein Lächeln wirkte erzwungen. Vielleicht, weil er den Mund geschlossen hatte und er seine Zähne nicht zeigte. Er drückte mir einen flüchtigen Kuss auf die Lippen und fuhr los.

Kapitel 36

Juli

*E*r strich über das weiche, zappelnde Fell zwischen seinen Fingern und setzte sich auf den Rand der Terrasse. Das Holz hatte die Wärme des Tages gespeichert und gab sie stückweise an ihn ab. Genau wie er sich stückchenweise an den Momenten labte, wenn er Jenni sah. Sie schien fast wieder sie selbst zu sein, ging wieder aufrechter. Aber sie achtete darauf, pünktlich zur Bushaltestelle zu gelangen und immer zu einer Zeit, zu der noch jemand anderes da war. Er legte den Kopf in den Nacken und schaute zum Fenster hoch. Das Licht im Schlafzimmer brannte. War sie allein oder lag ihr Neuer neben ihr? Die Eifersucht, die so lange an ihm genagt hatte, war verschwunden. An ihre Stelle war der Wunsch getreten, sie büßen zu lassen. Schon bald wäre er mit ihr dort oben. Er würde an ihrer Hose und an ihrer Unterwäsche zerren, bis sie um ihre Knie schlingerten. Sie ans Fenster schieben, ihren Oberkörper ins Freie drücken und sie an der Hüfte packen. Auf ihren nackten Rücken starren und spüren, wie sie seinen rutschigen Fingern bei jedem Stoß ein Stück mehr entglitt. Die Zeit der Zärtlichkeiten war vorbei, Strafe musste wehtun.

Die Maus fiepte und holte ihn aus seinen Gedanken. Er strich ein letztes Mal über ihr Fell, die Spitze des Taschenmessers an ihrem Hals. Das Fiepen verstummte. Er verteilte ihre Eingeweide mit bloßen Händen vor der Terrassentür und legte den leblosen Körper daneben. Mit einem

Lächeln auf den Lippen ging er zurück zu seinem Auto unten am Fluss. Schon bald, Jennilein. Schon ganz bald.

Kapitel 37

Juli

Der Spaziergang an meinen freien Nachmittagen war zur Routine geworden. Seit ich die Physiotherapie wieder aufgenommen hatte, machte ich Fortschritte und legte immer längere Strecken zurück. Ich hielt inne, berührte den Stamm einer mächtigen Eiche, die ihre Arme übers Flussbett ausbreitete. Das Wasser floss glasklar an mir vorbei. Es war Schmelzwasser vom Gletscher und deswegen kälter als die Aare. Pa und ich hatten uns in meiner Kindheit unzählige Male darin abgekühlt. Selbst vor Temperaturen unter fünfzehn Grad schreckten wir nicht zurück. Wie tausend Nadelstiche fühlte es sich an, wenn wir uns lachend hineinstürzten und das Wasser über unseren Köpfen zusammenschwappte. Japsend tauchte ich wieder auf und klammerte mich an ihn, ließ mich von der Strömung mitziehen. Kurz vor dem Wehr wartete Mam auf uns, kopfschüttelnd mit den Frotteetüchern über dem Arm. Gelacht hatte sie, damals, als Pa noch ein Teil unserer Familie gewesen war.

Ich wollte gerade weitergehen, da weckte etwas Rotes im Gebüsch meine Aufmerksamkeit. Der Kotflügel eines Fahrzeugs. Ich trat ein paar Schritte näher, um hinter dem Grün mehr zu entdecken, und blinzelte. Da war ein Schatten im

Innern. Etwas in mir erstarrte. Meine Beine zitterten, als hätte ich einen kilometerlangen Lauf hinter mir. Ich versuchte, den Blick zu fokussieren, damit die Gestalt im Fahrzeug klarer wurde, aber mit jedem Mal verschwamm sie wieder. Panik kroch in mir hoch und würgte mich. Bernhard. Instinktiv tastete ich nach dem Pfefferspray und griff ins Leere. Verdammt! Ich hatte die Jacke wegen der warmen Temperaturen zu Hause gelassen. Die Erkenntnis schnürte mir vollends die Luft ab. Ich musste hier weg! Ich wendete und setzte mich in Bewegung. Wie in Trance rannte ich fort, weg vom Fluss. Weg von diesem Fahrzeug. Mein Herz pumpte wie wild und versorgte meinen Körper mit Sauerstoff. Es war zu wenig, doch ich spürte das Brennen in meinen Beinen kaum. Ich lugte über die Schulter, strauchelte, fing mich wieder und schaute nochmals zurück. Er war nicht zu sehen. Trotzdem rannte ich weiter, als wäre er mir dicht auf den Fersen.

Zu Hause versuchte ich, den Schlüssel ins Schloss zu stecken. Meine Hand zitterte so stark, dass er auf den Boden fiel. Beim dritten Versuch klappte es endlich. Mit dem Großteil meines Gewichts auf dem linken Bein humpelte ich ins Innere und verriegelte die Tür. Ich lehnte mich dagegen, sank auf den Teppich und presste beide Hände in die stechende rechte Seite. Mir war schummrig. Als ich an die Maus vor der Terrassentür dachte, würgte ich. Zweimal. Dreimal. Nichts kam hoch, dabei wünschte ich mir in dem Moment so sehr einen leeren Magen, der mich nicht so auf den Boden drücken würde. War das Bernhard gewesen, keine Katze? Wusste er doch, wo ich wohnte? Ich atmete ein und aus, immer wieder ein und aus. Die Aufregung verschwand langsam und ließ mich wieder klar denken. Ich war in Sicherheit. In meinem Zuhause konnte er mir nichts tun. Wieder zitterte ich, dieses Mal vor Kälte. Langsam rappelte ich mich auf und schlurfte ins Wohnzimmer. Mein Stumpf brannte und schickte tausend Nadelstiche durch mich hindurch. Jeder Schritt war eine Qual. Die Prothese musste weg. Auf dem Sofa zog ich sie aus und betrachtete den Schaden, den ich angerichtet hatte. Es erstaunte mich, dass nichts blutete. Trotzdem würde ich eine Menge blauer Flecken davontragen. Erschöpft ließ ich mich ins Polster fallen und streckte Arme und Beine weit von mir. Der rote Kotflügel erschien vor meinem inneren Auge. Was, wenn sich das Ganze doch nur in meinem Kopf abspielte, wie Philipp gesagt hatte? Wenn es nicht Bernhards Auto gewesen war, sondern nur ein Schrotthaufen, den jemand beim Fluss entsorgt hatte? Je mehr die Ruhe in mich zurückkehrte, desto stärker zweifelte ich, bis ich zum Schluss kam, dass er es nicht gewesen sein konnte. Bernhard wäre ausgestiegen und mir nachgerannt. Ich würde nie zurückkehren, um es herauszufinden.

Zuerst hatte ich das Klopfen gar nicht bemerkt, bis ich Michael durch die Milchglasscheibe sah. Wie automatisch hoben sich meine Mundwinkel. Ich brauchte zwei Anläufe, um aufzustehen. Der Schmerz hatte nachgelassen, aber normal laufen konnte ich noch nicht.

»Wieso hast du nicht geklingelt?«, fragte ich, nachdem ich geöffnet hatte.

»Ich habe dich auf dem Sofa liegen sehen.«

»Wirklich?«

»Nur deine Umrisse.«

Ich trat vor die Tür. Tatsächlich, man erkannte das Sofa und die große Stehlampe in der Ecke. Michael nahm mich in die Arme und vergrub sein Gesicht in meinem Haar. Ich hielt ihn fest und schloss für kurze Zeit die Augen. Die Wärme seines Körpers übertrug sich auf meinen und machte mich wieder schläfrig.

»Tee?«, fragte ich.

»Lieber Wasser. Heute war die Hölle los. Als ob alle vor den Sommerferien eine neue Kleiderausstattung benötigten. Die Hälfte aller Lieferungen waren Zalando-Pakete.«

»Die sind immerhin nicht schwer.«

»Meistens nicht. Aber wenn sie so groß sind wie das von dir …« Michael breitete die Arme aus und deutete damit die Größe an.

»Du übertreibst.« Ich lachte und ging in die Küche, um zwei Gläser Wasser zu holen.

»Und du hinkst. Sitzt der Schaft doch nicht richtig?«

»Mit dem ist alles in Ordnung.«

»Und warum läufst du herum, als würde dir jeder Schritt unendliche Qualen bereiten?«

»Ich dachte, ich hätte Bernhard gesehen und bin weggerannt«, sagte ich, ohne nachzudenken, und biss mir gleich auf die Lippe. Ich hielt ihm das Glas hin, doch er machte keine Anstalten, es zu nehmen.

»Hast du gerade ›weggerannt‹ gesagt?« Nun nahm er das Glas doch, und zwar mit so viel Elan, dass ein Teil des Wassers überschwappte und auf den Boden platschte.

»Ja?«

»Hörst du dir selbst zu?«

Warum war er so aufgeregt, dass sogar ich ganz kribbelig wurde?

Er stellte das Glas auf die Ablage, ohne einen Schluck zu trinken, und umfasste zärtlich mein Gesicht. Waren das Tränen in seinen Augenwinkeln? »Ich weiß, ich habe dir versprochen, es sein zu lassen, aber ich kann nicht. Du hast dir gerade selber bewiesen, dass es möglich ist. Du musst wieder laufen.«

»Das war eine Panikreaktion.« Der Gedanke, wie ich unten am Flussbett gestanden hatte, ohne Pfefferspray, jagte einen Schauer durch mich hindurch. »Mir blieb nichts anderes übrig.«

»Aber du bist gelaufen.«

»Es hat verdammt wehgetan.«

»Das passiert, wenn man von null auf hundert will.« Er lächelte.

»Von null?« Gespielt beleidigt schmollte ich und verschränkte die Arme.

»Na gut, von zwanzig auf hundert. Die Aussage bleibt dieselbe: Du bist gerannt, obwohl du dachtest, du könntest es nicht mehr.«

Ich wehrte mich dagegen, mir auszumalen, was das bedeutete.

Es ging nicht.

Ich konnte nicht.

Immer wieder betete ich die Sätze hinunter, die sich seit meinem Unfall in meinem Kopf eingenistet hatten.

Michael schaute mich eindringlich an, bis ich seinen Blick erwiderte. »Was hast du zu verlieren?«

Ich zuckte mit den Schultern.

»Du kennst die Antwort.« Er zog mich sanft an sich. Seine Nähe brannte durch die Kleidung hindurch auf meiner Haut. Unsere Nasenspitzen berührten sich und ich schloss die Augen. Michaels Hände wanderten von meiner Taille nach unten. Zögerlich, als wollten sie ausprobieren, wie weit sie gehen durften. Wie viel ich zuließ. Ich schlang meine Arme um seinen Hals und gleichzeitig trafen sich unsere Lippen. Unsicher, als hätten sie es noch nie getan. Ineinander verschlungen bewegten wir uns in Richtung Sofa. All meine Sinne waren aufs Äußerste geschärft. Ich entdeckte Details an ihm, die mir nie zuvor aufgefallen waren. Das winzige Muttermal neben seinem Nasenflügel. Seine Bartstoppeln, die auf der rechten Gesichtshälfte weiter nach oben reichten als auf der linken. Der Geruch seines Hemds, das wohl etwas zu viel Waschmittel abbekommen hatte. Ich lehnte mich ans Polster. Michael kniete vor mir nieder und schaute zu mir hoch. Seine Hände vibrierten leicht, als sie von meiner Hüfte über meine Oberschenkel glitten und sich meinen Knien näherten.

Ich saß wie versteinert da. Plötzlich kam alles wieder hoch. Die Erinnerung von Philipp und mir unter der Dusche. Mein Versuch, ihn zu verführen. Sein schlaffes Glied. Das zuvor so sehnsuchtsvolle Ziehen in meinem Bauch erstarrte zu Eis.

Michael musste meine Anspannung bemerkt haben. »Alles okay?«, fragte er.

»Ich will nur kurz …« Ich hastete zur Fensterfront und zog die Vorhänge zu. Anstatt sie loszulassen, hielt ich sie fest und starrte durch den winzigen Spalt hinaus ins Freie.

»An dir gibt es nichts zu verstecken.« Michael war hinter mich getreten, zog mich in seine Arme und küsste meinen Hals. Sein Atem kitzelte. Ich kicherte und ließ mich von ihm zurück aufs Sofa ziehen, aber das dumpfe Gefühl verschwand nicht. Ich lag da, regungslos wie ein Klotz, und war mir meines fehlenden Unterschenkels so bewusst wie nie zuvor. Verstümmelt. Unattraktiv. Hässlich. Selbst die Dunkelheit konnte meine Scham nicht verschleiern. Michael hörte auf, mich zu streicheln. »Wenn du noch nicht bereit bist, ist das kein Problem.«

»Ich bin bereit.«

»Und darum weinst du?«

»Was?« Ich berührte meine feuchte Wange.

Michael seufzte, legte sich neben mich und strich mir die tränennassen Haare aus dem Gesicht. »Es ist in Ordnung. Wirklich.«

»Tut mir leid«, presste ich hervor. Am liebsten wäre ich vom Sofa gerollt und hätte mich darunter versteckt.

»Alles gut.« Er zog die Decke von der Lehne hoch und legte sie über uns. »Wir haben alle Zeit der Welt.«

Ich lag in Michaels Armen, den Kopf auf seiner Brust gebettet.

»Es tut mir wirklich leid«, murmelte ich. Hatte ich geglaubt, dass sich meine Hemmungen bei Michael in Luft auflösen würden? »Es hat nichts mit dir zu tun.«

»Das hört sich an wie eine Abfuhr.« Er lachte und verstellte seine Stimme: »Es liegt nicht an dir, sondern an mir.«

»So ist es aber.«

Er drehte sich zu mir und küsste mich sanft auf den Mund. »Du musst dich nicht entschuldigen.«

Ich griff nach seiner Hand und hielt sie fest. »Danke, dass du hier bist.«

Nachdenklich fuhr er mit dem Daumen die Linien meiner Hand nach. »Weißt du, dass ich deine Pakete nur an die Tür brachte, weil ich dich sehen wollte?«

»Und ich dachte, du würdest das bei allen Kunden machen.«

»Nur bei dir.«

»Und deinem Bruder?«

Ein Schmunzeln schlich sich auf seine Lippen. »Seine Pakete nehme ich direkt nach Feierabend mit.«

»Ich würde ihn gern mal kennenlernen.«

»Du liegst hier mit mir und willst dich mit meinem Bruder treffen?« Sein Lächeln war noch da, aber plötzlich wirkte es wie eingefroren.

»Ihr habt dieselben Gene.«

Er ging nicht auf meinen Witz ein. Für ihn war das Thema erledigt. Wieder einmal.

»Wieso weichst du mir jedes Mal aus, wenn wir von deinem Bruder sprechen?«

»Mache ich das?«

»Wir kennen uns jetzt schon eine Weile und ich habe deine Familie noch nie gesehen.«

»Meine Eltern leben im Ausland.«

»Michael«, ermahnte ich ihn und schaute ihn gespielt streng an.

»Na gut.« Er rollte sich wieder auf den Rücken und verschränkte die Hände hinter dem Kopf. »Er hat ein paar Probleme.«

»Was für Probleme?«

»Er ist …« Michael stockte. »Behindert.«

»Oh.« Die Schwere, die sich bei seinen Worten auf mich legte, drückte mich ins Sofakissen.

»Das ist der eigentliche Grund, warum wir zusammen wohnen. Ohne mich käme er nicht zurecht.«

Ich drückte seine Hand, um ihm zu zeigen, dass ich ihm zuhörte und mitfühlte. »Was hat er für eine …« *Behinderung*, wollte ich fragen, aber Michael setzte sich auf und wischte sich mit einer Hand über die Wange. Weinte er?

»Ich muss los.«

Ich versuchte, die Wärme zurückzuhalten, die seine Nähe auf meiner Haut hinterlassen hatte. Sie verflüchtigte sich trotzdem. An ihre Stelle trat das schlechte Gewissen.

Es gab offenbar einen Grund, warum er nicht über seinen Bruder sprechen wollte. Ich nahm mir vor, ihn nicht mehr ständig zu drängen, ihn kennenlernen zu dürfen. Michael würde von selbst auf mich zukommen, wenn er so weit war.

»Was ist mit dir passiert?« Rohner war sichtlich entsetzt über die blauen Flecken an meinem Stumpf.

»Du sollst nicht mein Bein anschauen, sondern die Prothese. Habe ich etwas kaputt gemacht?«

»Woher kommen all die Blutergüsse?«

»Ich bin gerannt.«

»Gleich einen Marathon?«

»Ein paar Hundert Meter. Es hat sich angefühlt, als hätte ich einen Skischuh an.«

»Fürs Laufen gibt es spezielle Prothesen. Sie verrutschen auch bei starker Belastung nicht.« Er öffnete einen der Einbauschränke und holte etwas heraus, das mehr einem Hightechgerät ähnelte als einer Prothese. Ohne zu fragen, drückte er sie mir in die Hände.

»Die ist ja federleicht«, stellte ich erstaunt fest und bewegte sie auf und ab. Unmittelbar unter dem Schaft war ein geschwungenes Federstück.

»Sie ist aus Carbon.«

»Und mit dem Ding soll man rennen können?«

»Sehr gut sogar. Wusstest du, dass Läufer mit Prothesen in der Vergangenheit von Wettkämpfen ausgeschlossen wurden?«

Ich schüttelte den Kopf.

»Die Experten waren der Meinung, es sei Betrug, weil sie mit Prothesen schneller waren als ohne.«

»So wie Doping?«

»Technisches Doping, ja.«

Ich musterte die Prothese und konnte mir nicht vorstellen, dass ich damit schneller sein könnte als mit zwei gesunden Beinen.

»Einen Haken hat die Sache allerdings.«

»Der wäre?«

»Du müsstest sie selbst bezahlen. Die Krankenkassen übernehmen die Kosten nicht.«

»Ich habe nicht vor, eine zu kaufen.«

»Schon klar.« Er grinste, fast so wie Michael, als ich ihn darum gebeten hatte, mich nicht mehr zum Laufen zu drängen.

Ich streckte ihm die Prothese entgegen. Nein, ich konnte nicht mehr laufen. Dazu fehlte mir ein Bein. Oder redete ich mir das nur ein? Vor ein paar Monaten hätte ich nicht geglaubt, mich jemals wieder schmerzfrei fortzubewegen, und nun ging es doch. War es nur die Angst, nicht mehr an meine vorherigen Erfolge anknüpfen zu können, die mich davon abhielt, es überhaupt zu versuchen?

Kapitel 38

August

Diese irrsinnige Idee, wieder mit dem Laufen anzufangen, poppte ständig auf. Zuerst nur ganz leise, aber jetzt, wo ich vor dem Laufgeschäft stand und mich in der Spiegelung betrachtete, schrie sie mich förmlich an. Michael hatte den Samen in meinen Kopf gepflanzt und Rohner hatte ihn ordentlich gegossen. Michael bedrängte mich zwar nicht, trotzdem versuchte er, mich mit mehr oder weniger dezenten Hinweisen zum Laufen zu bewegen. Einmal legte er die Tageszeitung so hin, dass mir die Läuferin auf der Titelseite förmlich entgegensprang. Ein anderes Mal tauschte er seine Lederschuhe gegen Laufschuhe aus. Er besaß nur die billigen mit den Stoßdämpfern, aber die stellte er nicht auf die Ablage, sondern daneben. Ich stolperte jedes Mal darüber, wenn ich in die Küche ging. Vor Kurzem hatte er mir von Kindern in Afrika erzählt, die mangels Geldes ihr Leben lang keinen anderen Sport ausübten als Laufen und sich dadurch zu den schnellsten Läufern entwickelten.

»Ich habe weniger als diese Kinder. Sie haben immerhin ihre Beine«, hatte ich erwidert.

»Falsch. Du könntest für eine Prothese sparen, sie nicht.« Er hatte sich auf dünnes Eis gewagt, aber sein hartnäckiges

Beharren zeigte Wirkung. Seit einer halben Ewigkeit hatte ich das Laufgeschäft nicht mehr betreten. Erstaunlich, wenn man bedachte, dass ich zuvor zur Stammkundschaft gehört hatte.

Die Türglocke klingelte und ich trat ins Innere. Der vertraute Duft neuer Schuhe umschmeichelte meine Nase und die Lichtspots an der Decke bestrahlten die ausgestellte Ware. Die Artikel waren genauso angeordnet wie immer. An der hinteren Wand stand das Gestell mit den Laufschuhen. Wie ferngesteuert ging ich darauf zu. Jeder Schuh thronte auf einem eigenen kleinen Podest und leuchtete um die Wette. Am Farbkonzept hatte sich offensichtlich nichts geändert.

»Kann ich Ihnen helfen?« Eine Verkäuferin mit rassigem Kurzhaarschnitt lächelte mich unsicher an.

Ich kannte sie. Bei meinem letzten Besuch hatte sie mich beraten. »Ich suche ein bestimmtes Modell.«

Ich nannte ihr die Marke und sie zeigte auf die oberste Reihe. Gerade wollte ich fragen, ob sie das Vorjahresmodell in Rot noch am Lager hatten, da sah ich ihn, den schwarzen Laufschuh. Zuoberst auf dem Regal stand er, ohne Schnickschnack und in seiner Schlichtheit wunderschön. Mein Herz machte einen freudigen Hüpfer. Die Verkäuferin reichte mir beide Schuhe.

»Ich brauche nur einen.«

Zuerst blickte sie mich irritiert an, dann erhellte sich ihr Gesicht und sie ließ den anderen Schuh sinken. »Sie sind Jennifer Goldmann, oder?«, fragte sie.

Ich nickte.

»Ich habe von Ihrem Unfall gelesen. Sie laufen wieder?«

»Ich möchte es zumindest versuchen.«

»Bewundernswert.« Ihre Augen leuchteten, und ich glaubte, einen nassen Schleier darin zu entdecken.

»Es war ein langer Weg.«

»Das macht wahre Sieger aus. Sie geben nicht auf.«

Ich errötete, senkte den Blick und schlüpfte in den Schuh. Er passte, als wäre er eigens für mich gemacht geworden. Ein paar Mal lief ich hin und her.

»Möchten Sie den Schuh auf dem Laufgerät ausprobieren?«

»Das ist nicht nötig, er sitzt perfekt.«

Mit einer Einkaufstasche in der Hand verließ ich das Geschäft. Der Himmel schien plötzlich in einem viel intensiveren Blau zu leuchten. Aus dem Nichts streckte ich beide Arme aus, jauchzte und drehte mich im Kreis. Den Laufschuh hatte ich, nun brauchte ich nur noch die passende Prothese.

Es war das erste Mal seit dem Unfall, dass ich auf Mams Balkon saß. Die Aare floss ruhig und klar vorbei. Auf der anderen Seite joggte eine Frau am Ufer entlang, so wie ich früher. Genau hier führte der Grand Prix von Bern hindurch. Ich erinnerte mich an jeden einzelnen Lauf, seit ich zehn war, besonders aber an den letzten, als der Regen die Pflastersteine hinuntergeronnen und das Wasser bei jedem Schritt an meine Waden gespritzt war. Ich war Zweite geworden. Nach Stefanie. Die Freude am Lauf war dahin gewesen. Ich schüttelte ungläubig den Kopf. Erste zu werden, hatte mein Leben bestimmt. Dabei war es nicht in erster Linie mein Ziel gewesen, sondern das von Philipp. Ich wollte seine Anerkennung, weswegen ich seine Welt zu meiner gemacht hatte. In der Zeit vor ihm gab es nichts außer mich, meinem Laufschuh und die frische Luft in meiner Lunge. Keinen Druck, keinen Zwang, keine Ambitionen. Ich wollte mich von Lauf zu Lauf verbessern, meinen Körper an seine Grenzen treiben und das Gefühl genießen, wenn ich es geschafft hatte. Das Eis im Wasser klirrte, als ich den Strohhalm bewegte. Dort wollte ich wieder hin. Der Gedanke kreiste in meinem Kopf wie die Eiswürfel, immer schneller. Der Verlust meines Beins kam einem Neuanfang gleich, in jeder Hinsicht.

»Du hörst mir nicht zu.«

Ich hörte auf, den Strohhalm zu drehen. »Entschuldige. Ich habe nachgedacht.«

»Das merke ich.« Es lag kein Vorwurf in ihrem Tonfall, nur Sorge in ihrem Blick. Wenn sie wüsste, was ich vorhatte, wäre die Furche zwischen ihren Augenbrauen bestimmt tiefer.

Da klingelte mein Handy. Das musste Rohner sein. Nach dem Besuch im Laufgeschäft hatte ich zweimal versucht, ihn zu erreichen, ohne Erfolg. Ich sprang sofort auf und flüchtete ins Innere, damit ich ungestört telefonieren konnte.

»Vierzehntausend Franken«, sagte er nur.

»Wie bitte?«

»So viel kostet die Prothese. Deswegen hast du doch angerufen.«

Ich setzte mich auf einen Hocker in der Küche und ließ sacken, was er gerade gesagt hatte. Vierzehntausend. So viel hatte ich in meinem Leben noch nie auf dem Bankkonto gehabt.

»Jetzt hat es dir die Sprache verschlagen, was?«

»Ich habe keine vierzehntausend Franken.«

»Wir finden eine Lösung. Komm morgen Nachmittag zu mir in die Praxis.«

»Aber …«

Tututut. Er hatte aufgelegt. Ich starrte auf den schwarzen Bildschirm. Der hatte Nerven.

»Wozu brauchst du vierzehntausend Franken?« Mam stand mit verschränkten Armen im Türrahmen. Da war sie, die dicke Furche zwischen den Brauen. »Hast du etwa Schulden?«

»Nein, ich …«

Sie ließ mich nicht ausreden. »Ich habe dir doch gesagt, dass du zu mir ziehen kannst. Du bist nicht allein, Jennifer. Wenn du Geldprobleme hast …«

»Ich habe keine Schulden.«

»Wozu brauchst du dann so viel Geld?«

Ich schloss die Augen und sammelte mich. Irgendwann hätte sie es sowieso erfahren. »Für eine Laufprothese.«

»Und wofür …« Ich konnte in ihrem Gesichtsausdruck lesen, wie Bruchteile des Gesagten bei ihr ankamen und das Puzzle vervollständigten. »Wie kommst du plötzlich auf die Idee, wieder zu laufen?«

»Es würde mir guttun. Die Bewegung, die frische Luft …«

»Du gehst doch spazieren.«

»Es ist nicht dasselbe.«

»Ach, Jennifer, mir gefällt es nicht, wenn du dich wieder da reinsteigerst. Du siehst doch, wohin dich das Laufen gebracht hat.« Kaum merklich zuckte ihr Blick zu meinem Bein.

»Daran war nicht das Laufen schuld.« Ich richtete mich auf, machte mich groß für meine Leidenschaft. Es war klar gewesen, dass Mam mich nicht unterstützen würde.

»Hat dieser Michael dir diese Idee in den Kopf gesetzt?«

Wie auf Kommando wurde ich rot. »Er hat deine Fragen souverän beantwortet. Wo ist das Problem?«

»Vielleicht revidiere ich meine Meinung über ihn nochmals, wenn er tatsächlich hinter der Laufsache stecken sollte.«

»Es ist ganz allein meine Entscheidung.« Ich tat so, als wäre es mir gleichgültig, was sie dachte, obwohl es das nie sein würde. Aber ich würde wieder laufen, auch wenn ich keine Ahnung hatte, wie.

»Ich kann die nicht bezahlen.« Ich kniff die Augen zusammen und blinzelte gegen die Sonne an, die durch die Lamellen in Rohners Praxisraum schien.

»Musst du auch nicht.« Das Kichern aus seinem Mund passte eher zu einem kleinen Mädchen als zu einem Mann seiner Statur. »Jemand anderes übernimmt das für dich.«

»Das kann ich unmöglich annehmen.«

»Keine Sorge. Du leistest auch einen Beitrag.«

Ich runzelte die Stirn. »Ich verstehe nur Bahnhof.«

»Die Crowd wird zahlen.«

»Welche Crowd?«

»Ich lanciere ein Crowdfunding.« Er tippte etwas in seinen Laptop und drehte ihn zu mir. »Hier, ›Spitzenläuferin braucht Laufprothese‹. Innerhalb weniger Wochen haben wir das Geld garantiert zusammen.«

Ich starrte auf den Bildschirm. Es dauerte eine halbe Ewigkeit, bis die Seite geladen war. Stück für Stück erschien ein Foto von mir, verschwitzt und mit geröteten Wangen inmitten der Sandsteingebäude der Berner Altstadt. Das Bild musste am Grand Prix von Bern geschossen worden sein. Ein Schauer überzog meinen ganzen Körper und es fühlte sich an, als wäre mein Herz gerade stehen geblieben.

Ich schluckte und fragte mit krächzender Stimme: »Ist die Seite schon online?«

»Das ist ein Entwurf. Gefällt er dir nicht?«

»Daran liegt es nicht.« Ich sank immer tiefer im Stuhl.

Bernhard. Sein Name lief Dauerschleife in meinem Kopf. Was, wenn er die Seite entdeckte? Wenn er daraus schließen konnte, wo ich war? Wenn ich ihn durch diese Aktion ermutigte, mir wieder nachzustellen? Falls er es nicht sowieso schon tut, flüsterte mir eine Stimme zu. Die Maus auf der Terrasse, das Auto unten am Fluss.

»Du kannst nichts verlieren, Jennifer.« Rohner legte mir eine Hand auf die Schulter. »Aber ganz viel gewinnen.«

Misstrauisch beäugte ich ihn. Dabei war Rohner der Letzte, der mir eine Falle stellen würde. Er tat alles, um mir zu helfen. Dieses Crowdfunding war meine einzige Chance, an eine Laufprothese zu kommen, wenn ich nicht Jahre darauf warten wollte. »Meine Adresse und Telefonnummer dürfen auf keinen Fall auf der Webseite erscheinen.«

»Kein Problem. Ich kann meine Kontaktdaten angeben.«

»Das würdest du?«

»Für dich mache ich fast alles.« Rohner lächelte und nahm die Hand von meiner Schulter. »Deal?«

Nun schwebte seine Hand ausgestreckt vor mir und wartete darauf, dass ich unsere Abmachung besiegelte.

»Was ist die Gegenleistung?«

»Du bist mir nichts schuldig. Ich mache das umsonst.«

»Das meinte ich nicht. Was hast du dir als Belohnung ausgedacht für die Gönner?«

»Du musst bloß ein paar Autogrammkarten unterschreiben. Der großzügigsten Spende habe ich ein Personal Training versprochen.«

»Du hast was?« Ich fühlte das Blut zum zweiten Mal aus meinem Gesicht weichen.

»Nicht gut?« Nun sah Rohner mich an wie ein Kleinkind, das in die Unterhose gepinkelt hatte.

»Wie soll das gehen? Ich weiß nicht einmal, ob ich mit der Prothese laufen kann.«

»Du wirst, glaub mir.«

Ich lachte nervös. »Du bist voller Überraschungen. Ich hoffe, das war die letzte.«

»Nur noch eine Kleinigkeit. Es wäre ein guter Aufhänger, wenn wir deinen Wunsch nach einer Laufprothese mit der Teilnahme am nächsten Grand Prix von Bern verbinden.« Bevor ich widersprechen konnte, redete er weiter wie ein Wasserfall. »Ein konkretes Ziel macht sich immer gut und animiert die Menschen in der Region, dir zu helfen.«

»Ich weiß nicht. Das ist ein bisschen viel aufs Mal. Der Grand Prix ist schon im Mai.«

»Die Menschen wären beim Lauf dabei und könnten miterleben, was mit ihrer Hilfe möglich geworden ist. Das würde wahnsinnig gut ankommen.«

»Meinst du?«

»Hatte ich jemals unrecht, Jenni?«

Ich überlegte und strich dabei meine Hose glatt. Vielleicht sollte ich alles schrittweise auf mich zukommen lassen. Falls ich im Mai nicht so weit war, würde ich nicht starten. Das würde allein mein Körper entscheiden.

»Deal?«, fragte Rohner noch einmal.

Ich ließ den Gedanken zu, dass ich, wenn Rohners Plan aufging, vielleicht bald eine Laufprothese hatte. Dass ich wieder schneller als im Schritttempo vorwärtskommen würde. Nur ein Wort von mir und ich würde den Stein unwiderruflich ins Rollen bringen. Ich stieß die Luft aus. »Deal.«

»Genau so!« Rohner sprang energisch vom Stuhl auf, ein dickes Grinsen auf dem Gesicht. Mit einem Abklatschen besiegelten wir unsere Abmachung, während sich Rohners Stuhl quietschend im Kreis drehte.

Kapitel 39

August

*J*edes Haus nahm unvermeidlich den charakteristischen Duft seiner Bewohner an. Jenni selbst würde kaum bemerken, wie betörend es in ihrem Wohnzimmer roch; süßlich, fast wie Erdbeeren. Es war, als würde sie direkt neben ihm stehen.

»Hinterlistige Schlange«, murmelte er. Sie versprühte ihren Duft wie Gift, der alle Männer hörig machte. Ihn aber nicht. Nicht mehr.

Er knallte die Terrassentür hinter sich zu. Es erstaunte ihn, wie einfach sie sich hatte öffnen lassen. Ein stabiles Stück Draht und ein wenig Fingerspitzengefühl hatten genügt und schon war sie aufgesprungen. Er schlenderte ins Obergeschoss, wollte sehen, ob die Zahnbürste ihres Lovers schon im Zahnbecher stand. Tat sie nicht. Im Badezimmerschrank fand er eine Flasche Körperlotion, eine Pinzette, Wattestäbchen. Sein Blick fiel auf den Lippenbalsam. Vielleicht klebten ein paar von Jennis Hautpartikeln daran. Er entfernte den Deckel, spitzte die Lippen und fuhr mit dem Balsam darüber. Unter dem Waschbecken lagerte sie die dreckige Wäsche. Er wühlte darin herum, schnupperte am Schritt der Leggins und unter den Achseln des Pullovers. Ihr Höschen, schwarz und aus Baumwolle, war genauso billig wie sie selbst. Und dennoch konnte er sich nicht davon abhalten, seine Nase auf das noch halb feuchte Sekret in der Mitte zu pressen. Seine Zunge suchte automatisch danach. Seine Lider flatterten. Es war, als würde er zwischen Jennis Beinen *liegen. Nur mit Mühe gelang es ihm, das Höschen in seine Tasche zu schieben. Benommen zog er sich am Waschbecken hoch, ging wieder ins Erdgeschoss und blieb vor einer Tür stehen. Was verbarg sich dahinter? Er öffnete sie und drückte den Lichtschalter. Das grelle Licht blendete ihn. Erst nach ein paar Sekunden erkannte er, was vor ihm auf dem Regal stand, und lächelte.*

Da hörte er den Schlüssel an der Haustür.

Kapitel 40

August

Als ich die Haustür öffnete, wehte mir der Zugwind mitten ins Gesicht. Hatte ich ein Fenster offen gelassen? Jedes einzelne Härchen stellte sich auf. Wie in Zeitlupe schloss ich die Tür und lauschte. Alles war wie immer. Außer dem sonoren Surren der Stehlampe, die ich immer brennen ließ, und meinem Atem war nichts zu hören. Ein ungewohnter Geruch lag in der Luft. Etwas Fremdes, Unbekanntes. Ich schob den Vorhang zur Seite. Zu sehen waren nur die Fahrzeuge unten auf der Straße, die unbeirrt weiterfuhren. Michael war noch nicht da.

Ich schaute mich um, wusste nicht, wonach ich genau suchte, angetrieben von diesem Gefühl, dass etwas nicht stimmte. Da sah ich sie, die Terrassentür. Sie stand einen Spalt breit offen. Ich atmete ein und nicht mehr aus, wollte mich irgendwo festhalten, aber meine Finger glitten an der Wand hinter mir herunter, als wären es eingeseifte Fliesen. Warum war die Terrassentür nicht zu? Ich war spät dran gewesen fürs Treffen mit Rohner. Hatte ich sie nicht richtig geschlossen? Könnte sein. Oder auch nicht. Das Surren der Stehlampe verwandelte sich in ein konstantes, unerträglich hohes Piepsen. Bernhard hätte hineinkommen können. War hineingekommen. Oder vielleicht immer noch da? Mein Herz raste, ich schwitzte. Alles drehte sich.

Reiß dich zusammen, befahl ich mir. Nur weil die Terrassentür offen stand, bedeutete dies noch lange nicht, dass er im Haus war. Langsam bewegte ich mich seitwärts, immer der Wand entlang, damit ich den gesamten Raum im Blick behielt. In der Küche griff ich nach einem Messer und drückte es an die Brust. Mir war kotzübel und meine Beine zitterten. Ich wankte zur Terrassentür und schloss sie. Dann suchte ich Zimmer um Zimmer ab, das Messer nach vorn gerichtet, jederzeit bereit, zuzustechen. Ich wagte kaum zu atmen. Das Parkett im Obergeschoss knarrte. Bei jedem Schritt betete ich, dass ich gleich wieder unten wäre und nichts gefunden hätte. Dass ich später mit Michael auf dem Sofa sitzen, mich an ihn kuscheln würde und die offene Tür schnell vergessen wäre.

Da hörte ich Schritte. Schritte, die nicht meine eigenen waren. Ich erstarrte und lauschte angestrengt, aber das Blut rauschte so laut in meinen Ohren. Mit einem Satz hechtete ich ins Badezimmer und knallte die Tür zu. Sie sprang wieder auf. Ich brauchte zwei Anläufe, bis sie ins Schloss fiel, und drei, bis ich es schaffte, den Schlüssel umzudrehen. Ich kroch unter das Waschbecken und kauerte mich dort zusammen. Das Herz schlug so fest gegen meinen Brustkorb, dass ich glaubte, es würde mich gleich sprengen. Wie betäubt starrte ich die Türklinke an und hielt das Messer fest umklammert. Ich brauchte einen Plan. Aber mir fiel nichts Besseres ein, als ihm ins Bein zu stechen und zu fliehen. Ich musste schneller sein. Die Sekunden verwandelten sich in Minuten. Eine halbe Ewigkeit saß ich auf den kalten Fliesen, aber die Anspannung wich nicht aus meinem Körper. Die

Türklinke bewegte sich nach unten und ich stieß fast zeitgleich einen spitzen Schrei aus.

»Jenni?«

Zu wenig Luft. Da war einfach zu wenig Luft. Ich keuchte und versuchte, langsamer und bewusster zu atmen, aber es ging nicht. All meine Sinne waren auf die Tür konzentriert, erwarteten, dass sie jeden Moment aufgebrochen werden würde.

»Mach auf, bitte!«

Durch das Netz aus Angst drang der Klang der Stimme an mein Ohr und ich realisierte, dass nicht Bernhard vor dem Badezimmer stand.

»Michael«, rief ich und öffnete.

»Was ist passiert?«, fragte er und sein Blick fiel auf das Messer, das ich immer noch an mich presste.

»Komm rein, schnell!«, flüsterte ich und zog ihn ins Bad.

Ich schloss ab und klammerte mich an Michael. Er löste meine Finger vom Messer, einen nach dem anderen, und legte es ins Waschbecken.

»Was ist passiert?«, fragte er noch einmal.

»Er ist hier.« Meine Stimme klang piepsig.

Michael versteifte sich in der Umarmung. Ich musste nicht erwähnen, um wen es ging, er wusste es bereits. »Wie …«

»Die Terrassentür war offen, ich …«

»Rufen wir die Polizei.«

Eine halbe Stunde später traf die Polizei ein. Wir verließen das Bad erst, als sie an die Tür klopften. Die Waffe an Herrn Gerbers Gürtel beruhigte mich nicht, im Gegenteil. Während ich mir zuvor noch einreden konnte, ich würde mir alles nur einbilden, gab sie mir das Gefühl, dass tatsächlich etwas vorgefallen war. Dass Bernhard hier gewesen war. Ich befand mich in einem Strudel, der mich wild durcheinanderwirbelte. Wann würde das endlich aufhören?

Zum zweiten Mal wurde das Haus durchsucht. Herr Gerber inspizierte auch die Fingerabdrücke. An den Fenstern, Türen und besonders genau bei der Terrassentür. Jedes Mal, wenn er sich bückte, rutschte sein Hemd ein Stück mehr aus der Hose, bis es schließlich einen Blick auf seinen Rücken freigab. Ich stand kerzengerade neben der Treppe und hielt Michaels Hand. Sein Daumen streichelte sanft über meinen Handrücken und beruhigte mich ein wenig.

»Augenscheinlich ist nichts auffällig«, sagte Herr Gerber. »Vermissen Sie etwas? Bargeld, Schmuck, sonstige Wertgegenstände?«

»Ich weiß nicht.« Die Hitze stieg in meinen Kopf. Dass jemand etwas aus dem Haus entwendet haben könnte, war mir nicht in den Sinn gekommen.

»Überprüfen Sie dies bitte baldmöglichst und geben Sie mir, und allenfalls Ihrer Versicherung, Bescheid.« Er schob das Hemd zurück in die Hose. »Wir werden in der Zwischenzeit die Proben untersuchen. Ich empfehle Ihnen aber in jedem Fall, eine Alarmanlage zu installieren. Damit würden Sie sich bestimmt sicherer fühlen.«

»Ich überlege es mir.«

Michael hielt mich im Arm, während wir zuschauten, wie die Polizei mit ihren Waffen das Haus verließ und die Auffahrt hinunterfuhr.

»Ich halte das mit der Alarmanlage für eine gute Idee«, sagte er. »Das würde auch mich beruhigen.«

Nachdenklich klopfte ich mit dem Zeigefinger auf seine Brust. Immer noch schwebte dieser Geruch im Haus, wenn auch schwächer als zuvor. Ich fühlte mich nicht mehr sicher.

Bernhard war in meinen geschützten Raum eingedrungen und hatte mich innerlich ausgehöhlt. Was hatte er alles durchsucht? Hatte er meine Bettwäsche berührt? In meinen Sachen gewühlt? Oder war er nur im Haus herumgeschlendert, im Wissen, dass es nicht mehr brauchte, um mir Angst zu machen? Mit der Ohnmacht in den Gliedern, nichts tun zu können, lehnte ich mich an Michael. Was hätte Bernhard mit mir gemacht, wenn er nicht rechtzeitig gekommen wäre? Wenn ich an den Inhalt seiner perversen Briefe dachte, wurde mir übel. Am liebsten hätte ich Michael gefragt, ob ich eine Weile bei ihm wohnen könnte. Noch lieber, ob ich ganz bei ihm einziehen dürfte. Ich hatte schon den Mund geöffnet, um den Gedanken laut auszusprechen, hielt aber doch inne. Angst war der falsche Grund, um zusammenzuziehen. Außerdem hatte er vielleicht gar keinen Platz in der Wohnung, solange sein Bruder ebenfalls dort lebte. Allein der Gedanke, was Bernhard alles könnte, trieb mich in den Wahnsinn. Das wollte ich nicht mehr. Ich wollte leben, ohne Angst. Eine Alarmanlage konnte Michaels Anwesenheit zwar nicht ersetzen, mir aber immerhin ein wenig Sicherheit geben. »Ich spreche mit dem Vermieter.«

Ich nahm Michaels Hand in meine, wollte ihn zum Sofa ziehen, aber er war stehen geblieben. Sein Blick lag auf dem Gestell, wo meine nagelneuen Laufschuhe standen. Er hob den Kopf und blickte mich fragend an. Ich lächelte schwach. Wegen der ganzen Aufregung um Bernhard war ich nicht dazu gekommen, ihm von meinem Entschluss zu erzählen.

»Du gibst dem Laufen eine zweite Chance?«, fragte er vorsichtig.

»Du hast mich überzeugt.«

Er nahm mich wieder in den Arm. Der Seufzer aus seinem Mund machte mich ein Stück leichter.

Kapitel 41

September

Den Autositz hatte er nach hinten gekippt und die Unterschenkel aufs Lenkrad gelegt. Sein Handy vibrierte und er schreckte auf. Jedes Mal glaubte er, die Polizei hätte seine neue Nummer herausgefunden und riefe ihn an, aber sie war es nicht. Wenn Jenni wüsste, wer ihn gerade zu erreichen versuchte. Er lächelte, ließ es vibrieren, bis die Meldung erschien, er hätte einen Anruf verpasst. Kurz darauf trudelte eine Nachricht ein. Jeden Buchstaben saugte er in sich auf, gierig nach all den Informationen, die ihm fast von allein in den Schoß fielen. Sein Plan nahm Form an, sein Entschluss stand fest. Wenn er sie nicht haben konnte, sollte auch kein anderer sie kriegen. Nachdem er sich genommen hätte, was ihm zustand, würde er Jenni die Pulsadern aufschneiden und genüsslich dabei zuschauen, wie sie langsam wegdämmerte, Panik und Flehen in den Augen. Er würde kein Erbarmen haben, sie hatte sich verspielt. Sie war es nicht wert.

Kapitel 42

September

W as ist das?«, fragte ich und deutete mit dem Kinn auf Rohners Schreibtisch.

»Wonach sieht es aus?«

Natürlich kannte ich die Antwort. Eine Laufprothese. Nicht irgendeine, sondern meine. Und doch konnte es ein Teil von mir kaum glauben. »Hat die Crowd tatsächlich die ganze Summe für mich gespendet?«

»Toll, oder?«

Ich nahm die Prothese in die Hände. Sie versuchte gar nicht, Normalität vorzugaukeln. Es war eine geschwungene Form aus Carbon ohne Verkleidung, ein wenig befremdlich und gleichzeitig wunderschön.

Rohner musterte mich und grinste schief. »Den Mann möchte ich kennenlernen, der dich dazu gebracht hat, der Laufprothese eine Chance zu geben.«

»Wie kommst du darauf, dass es ein Mann war?«

»Wegen des Leuchtens in deinen Augen.«

»Das ist die Freude an der neuen Prothese«, wiegelte ich ab.

»Nein, das Leuchten war vorher da.«

Ich lachte und mein Gesicht brannte vor Verlegenheit, wie so oft, wenn es um Michael ging.

»Worauf wartest du? Probier sie an.«

Ich tat, was er sagte. Rohner kontrollierte die Schaftform, zuerst im Sitzen, dann im Stehen, und nickte zufrieden. »Keine Schmerzen?«

»Nein.« Der Schaft schmiegte sich perfekt an mein Bein und fühlte sich stabil an.

»Dann schauen wir mal, ob du damit gehen kannst.«

Er führte mich in den Gang und ich machte meine ersten wackeligen Schritte auf der Laufprothese. Ich hielt Rohners Arm umklammert, um das Gleichgewicht nicht zu verlieren. Wie ein Fels gab er mir die Sicherheit, die ich brauchte. Wieder musste ich das Laufen neu erlernen. Dieses Mal aber wusste ich, dass ich es schaffen würde. Je öfter wir den Flur entlangliefen, desto besser klappte es, bis ich es allein wagte. Ich machte dasselbe wie zuvor an Rohners Arm. Der Bewegungsablauf fühlte sich komisch an. Unnatürlich, als wäre an der Fußspitze meines rechten Beins eine Sprungfeder befestigt, die mich bei jedem Auftreten ein Stück nach vorn katapultierte. Viel zu schnell war ich am Ende des Flurs angekommen. Die Aufregung flutete meinen ganzen Körper und floss bis in die Fingerspitzen. Ich lachte vor Überraschung laut auf. Es waren nur ein paar Meter gewesen und dennoch fühlte ich das Potenzial, das in der Carbonfeder steckte. Ich wendete und lief Rohner entgegen, der mich mit einem breiten Grinsen im Gesicht erwartete.

»Ich wusste, dass du es rasch lernen würdest. Aber so schnell übertrifft sogar meine Erwartungen.«

Ich grinste ebenfalls. Nachdem ich ein paar weitere Male auf und ab gelaufen war, gingen wir zurück in den Praxisraum.

»Die Anpassung dauert nur ein paar Tage, danach kannst du die Prothese im Freien testen.« Er klopfte mir auf die Schulter. »Mehr kann ich nicht für dich tun. Laufen musst du selber.«

Am liebsten wäre ich sofort mit der Prothese losgerannt. In dem Moment fühlte ich mich nicht mehr wie ein Kleinkind bei seinen ersten unsicheren Schritten, sondern wie eine junge Frau, die ihr ganzes Leben noch vor sich hatte. Ich zog die Laufprothese aus. Im Vergleich dazu fühlte sich die Alltagsprothese an wie ein Klotz.

»Willst du wissen, wie viele Menschen für dich gespendet haben?« Ohne meine Antwort abzuwarten, drehte er den Bildschirm zu mir. Eine Zahl stach mir ins Auge: Vierzehntausend und dreißig Franken von über dreihundert Personen. »Du wirst dir die Finger wundschreiben mit den Autogrammkarten.«

»Und die Personal Trainings?«

»Da kommt nur einer infrage. Moment …« Er klickte auf eine weitere Unterseite, auf der alle Spender mit Namen und Betrag vermerkt waren.

Charlie, stand da zuoberst. Ich blinzelte und starrte auf die Buchstaben. Nur der Vorname und eine Telefonnummer. War das Charlotte aus der Reha? Hatte das Schicksal, nachdem ich ihren Zettel verloren hatte, uns auf diesem Weg zusammengeführt?

Rohner musterte mich. »Nicht gut? Ich kann der Gewinnerin auch einen anderen Preis schmackhaft machen, wenn es dir zu viel ist.«

»Nein«, sagte ich. »Ich mache das Personal Training.«

Ich musste herausfinden, ob es sich um die Charlotte aus der Reha handelte. Kurz angebunden verabschiedete ich mich. Noch während ich aus der Praxis lief, rief ich sie an. Der Wählton vermischte sich mit dem leisen Brummen der Fahrzeuge auf der Straße. Ich lief hin und her. Wie würde sie reagieren, wenn ich sie nach so vielen Monaten anrief? Ich hatte mich nie gemeldet und sie spendete trotzdem, damit ich wieder laufen konnte. Der Anrufbeantworter meldete sich und meine Aufregung war mit einem Schlag wie weggewischt. Statt draufzusprechen, hängte ich auf und tippte eine Nachricht, nicht ohne mich tausendmal zu entschuldigen, dass ich nie angerufen hatte.

Den ganzen Abend dachte ich an Charlotte und überprüfte regelmäßig, ob sie mir geantwortet hatte. Jedes Mal leuchtete nur der Startbildschirm auf. Ich lächelte bei der Vorstellung, dass sie in dem Moment wahrscheinlich eine Leinwand mit Farbe bemalte und alles um sich herum ausblendete, genau wie ich beim Laufen. Bestimmt bemerkte sie das Klingeln ihres Telefons genauso wenig wie die immer zahlreicher werdenden Farbtupfer auf dem Teppich. Ob ihre Mutter sich darüber genauso aufregte wie die Putzhilfe in der Reha? Die Beleuchtung meines Handys erlosch und das Display wurde wieder schwarz. Vielleicht konnte ich sie das bald persönlich fragen.

Ich hatte es kaum abwarten können, die Prothese im Gelände auszuprobieren. Doch als es so weit war, überkam mich eine seltsame Nervosität. Ich saß auf der Holzbank vor dem Haus, schwang mein intaktes Bein vor und zurück. Meine neuen Laufschuhe lagen vor mir im Kies. Beide. Es war nicht möglich gewesen, nur einen zu kaufen. Während der eine Schuh immer stärkere Abnutzungserscheinungen aufweisen würde, blieb der andere für immer im jetzigen Zustand. Es war, als hätte ich mir alle Kleider vom Leib gerissen, so nackt und verletzlich fühlte ich mich.

»Du sitzt immer noch hier.« Michael ließ sich neben mir nieder.

»Ich habe Angst.«

»Vor Bernhard oder vor dem Laufen?«

»Vor beidem.«

Er rückte näher und sein Oberschenkel berührte meinen. Er fühlte sich heiß an, was daran liegen könnte, dass meiner so kalt war. »Hast du dein Handy dabei?«

»Natürlich.«

»Den Pfefferspray?«

»In der Bauchtasche.« Wie um mich zu versichern, dass es tatsächlich so war, tastete ich die Tasche nach dem Spray ab und hielt ihn fest. Die Angst, Bernhard zu begegnen, saß ständig in meinem Nacken. Im Haus beschützte mich die neue Alarmanlage, die Natur hatte keine.

»Der nächste Schritt wäre, den Schuh anzuziehen«, meinte Michael liebevoll.

Ich lächelte, schlüpfte hinein und schob mich von der Bank. Das Blut strömte durch meine Muskeln. Sie waren bereit für den Lauf. War ich es auch?

»Ich könnte mitkommen«, schlug Michael vor. »Ich weiß nicht, ob ich mit dir Schritt halten kann, aber einen Versuch wäre es wert.«

»Nein.« Ich schüttelte den Kopf. »Das möchte ich allein machen.«

Michael konnte mich unmöglich jedes Mal begleiten, wenn ich laufen ging. Wenn ich die beliebteste Spaziergängerstrecke in der Gegend wählte, wäre ich nicht ganz allein. Ich wollte mich nicht von Bernhard einschüchtern lassen.

»Okay.« Michaels Fuß wippte auf und ab. »Versprich mir, dass du nicht zu lange wegbleibst, ja?«

»Versprochen.«

»Also dann, lauf los!«

Jetzt oder nie. Wie von selbst machte ich den ersten Schritt, dann den zweiten und dritten. Der Start war ungewohnt. Ich war mehr damit beschäftigt, mein Gleichgewicht zu halten, als mich auf die Lauftechnik zu konzentrieren. Immer wieder schaute ich auf, wer mir in der kahlen Landschaft entgegenkam. Und dann zurück, ob mir jemand folgte. Andere Spaziergänger kreuzten mich, nicht aber Bernhard. Langsam entspannte ich mich, fand in meinen Rhythmus und beschleunigte das Tempo.

»Ich kann davonlaufen«, sagte ich zuerst leise, dann lauter, bei jedem Schritt eine Silbe. Immer wieder, bis es in meinem Kopf angekommen war. Ich war Bernhard nicht mehr hilflos ausgeliefert.

Auf dem Rückweg geriet mein Kreislauf an seine Grenzen. Ich sog tief Luft ein und stieß sie wieder aus. In der Seite spürte ich ein Stechen. Meine Ausdauer war dahin, aber ich würde besser werden, je mehr ich trainierte. Als ich den Fußgängerweg verließ und auf den Feldweg nach Hause einbog, zersprang ich beinahe vor Stolz. Ich hatte drei Kilometer am Stück geschafft. Der Druck auf meinen Stumpf, die kleine Trittfläche der Laufprothese, die Federung: Es war anders. Doch der Effekt auf meinen Körper war derselbe. Er schüttete Glückshormone aus und ich fühlte mich ausgeglichen und zufrieden, so als könnte ich jedes Hindernis überwinden.

Ich joggte die letzten paar Meter zum Haus und schwebte beinahe hinein. Meine Wangen glühten und plötzlich erschienen mir meine früheren Gedanken, nie mehr laufen zu können, so unwirklich. Noch bevor die Tür ins Schloss fiel, kam Michael mir entgegen.

»Und, wie war's?«

»Nicht schlecht.«

»Du untertreibst. So wie du grinst, muss es fantastisch gewesen sein.« Er hob mich hoch und wirbelte mich im Kreis herum. Ich lachte und flog, beides gleichzeitig. Als er mich abgesetzt hatte, schob ich ihn sanft von mir. »Ich bin komplett nass geschwitzt.«

»Das ist mir gar nicht aufgefallen.« Er küsste mich auf die Nasenspitze. »Es ist schön, dich so zu sehen.«

»So verschwitzt?«

»Nein, so … losgelöst. So …« Er suchte nach weiteren Wörtern. »Befreit.«

»Befreit? Du hältst mich doch fest.« Ich drehte mich mit einer Pirouette aus seinen Armen, aber er umarmte mich sofort wieder und ich genoss es, einfach nur festgehalten zu werden.

»Dein Handy vibriert«, stellte Michael fest.

»Was für eine weltbewegende Nachricht.« Ich schmiegte mich an ihn und machte keine Anstalten nachzuschauen, wer mich anrief.

»Vielleicht ist es deine Mam?«

»Dann sollte ich besser antworten.« Grinsend holte ich das Handy aus der Tasche, aber ich war zu spät. Mein Mund klappte auf, als ich sah, wessen Name auf dem Display stand. Charlotte hatte versucht, mich anzurufen. Gedankenverloren löste ich mich von Michael und schlurfte zum Sofa. Er sagte noch etwas, aber seine Stimme war wie Hintergrundrauschen in meinen Ohren. Ich rief zurück. Sekunde für

Sekunde nur monotones Tuten, bis es aufhörte. Etwas enttäuscht darüber, sie nicht erreichen zu können, schrieb ich ihr eine Nachricht und legte das Handy auf den Beistelltisch. Michael war nicht mehr im Wohnzimmer. In der Küche fand ich ihn. Er hatte den Kühlschrank geöffnet und betrachtete die Leere darin. »Eigentlich wollte ich kochen, aber mit deinem Vorrat komme ich nicht weit.«

»Ich habe vergessen einzukaufen«, gab ich kleinlaut zu.

Er schloss den Kühlschrank, drehte sich zu mir um und lehnte sich dagegen. »Weißt du was?«, sagte er plötzlich. »Lass uns heute Abend zu mir gehen.«

Meine Augen weiteten sich. »Wirklich?«

»Unser Kühlschrank ist voll.«

»Du veräppelst mich nicht?«, hakte ich nach, weil ich es fast nicht glauben konnte. »Wir gehen zu dir?«

Michael nickte nur und grinste. Ich stieß einen Freudenschrei aus und bevor er blinzeln konnte, lag ich wieder in seinen Armen. Zuerst dieser Lauf, der meine Erwartungen völlig übertroffen hatte, dann die Nachricht von Charlotte und nun würde ich endlich Michaels Wohnung sehen. Wenn meine Glückssträhne so weiterging, würde ich vielleicht auch seinen Bruder kennenlernen.

Kapitel 43

September

Michael pfiff während des Fahrens und trommelte aufs Lenkrad. Warme Luft strömte durch das geöffnete Fenster und blies mir die Haare aus dem Gesicht. Ich betrachtete die vorbeihuschende Landschaft. Der Ortsteil auf der anderen Seite des Dorfes war noch spärlicher bevölkert als jener, wo ich wohnte. Mein Handy vibrierte. Sofort tippte ich auf die neu erhaltene Nachricht und meine Mundwinkel hoben sich. Michael musterte mich von der Seite und hörte auf zu pfeifen.

»Und, wer entlockt dir mit seinen Nachrichten dieses Lächeln?«, wollte er wissen, ohne den Blick von der Straße zu nehmen.

»Jemand aus der Reha.«

»Aus der Reha?« Er zuckte kaum merklich zusammen. Seine Finger hielten das Lenkrad fest umklammert.

»Charlotte. Sie hat auch ein Bein verloren.«

»Ach so.« Ich sah förmlich, wie sich seine Schultern bei der Erwähnung ihres Namens entspannten.

»Dachtest du, ich würde mit jemandem flirten?«, stichelte ich.

»Quatsch.« Er schaute mich nicht an.

Ich strich mit dem Daumen über das Display. »Sie hat beim Crowdfunding für mich gespendet und das Personal Training gewonnen.«

»Dann seht ihr euch wieder?«

»Ja, in drei Wochen besucht sie eine Kunstausstellung in Bern, dann treffen wir uns.«

»Zwei Fliegen mit einer Klappe.«

»Hast du mich gerade mit einer Fliege verglichen?« Ich kniff ihn in die Seite. Er lächelte nur.

Wir waren mitten im Industriegebiet. Die meisten Fabrikgebäude hatten das typische zackenförmige Dach. Da war kein Wohnhaus weit und breit. Michael fuhr nicht weiter, wie ich erwartet hatte, sondern in eine Halle, wo er neben einer Flotte Lieferwagen parkte.

»Wir sind da.«

Ungläubig schaute ich mich um. »Du wohnst in einer Fahrzeuglagerhalle?«

»Im obersten Stock wurde eine Wohnung eingebaut.«

Ich versuchte, mir meine Überraschung nicht anmerken zu lassen. Wollte er deswegen nie zu sich? Weil er in einer Bruchbude wohnte? Mit einem mulmigen Gefühl stieg ich aus. Die zuknallende Tür hallte in meinen Ohren nach. Ich folgte Michael aus der Halle und die Treppe hoch auf eine Art Plattform. Jeder Muskel in meinem Körper war angespannt. Was würde mir die Wohnung über Michael offenbaren? Er öffnete die Tür und ich folgte ihm nach kurzem Zögern hinein.

Ich hatte mit allem Möglichen gerechnet. Mit einer Küche mit orange-braunen Fliesen und abgetretenem Teppichboden. Mit hellen Flecken an der Täfelung, wo einst Bilder gewesen waren. Mit einem Geruch, noch muffiger als in meinem Haus. Aber das, was mich tatsächlich erwartete, war völlig anders. Schon als ich auf der Schwelle stand, roch ich Michaels vertrauten Duft. Er hätte nicht leugnen können, dass er hier wohnte. Der fleckenlose Steinboden fiel mir auf, die überdimensional große Wanduhr, die Kletterpflanze rund um die Möbel. Alles war aufgeräumt und ordentlich an seinem Platz verstaut. Das genaue Gegenteil von der Erwartung, die Michael mit den überall am Boden verstreuten Socken geweckt hatte. Mein Blick schweifte zur Fensterfront.

»Wow«, entfuhr es mir.

Hinter der Terrasse bot sich derselbe Ausblick auf das Alpenpanorama wie von meinem Haus aus. Hier wirkten die Berge sogar noch näher. Es schien fast so, als müsste ich nur den Fluss überqueren und schon wäre ich mittendrin. Michael umarmte mich und legte sein Kinn auf meine Schulter.

»Das hättest du nicht erwartet, als wir ausgestiegen sind, oder?«

»Nein.«

»Wir sind direkt am Rand des Industriegebietes. Abgesehen vom gelegentlichen Surren der Lüftungen ist es wirklich ruhig.«

»Ist er nicht zu Hause, dein Bruder?«

»Nein, leider nicht.«

Eine Welle der Enttäuschung flutete mich. Ich hätte ihn wirklich gern kennengelernt. Aber ich hielt mein Versprechen mir selbst gegenüber und hakte nicht nach. Schließlich hatte Michael mir damals, als er von meinem amputierten Bein erfahren hatte, auch keine Fragen gestellt, bis ich bereit dazu war, ihm davon zu erzählen.

Ich drehte mich in seinen Armen und legte die Hände auf seine Brust. »Ich verstehe nicht, warum du nie zu dir wolltest. Die Wohnung ist fantastisch.«

»Bei dir ist es gemütlicher.«

»Das würde ich so nicht unterschreiben. Außerdem wird es überall gemütlich, wo du bist.« Ich stellte mich auf die Zehenspitzen und legte meine Lippen auf seine. Eigentlich sollte es nur ein Küsschen werden. Unsere Lippen lagen aber länger aufeinander, als dass das Wort »Küsschen« noch zutreffend gewesen wäre. Nur kurz lösten sie sich voneinander, damit wir Luft holen konnten, dann trafen sie sich wieder. Das Ziehen in meiner Mitte breitete sich auf den gesamten Unterleib aus. Ich vergrub meine Finger in seinen Haaren. Sie fielen ihm wild in die Stirn und kringelten sich auf dem ganzen Kopf.

»Wir sollten kochen«, flüsterte er, aber sein Körper sprach eine andere Sprache.

»Ich habe keinen Hunger.«

Als hätte er nur darauf gewartet, hob er mich mit einem Ruck hoch, mühelos, als wäre ich eine Feder, und trug mich ins Schlafzimmer. Er tastete den Saum meines T-Shirts ab und schob sanft seine Hand darunter. Sofort zog er sie wieder zurück. »Tut mir leid«, murmelte er zwischen zwei Küssen.

Wortlos legte ich seine Hand auf meine Hüfte und zog ihn näher heran. Er konnte nicht nah genug sein. Es fühlte sich richtig an. Vielleicht weil wir bei ihm waren und nicht bei mir. Oder es lag an der Erkenntnis, dass Michael mich liebte, ob mit oder ohne Prothese. Philipp war ich nachgerannt, ohne die geringste Chance, ihn einzuholen. Er hatte sich nie dazu durchringen können, sein Tempo zu verlangsamen oder gar auf mich zu warten. Ohne Rücksicht hatte er sein eigenes Ding durchgezogen. Michael hingegen wich mir nicht von der Seite. Er passte seinen Schritt meinem an und legte eine

Pause ein, wenn er merkte, dass es mir zu schnell ging. Fast auf den Tag genau war es ein Jahr her, seit ein einziger Moment alles verändert hatte. Michael hatte mich aufgefangen und ins Leben zurückgeholt. Ich arbeitete wieder. Ich lachte wieder. Und ich lief wieder. Es war unvorstellbar, jemals wieder einen Schritt ohne ihn zu machen. Ich wollte ihn spüren. Nicht nur seine Lippen und Hände, sondern ganz. In mir, auf mir, überall.

Ohne Decke lagen Michael und ich aneinander gekuschelt in seinem Doppelbett. Ich konnte nicht aufhören zu lächeln. Er sah so friedlich aus, wenn er schlief, atmete ruhig und regelmäßig. Ich kuschelte mich näher an ihn und betrachtete sein Gesicht. Der Schatten seines Bartes war während der letzten Stunden dunkler geworden. Erstaunlich, wie schnell er nach einer Rasur wieder spross. Gern hätte ich die Konturen seines Kinns nachgefahren, meine Hände über seinen Hals, seine Brust und seinen Bauch wandern lassen. Doch dann würde er aufwachen und das wollte ich nicht.

Ich richtete mich auf und stützte den Kopf mit der Hand ab. Die Sonne stand hoch am Horizont. Die hintere Bergreihe mit dem nie schmelzenden Eis glitzerte in Weiß, der Rest war grau. In ein paar Tagen würde dort der Jungfrau-Marathon stattfinden. Zweiundvierzig Kilometer an einem Stück und die andauernde starke Steigung als Sahnehäubchen. In den Bergen zu laufen, hatte einen ganz eigenen Charme. In meinem Herzen zog und zerrte etwas, das ich nur zu gut kannte: Wehmut. Den Jungfrau-Marathon würde ich nicht schaffen. Noch nicht. Aber vielleicht einen anderen Lauf?

Michael streckte sich durch und öffnete die Augen. Es schien, als wüsste er für einen Moment nicht, wo er war.

»Bin ich eingeschlafen?«, murmelte er und zog mich in seine Arme.

»Mhm.«

»Warum hast du mich nicht geweckt?«

»Du hast so friedlich ausgesehen.«

»Habe ich gesabbert?« Er putzte sich mit dem Handrücken den Mund ab.

»Nein.« Ich lachte und küsste ihn sanft. »Aber ich habe nachgedacht.«

Nun drehte auch er sich auf die Seite. Wir lagen uns gegenüber, spiegelten die Haltung des anderen. Das Gesicht mit einer Hand abgestützt, die andere auf der Hüfte ruhend wartete er, dass ich weitersprach.

»Ich möchte wieder laufen.«

»Das machst du doch.«

Ich kniff ihn in die Seite. »Ich meine die Teilnahme an einem Lauf.«

»Hast du an einen bestimmten gedacht?«

»An den Grand Prix von Bern.« Ich hatte die Worte schneller ausgesprochen, als ich denken konnte. Es war, als hätte Rohner schon immer gewusst, dass ich starten würde.

»Wow.« Michael lächelte.

»Wegen dir werde ich diesen Schritt wagen«, flüsterte ich. »Wegen dir bin ich wieder so weit.«

»Du übertreibst.« Verlegen wandte er sich ab.

»Nein, wirklich. Wie kann ich mich revanchieren?«

»Das musst du nicht. Obwohl, wenn ich es mir recht überlege …« Er zog mich auf sich.

Ich grinste. »Wenn es nur das ist.«

Am nächsten Morgen brachte mich Michael nach Hause. Wenn er nicht hätte arbeiten müssen, hätte ich am liebsten den ganzen Morgen lang mit ihm gefrühstückt und den Nachmittag im Bett verbracht. Ich lächelte bei der Vorstellung und deaktivierte die Alarmanlage. Sofort kramte ich Michaels Karte aus der Schublade und betrachtete das Gesicht der Läuferin auf der Vorderseite. Als ich sie das erste Mal gesehen hatte, war ich überrumpelt gewesen. Nun verstand ich die Freude auf ihrem Gesicht und warum sie trotz Prothese weiterhin ihre Leidenschaft verfolgte. Und wenn ich mich im Spiegel anschaute, erkannte ich ihr Funkeln in meinen Augen. Ich drehte die Karte um und las den Satz, den Michael für mich ausgesucht hatte.

»Es ist nicht von Bedeutung, wie langsam du gehst, solange du nicht stehen bleibst.«

So sehr mich vor einem Jahr der Gedanke geschmerzt hatte, wieder zu laufen, kam es mir nun schier unerträglich vor, es nicht zu tun. Mit Hunderten von Läufern loszurennen, auf derselben Strecke zur selben Zeit alles aus mir herauszuholen, das wollte ich. Jede Faser meines Körpers sagte mir, dass dies der nächste Schritt war. Die Karte sollte nicht länger in der Schublade verstauben, sondern an einem Ort liegen, wo ich sie vor jedem Lauf betrachten konnte. Ich ging in die Abstellkammer, um meine Sporttasche hervorzuholen. Doch dort, wo ich sie hingelegt hatte, war sie nicht. Ich suchte jedes Regal ab und spähte bis in die hinterste Ecke. Auch im Kleiderschrank und in der Garderobe schaute ich nach, ohne Erfolg. Wieder landete ich in der Abstellkammer, als hätte die Tasche in der Zwischenzeit eigenständig hineinlaufen und sich im Regal niederlassen können. Ratlos stand ich da, inmitten von unzähligen Kartons. Ich war mir so sicher gewesen, dass ich sie hier verstaut hatte. Mir fröstelte. Völlig unerwartet und mit voller Wucht überrollte mich der Gedanke, dass mein Glück nicht von Dauer sein könnte. Dass irgendwann etwas passieren könnte, das mich erneut aus der Bahn warf, und Michael nicht da sein würde, um mich aufzufangen.

Kapitel 44

Oktober

Ich lehnte mich an einen Baumstamm und wartete auf Charlotte. Eine Brise spielte mit den farbigen Blättern und wirbelte sie wild durcheinander. Ich atmete tief ein und zitternd wieder aus.

Es ist nur Charlotte, sagte ich mir, *kein Grund nervös zu sein.*

Aber ich war es. In der Reha hatten wir uns das letzte Mal gesehen. Die Erinnerung an damals fühlte sich fremd an, als wäre nicht ich, sondern jemand anderes dort gewesen. Zwar hatten wir uns in den letzten Wochen fast täglich geschrieben, doch ich konnte nicht wissen, was für ein Mensch sie in der Zwischenzeit geworden war.

Ich scharrte mit der Laufprothese in der Erde und ließ meinen Blick über die Wiese gleiten, hinüber zu den Häusern am Dorfrand. Fünf nach. Zehn nach. Viertel nach. Von Charlotte keine Spur. Ich kramte das Handy hervor und wollte ihr schreiben. Genau in dem Moment erschien eine Nachricht von ihr auf dem Bildschirm. Sie fand unseren Treffpunkt nicht. Ich beschrieb ihr die Stelle noch einmal. Man konnte sie nicht verfehlen, wenn man dem Weg hinter dem Bahnhof folgte. Hier verabredeten sich Menschen oft zum Spazierengehen. War sie falsch abgebogen? Ihre

Beschreibung ließ genau das vermuten. Ich lief los in ihre Richtung. Wie jedes Mal, wenn ich im Schatten der Bäume versank, kroch eine Gänsehaut über meinen gesamten Körper. Nur kurz pikste mich die Angst, so wie eine Impfung, die sich mit der Injektion in der Blutbahn verteilte und nach ein paar Sekunden nicht mehr zu spüren war. Ich lenkte mich bewusst ab, konzentrierte mich auf meine Schritte. Die Blätter unter meinen Schuhen raschelten. In der Ferne entdeckte ich Charlotte, halb verdeckt von den herunterhängenden Ästen eines Ahorns. Sie sah anders aus als in meiner Erinnerung, das komplette Gegenteil von der elfenhaften Erscheinung. Hatte sie ihre blonden Locken geschnitten? Ich kniff die Augen zusammen, blinzelte gegen das Licht- und Schattenspiel der Sonne an. Meine Schritte wurden langsamer, bis ich ganz zum Stillstand kam. Dasselbe seltsame Gefühl wie in der Abstellkammer überkam mich. Etwas stimmte nicht, aber ich konnte nicht genau fassen, was. Die hellen Lichtflecken verschwanden und da sah ich ihr Gesicht. Sein Gesicht.

Bernhard.

»Mit mir hättest du nicht gerechnet, was?« Er presste die Lippen zusammen und zog die Mundwinkel zu einem genüsslichen Lächeln nach oben.

»Du darfst dich mir nicht nähern«, wisperte ich so leise, dass ich mir nicht sicher war, ob er mich gehört hatte.

Aber er kam näher, schleichend wie eine Wildkatze auf der Jagd. »Jenni, ich bin enttäuscht. Da investiere ich tausend Franken in deine Laufprothese und so dankst du es mir?«

»D-du …«, stotterte ich. Natürlich hatte er den Crowdfunding-Aufruf mitbekommen, weil er immer noch nach mir googelte. Offenbar hatte er unter Charlottes Namen gespendet. Aber woher wusste er von ihr?

»Du weißt, dass ich mich einen Scheiß für das Personal Training interessiere, oder?« In seinen Augen blitzte die altbekannte Lust. Die Erinnerung brach über mich herein, der eine Abend, nach dem ich die Polizei benachrichtigt hatte. Es war, als würde sich die Geschichte wiederholen. Niemals würde er aufgeben, das war mir mehr als bewusst. Nicht, bevor er bekommen hatte, was er wollte: mich.

»Du bist krank«, brachte ich knapp hervor.

Bernhards Gesichtsausdruck veränderte sich. »Ich? Du bist doch diejenige, die wild in der Gegend herumvögelt. Zuerst Philipp, dann dieser Michael.«

Michael. Ich verschränkte die Arme, als ob ich mich dadurch vor Bernhard schützen könnte. Er war die ganze Zeit da gewesen, ich hatte mir seine Anwesenheit nicht eingebildet. Woher wusste er sonst von Michael? Da bemerkte ich die Tasche, die neben ihm auf dem Boden lag. Meine Sporttasche. Meine Brust hob und senkte sich immer schneller. Ich bekam fast keine Luft. Er war tatsächlich in meinem Haus gewesen.

»Jetzt bin ich an der Reihe.« Er war so nah, dass ich den Speichel in seinen Mundwinkeln sehen konnte.

»Du kommst in eine geschlossene Anstalt.« Meine Stimme klang unnatürlich hoch, wie das Piepsen eines Vogels, der wusste, dass sein Nachwuchs in Gefahr war.

»Siehst du irgendwo die Bullen?«

Unnötigerweise schaute ich mich um. Hier war weder die Polizei noch sonst jemand. Wir waren allein. Mitten im Wald.

Lauf!, brüllte eine Stimme in meinem Kopf. Mein Instinkt, der mich immer beschützt hatte. Ich bewegte mich keinen Millimeter.

»Warum tust du das?«

»Ich habe dir Briefe geschrieben. Habe dir Zeit gegeben. So viel Zeit und doch triffst du dich immer wieder mit anderen Männern, statt dir selbst einzugestehen, dass du eigentlich mich willst. Du hast mit mir gespielt und eine Weile lang hat es sogar Spaß gemacht. Aber jetzt ist meine Geduld aufgebraucht.« Er kam näher.

Lauf!

Alles in mir schrie, ich sollte umdrehen und rennen. Ich konnte mich nicht bewegen. Meine Beine zitterten. Er stand nur noch eine Armlänge von mir entfernt und grinste siegessicher.

Lauf!

Dieses Mal gehorchte ich meiner inneren Stimme. Ich drehte mich um und wollte losrennen. Noch bevor ich den ersten Schritt machen konnte, riss Bernhard mich am Arm zurück. Ich prallte mit dem Rücken an ihn.

»Wo willst du hin?« Er drückte mir den Unterarm an die Kehle und schnürte mir die Luft ab.

Ich röchelte und versuchte, den Arm wegzustoßen. Doch je mehr ich mich wehrte, desto stärker drückte er zu und desto weniger Luft bekam ich. Panik breitete sich in mir aus. Nicht einmal schreien konnte ich. Er schleifte mich hinter zwei Holzstapel und schleuderte mich auf den Boden. Den Aufprall selber bemerkte ich kaum, nur den Schmerz danach. Das Pochen im Hinterkopf und das Brennen des Steißbeins. Der Geruch von vermodertem Laub drang in meine Nase. Neben mir ragten die zwei Holzstapel hoch hinaus. Ich drehte mich auf den Bauch und versuchte, mich aufzurappeln und gleichzeitig den Pfefferspray aus meiner Tasche zu ziehen. Er riss mich am Bein zurück.

»Wenn du dich nicht so wehren würdest, könntest du es auch genießen«, zischte er und setzte sich mit dem gesamten Körpergewicht auf mich.

Galle stieg meine Speiseröhre hoch. Ich würgte, drehte den Kopf zur Seite, um mich zu übergeben, doch da kam nichts. In der Ferne registrierte ich Stimmen. Ich wollte schreien, die Spaziergänger auf mich aufmerksam machen. Bernhard kam mir zuvor. Er presste seine Hand auf mein Gesicht und verdeckte nicht nur meinen Mund, sondern auch einen Teil meiner Nase. Ich japste nach Luft. Tränen traten in meine Augen und die Welt um mich herum verschwamm. Die Stimmen wurden lauter. Ein Mann und eine Frau. Vielleicht ein Ehepaar. Mit letzter Kraft trat ich mit der Prothese gegen das Holz. Eines der Scheite löste sich und fiel dumpf auf den Boden. Plötzlich spürte ich etwas Scharfes an meinem Hals. Ich musste nicht hinschauen, um zu wissen, dass Bernhard ein Messer hervorgeholt hatte. Seine Hand zitterte und die Klinge kratzte auf meiner Haut. Eine falsche Bewegung, ein winziges Geräusch und er würde keinen Augenblick zögern. Die Schritte kamen näher, nun waren sie nur noch ein paar Meter von uns entfernt.

»Hast du das gehört?«, fragte die Frau.

Ich betete, dass sie gleich hinters Holz kommen und nachschauen würde, was los war.

»Bestimmt nur ein Wildschwein.«

»Schnell weg!«

Sie kicherten und entfernten sich wieder und ich realisierte, dass sie mir nicht helfen würden. Niemand würde mich retten. Jeglicher Mut wich aus mir und ich lag da wie eine leblose Hülle. Völlig kraftlos. Hilflos. Unfähig, mich zu bewegen. Schon immer hatte ich gewusst, dass sich Bernhard nicht an die Regeln hielt, dass er nie weg gewesen war. Ich hätte ihm nie entkommen können.

»Du musst dich nicht für dein Bein schämen«, flüsterte Bernhard so nah an meinem Gesicht, dass mir von seinem Atem schlecht wurde. »Dein Mund macht alles wett.«

Er strich mit dem Daumen über meine Unterlippe. Ich war wie erstarrt. Die Vögel in den Baumkronen sangen weiterhin ihre Lieder und der Wind ließ die Blätter rascheln, als ob alles seine Richtigkeit hatte. Die Kälte drang durch den Stoff meiner Funktionskleidung. Hoffentlich würde sie auch gleich meine Seele einfrieren.

Bernhard kniete auf meinen Schultern. Mit einer Hand öffnete er seine Hose und stöhnte auf. Der stechende Geruch von Urin kroch in meine Nase. Ich wollte das nicht. Tief aus mir floh ein Schrei, kurz und abgehackt. Bernhard presste wieder die Hand auf mein Gesicht. Fester. Ich bekam keine Luft. Tränen traten in meine Augen. Seltsame Laute verließen meinen Mund, meine Beine zuckten, ohne Schaden anzurichten. Meine Finger krallten sich in tote Blätter und kalte Erde. Dann hatte ich keine Kraft mehr. Schwarz, weiß, schwarz, weiß. Kurz bevor ich in Ohnmacht fiel, ging mir ein Gedanke durch den Kopf: So hätte es sich angefühlt, wenn ich damals auf der Brücke gesprungen wäre. Es war vorbei.

Und dann war der Druck auf einmal weg. Ich hustete so stark, dass ich spucken musste. Immer wieder. Meine Lunge schmerzte. Mühsam drehte ich mich zur Seite und landete auf dem Bauch.

»Schnell, steh auf!«

Ein Holzscheit fiel dumpf auf den Boden. Laufschuhe traten in mein Sichtfeld. Mein Blick wanderte hoch bis zum Gesicht. Stefanie.

»Wir müssen hier weg!« Sie griff unter meine Achseln und hievte mich hoch.

Ich konnte mich kaum auf den Beinen halten, schlang meinen schlaffen Arm um ihren Hals und ließ mich von ihr wegziehen. Nur kurz schaute ich zurück. Es reichte, um zu sehen, dass Bernhard sich bewegte. Mein Herz raste und raste, ich kam nicht hinterher.

»Komm schon!« Stefanies Stimme klang panisch. Auch sie schaute immer wieder zurück.

Ich sammelte all meine verbleibenden Kräfte und lief, zusammen mit Stefanie im Gleichschritt, immer schneller. Das erste Mal, seit wir uns kannten, zogen wir am selben Strang.

Kapitel 45

Oktober

Stefanie hatte sich nicht davon abbringen lassen, mich zu begleiten. Ausgerechnet sie, die das Zugabteil wechseln würde, wenn sie mich darin entdeckte. Nun saßen wir schweigend mit einem Stuhl Abstand nebeneinander. Der Raum war gesättigt mit tausendmal ausgeatmeter Luft. Im Krankenhaus herrschte eine Hektik, die ich sonst nur aus der Bäckerei kannte. Angestellte wuselten geschäftig herum, die weißen Kittel schlingerten um die Beine. Patienten kamen und gingen. Nur der Typ am Empfang wirkte unbeteiligt und entfernte mit einem Zahnstocher den Dreck unter den Fingernägeln. Ich wünschte, ich könnte mir eine Scheibe von seiner Gelassenheit abschneiden. Stattdessen rutschte ich hin und her. Hätten wir die Polizei früher benachrichtigen sollen? Ihn nochmals niederschlagen und sicherstellen, dass sie ihn fassten? Immer wieder schaute ich zur Tür, erwartete jeden Moment, sein Gesicht zu sehen. Was, wenn er entkommen war?

Michael, wärst du doch hier.

Michael!

Ich schreckte hoch. In der ganzen Aufregung hatte ich völlig die Zeit vergessen und auch, dass wir verabredet waren.

Auf meinem Handy blinkten mir neun Anrufe in Abwesenheit anklagend entgegen, alle von ihm. Er ging sofort ran, als ich ihn anrief.

»Ich warte seit einer Ewigkeit vor dem Haus.« Seine Stimme vibrierte vor Sorge. »Wo bist du?«

»In der Notaufnahme.«

»Was? Warum?«

»Das erzähle ich dir später. Ich rufe nur an, damit du dir nicht unnötig Sorgen machst.«

»Dafür ist es zu spät. In welchem Krankenhaus?«

Ich nannte ihm die Adresse.

»Bin schon unterwegs.«

Kurz darauf war die Leitung verstummt. Ich schaute zu Stefanie hinüber, die breitbeinig auf dem Stuhl saß. Meine Beine zitterten. Obwohl es warm war, wollte die Kälte des Waldbodens nicht aus mir weichen. Ich hatte trotz der fast unaushaltbaren Situation unglaubliches Glück gehabt. Ausgerechnet Stefanie war zur richtigen Zeit am richtigen Ort gewesen. Sie hatte mich gerettet. Zögerlich rutschte ich neben sie.

»Stefanie?«

»Hm?«

»Ich danke dir.«

»Das versteht sich von selbst.«

Nein. Sie hätte einfach ihr Training fortsetzen und sich aus der Sache heraushalten können. Stattdessen hatte sie Zivilcourage bewiesen und mich vor Schlimmerem bewahrt. Sie öffnete den Mund, als wollte sie noch etwas sagen. Doch sie schloss ihn wieder.

»Stefanie?«

»Hm?«

»Ich möchte mich für die Ohrfeige entschuldigen.« Die Worte kamen mir leicht über die Lippen. Viel leichter als an der Geburtstagsfeier. Vielleicht, weil ich es dieses Mal so meinte. »Und dafür, dass ich glaubte, du hättest meinen Unfall verursacht.«

»Mir tut es auch leid«, gab sie kleinlaut zurück. »Ich hätte nicht sagen dürfen, dass ich froh darüber bin, dich nicht mehr als Konkurrentin zu haben. Ich war wütend darüber, was du mir alles zugetraut hast. Was für ein Bild du von mir hast. Walter hat mich ziemlich in die Mangel genommen.«

Der Plastikstuhl drückte so unangenehm in meinen Rücken, dass ich mich vorbeugte und die Ellenbogen auf den Oberschenkeln abstützte. »Ich konnte es mir nicht anders erklären. Beim Blutspenden bist du garantiert nicht gewesen. Nicht so kurz vor der Meisterschaft.«

Wieder öffnete sie den Mund. Dieses Mal sprach sie es aus: »Ich war schwanger.«

»Schwanger?« Ungläubig starrte ich auf ihren Bauch. Er war flach wie ein Brett.

»Der Bluterguss in der Armbeuge stammte von der Blutentnahme bei der Frauenärztin.«

In meinem Kopf ratterte es. Ich hatte Stefanie nie mit Bauch gesehen.

»Ich habe das Baby nach der Meisterschaft verloren«, ergänzte sie, als hätte sie meine Gedanken gelesen. Ein grauer Schleier legte sich über ihr Gesicht.

»Mir fehlen die Worte.«

»Mir auch.«

Hatte Philipp davon gewusst und ihr deswegen ein Alibi gegeben? Ich legte die Hand auf ihre Schulter. Sie zuckte unter der Berührung zusammen, ließ es aber zu. Die Rivalität zwischen uns war wie ausgelöscht. Ich war nicht mehr ihre Konkurrentin. Weder beim Laufen noch bei Philipp. Wir waren nur noch zwei Menschen, die dieselbe Leidenschaft teilten.

In dem Moment erschien eine Krankenschwester und rief meinen Namen. Ich zögerte.

»Geh schon.« Stefanie nahm meine Hand von ihrer Schulter und drückte sie. »Bis später.«

Als ich von der Untersuchung zurückkam, war Stefanie nicht mehr da. Stattdessen entdeckte ich Michael nervös die Daumen drehend auf ihrem Platz.

»Michael«, rief ich und eilte auf ihn zu. Ich spürte die Erleichterung darüber, sein vertrautes Gesicht zu sehen, bis in den Bauch.

»Jennifer.« Er drehte sich ruckartig nach meiner Stimme um, entdeckte mich und kam mir mit ausgestreckten Armen entgegen. Sämtliche Kraft wich aus mir. Schlaff hing ich in seinen Armen und weinte. Er hielt mich fester, als wollte er mich nie mehr loslassen.

»Du bist verletzt«, bemerkte er und strich über den Verband an meinem Kopf.

»Eine Platzwunde, aber zum Glück keine Gehirnerschütterung. Wahrscheinlich bin ich auf einem Holzscheit aufgeschlagen.«

»Was ist passiert?«

Ich erzählte ihm vom Überfall im Wald und der Rettung durch Stefanie. Michaels Gesichtsausdruck änderte sich von besorgt zu wütend. Er ballte die Fäuste und ich war mir sicher, dass er Bernhard niedergeschlagen hätte, wenn er im Raum gewesen wäre.

»Wo ist er jetzt?«

»Ich weiß es nicht.« Ich kuschelte mich erneut an ihn. Eine Müdigkeit überkam mich, das starke Bedürfnis, mich hinzulegen. Gleichzeitig zwang ich mich, die Augen offen zu halten.

Es ist noch nicht vorbei, flüsterte mir mein Unterbewusstsein unaufhörlich ins Ohr. *Er wird dich finden.*

»Ich will nur noch nach Hause.«

»Natürlich.« Michael küsste mich auf die Stirn und stützte mich während des gesamten Wegs zum Fahrzeug.

Ich starrte hinaus auf die weiten Felder. Mein Körper wusste genau, was mit ihm geschehen war. Ich zitterte immer noch, obwohl die Herbstsonne das Innere des Wagens aufheizte. Mein Kopf aber realisierte nur bruchstückhaft, wie knapp ich Bernhard entwischt war. Auf halbem Weg vibrierte mein Handy. Die Polizei. Die Ränder meines Sichtfelds wurden weiß, dehnten sich aus, bis ich fast nichts mehr sah. Ich atmete abgehackt. Würde Herr Gerber mir gleich mitteilen, dass Bernhard erneut geflüchtet war? Konnte ich nicht mehr nach draußen, weil er überall sein könnte? Das Handy rutschte mir aus der Hand. Der Sicherungsgurt drückte sich in meine Brust und dann ertönte Herr Gerbers Stimme blechern durch den Lautsprecher. Das Weiß zog sich zurück und ich bemerkte, dass Michael das Handy in der Hand hielt und mit Herrn Gerber sprach.

»Wir waren zu spät«, sagte er.

Ich versank im Polster des Sitzes und schloss die Augen. In meinem Kopf drehte sich alles. Noch eine Partie »Bernhard jagt Jennifer« würde ich nicht überstehen.

»Als wir eintrafen, war er bereits tot.«

Michael und ich schauten uns an.

»T-t-tot?«, stammelte ich.

»Er hat sich die Pulsadern aufgeschnitten.«

»Mein Gott«, flüsterte ich.

Michael beendete das Gespräch und nahm mich in den Arm. Bernhard war tot. So hatte ich mir das nicht vorgestellt. Einen Aufenthalt in der Psychiatrie hätte ich ihm gewünscht, Heilung vor seinem krankhaften Verfolgungszwang. Aber nicht den Tod. Mein Körper bebte in Michaels Armen und trotz allem fühlte ich mich, als wäre ich selbst tausend Tode gestorben und wieder auferstanden.

Michael hielt mich noch fester. »Es ist vorbei.«

»Es ist vorbei«, wiederholte ich leise. Die Anspannung verließ meinen Körper. Endlich fielen mir die Augen zu und ich schlief ein.

Mitten in der Nacht schreckte ich auf und fand mich im Bett wieder. Ich versuchte einzuatmen, aber da war zu wenig Luft. Es war, als läge Bernhard auf mir und zerdrückte mich mit seinem Gewicht.

Beruhige dich. Bernhard ist tot.

Allmählich begriff auch mein Körper, was der Verstand ihm mitteilen wollte. Ich atmete mehrmals tief ein und aus. In meinem Kopf pochte es. Die Schmerzmittel schienen nicht mehr zu wirken. Ich tastete nach dem Sofatisch, griff aber ins Leere. Erst da merkte ich, dass ich in meinem Schlafzimmer lag, immer noch in Laufkleidung. Michael musste mich hochgetragen und hingelegt haben. Anstatt mich umzudrehen und erneut einzuschlafen, hievte ich mich hoch und stieg die Treppe hinunter. Das Licht brannte und die Wanduhr zeigte zwei Uhr an. Michael saß auf dem Sofa und starrte aus dem Fenster. Sein nackter Oberkörper glänzte.

»Kannst du nicht schlafen?«, fragte ich.

Er regte sich nicht. Als ich näher kam und mich vor ihm hinkniete, merkte ich, dass er weinte.

»Was ist los?« Ich strich mit dem Finger über sein Gesicht und folgte der Bahn seiner Tränen.

»Ich ertrage es nicht, dass er dir etwas antun wollte«, flüsterte er. »Wenn diese Stefanie nicht rechtzeitig gekommen wäre …«

»Es geht mir gut«, betonte ich. »Über das Was-wäre-wenn darfst du nicht nachdenken. Dieses Spiel habe ich nach meinem Unfall ständig gespielt und mich dabei nur im Kreis gedreht.«

Er griff nach meiner Hand und hielt sie fest.

»Wir könnten zu dir gehen, wenn du in deinem Bett besser zur Ruhe kommst«, schlug ich vor.

»Dort würde ich auch kein Auge zukriegen.« Er hielt kurz inne. »Ich muss sowieso bald los, meine Schicht fängt in zwei Stunden an.«

»So früh?«

»Ich muss ein paar Pakete mehr austragen als sonst, weil ich gestern nicht alle geschafft habe.« Er lächelte. »Und du? Legst du dich nochmals hin?«

»Ich fürchte, ich bin ausgeschlafen.«

»Dann bleib bei mir.« Er zog mich neben sich und hielt mich fest. Sein Kopf sank auf meine Schulter und seine Brust hob und senkte sich regelmäßig. Einen Moment lang glaubte ich, er sei eingeschlafen.

»Manchmal denke ich an den Tag zurück, an dem du mir nur mit einem Handtuch bekleidet die Tür geöffnet hast«, murmelte er mit belegter Stimme. »Schon damals war ich dir komplett verfallen.«

Ich glaubte ihm jedes Wort. Jeder seiner Blicke und jede seiner Berührungen zeigte mir, wie kostbar ich für ihn war. Ich schmiegte mich enger an ihn.

»Ich habe nicht geplant, mich so hoffnungslos in dich zu verlieben.«

Sein Geständnis schickte eine warme Welle durch meinen Körper. Kurze Zeit später war er eingenickt. Er schnarchte leise und sein Kopf lag schwer auf meiner Schulter. Ich bewegte mich nicht, aus Angst, ihn aufzuwecken. Bis zu seiner Schicht blieb noch etwas Zeit und die wollte ich ihm lassen.

Seit dem Vorfall mit Bernhard umsorgte Doris mich wie eine Glucke. Ständig drängte sie mich, eine Pause einzulegen oder mich kurz hinzusetzen. Sie stahl mir sogar reihum die Kunden, damit ich mich nicht überanstrengte. Ich hätte ihr nichts erzählen sollen. Einmal Blut geleckt, wollte sie immer mehr wissen, bis sie fast jedes grausame Detail aus mir herausgequetscht hatte.

»Es geht mir gut«, beteuerte ich und hob eine Hand wie eine Art Schwur. »Wirklich.«

»Wie kannst du das Ganze so leicht wegstecken?« Sie schüttelte ungläubig den Kopf. »Er hat dich sexuell genötigt.« Die letzten Worte flüsterte sie nur, damit die Gäste an den Tischen nichts davon mitbekamen.

Ich lachte auf. Nun drehten die Gäste doch die Köpfe.

»Jennifer, das ist nicht witzig«, zischte Doris.

»Nein.« Ich riss mich zusammen und schluckte den letzten Lacher hinunter. »Aber du übertreibst trotzdem. Glaub mir doch, wenn ich dir sage, dass es mir gut geht.«

»Ich will nicht wieder wochenlang beide Schichten abdecken, weil du ausfällst. Es ist langweilig hier ohne dich.«

»Das wird nicht passieren.« Ich verschwieg, dass ich seit dem Vorfall jede Nacht schweißgebadet aufwachte und glaubte, Bernhard stünde mit heruntergelassener Hose im Zimmer. Dann musste ich mir ins Gedächtnis rufen, dass er nicht mehr da war. Meine Angst, er würde sich hinter dem nächsten Haus verstecken oder mir im Wald auflauern, war unbegründet. Herr Gerber hatte erwähnt, dass Bernhard zuletzt in seinem Auto unten am Fluss gelebt hatte. Das Auto, das ich bei meinem Spaziergang entdeckt hatte. Ich war ihm so nahe gewesen … Es gab kaum eine Stelle, an der es nicht eingedrückt oder verkratzt gewesen wäre, auch an der Stoßstange. Wahrscheinlich hatte er mich angefahren. Dazu befragen konnten sie ihn nicht mehr.

Es war vorbei.

Ich drehte dem Tresen den Rücken zu und reinigte mit einem feuchten Lappen den Milchschäumer. Die Schiebetür klackte und ein heißer Schwall Luft strömte ins Innere.

»Was darf es sein?«, hörte ich Doris ungewohnt unfreundlich fragen.

»Ich möchte zu Jennifer.«

Ich horchte auf und ließ den Lappen sinken. Diese Stimme. So vertraut und gleichzeitig so fremd. Wie lange hatte ich sie nicht mehr gehört? Langsam drehte ich mich um. Auf der anderen Seite des Tresens stand Philipp. Mein Blick fiel auf seine mit dicken Venen besetzten Hände, wanderte hoch über seinen Hals bis zum Gesicht. Die weiße Kopfhaut bildete einen seltsamen Kontrast zu dem sonst so gebräunten Körper. Ging er ins Solarium?

»Ich habe das mit dem Überfall gehört«, sagte er und schaute auf meine Lippen. Es fühlte sich an, als könnte er Michaels Küsse darauf sehen.

»Nicht der Rede wert.«

Ich spürte Doris' tadelnden Blick, doch sie widersprach mir nicht.

»Stefanie hat mir etwas anderes erzählt.«

»Was kann ich dir geben?«

»Ein Vollkornbrötchen.«

Ich packte es in eine Papiertüte und reichte es ihm.

»Wer war es?«, wollte er wissen.

»Was denkst du denn?« Meine Gegenfrage klang höhnischer als beabsichtigt.

Philipps Blick wanderte auf den Boden. »Er war also tatsächlich wieder hinter dir her.«

Du hast mir nicht geglaubt, hätte ich am liebsten geschrien. Ich ließ es bleiben. Philipp war es nicht wert, dass ich mich aufregte. Seine Meinung war nicht mehr von Bedeutung.

»Den Dauerauftrag für die Miete darfst du übrigens stornieren, ich brauche deine Almosen nicht«, sagte ich stattdessen und widmete mich dem nächsten Kunden.

»Ich wollte dir nur helfen«, murmelte Philipp, trat aber zur Seite. Eine Weile lang schaute er mir zu, wie ich Brötchen in Tüten packte und kassierte. Dann klingelte die Türglocke und er war weg.

Kapitel 46

Mai

Der Wechsel der Jahreszeiten zeigte sich am deutlichsten an den Kronen der Bäume. Im Sommer spendeten sie Schatten, im Herbst leuchteten sie in den schönsten Gelbtönen, im Winter verloren sie ihr Kleid und nun, im Frühling, erwachten sie zu neuem Leben. Monatelang hatte ich mich darauf vorbereitet. Nun war der Grand Prix nur noch eine Nacht entfernt. Ich saß im Bus Richtung Industriegebiet, mit meiner Sporttasche auf dem Sitz neben mir. Ich hatte längst eine neue gekauft, eine größere, in der auch meine Laufprothese Platz fand. Die alte wieder zu benutzen, hätte mich angeekelt. Gemäß Herrn Gerber hatte Bernhard alles Mögliche darin aufbewahrt. Lippenbalsam aus meinem Badezimmerschrank. Zeitungsartikel von mir, auf denen er meine Lippen rot angemalt hatte. Briefe, die er nie in meinen Briefkasten gelegt hatte. Selbst wenn Herr Gerber mich gefragt hätte, ob ich wissen wollte, was darin stand, hätte ich verneint. Das Kapitel Bernhard hatte ich hinter mir gelassen und ich konnte mich ganz auf das konzentrieren, was vor mir lag.

Die zackenförmigen Fabrikgebäude erschienen in meinem Blickfeld. Obwohl die Fenster geöffnet waren und die

Zugluft durch mein Haar wehte, schwitzte ich. Genau wie am Morgen bei meinem letzten, lockeren Lauf. Noch ein paar Minuten, dann wäre ich bei Michael. Beim Gedanken an ihn legte ich die Stirn an die Scheibe und lächelte. Ich stellte mir vor, wie er gleich überrascht die Tür öffnen und mich dann tadeln würde, er hätte doch gesagt, er hole mich ab und nicht umgekehrt. Ich würde ihn küssen und mit ihm ins Restaurant fahren, etwas Leichtes essen, danach weiter zu Mam, wo wir übernachten würden.

Der Bus hielt mit einem Zischen und ich stieg aus. Ich stellte die Tasche auf den Boden und suchte nach meinem Handy. Im Augenwinkel erkannte ich jemanden auf der anderen Straßenseite. Jemand, der mich dazu brachte, den Kopf zu heben. Ein Mann im Rollstuhl wartete auf den Bus. Die schwarze Hose, das langärmlige Sweatshirt. Kein Zweifel, er war der Metal-Typ aus der Reha. Im selben Moment schaute er auf und unsere Blicke begegneten sich. Zuerst wirkte er überrascht, dann breitete sich ein Grinsen über sein ganzes Gesicht aus. Auch mich überkam eine seltsame Freude, ihn nach so langer Zeit wiederzusehen. Er überwand die Bordsteinkante ohne Mühe und rollte auf mich zu.

»Hast du dir einen neuen Rollstuhl gekauft?«, fragte ich. Er drehte sich einmal im Kreis. »Alles aus Carbon.«

»Bei mir auch.« Ich öffnete den Reißverschluss meiner Tasche und zeigte ihm die Laufprothese.

»Willst du mit einem Gepard um die Wette laufen?«

»Nicht ganz.« Ich betrachtete ihn etwas genauer. Die Art, wie er sprach und wie sich dabei seine Gesichtszüge veränderten, hatte etwas Vertrautes.

»Hast du schon was vor?« Er legte den Kopf schief. »Ich lade dich zum Abendessen ein.«

»Ich bin leider schon verabredet.«

»Und mit wem?«

»Mit meinem Freund.«

»Deswegen wolltest du damals nicht mit mir ausgehen.« Er schlug mit der Faust auf den Oberschenkel. »So eine tolle Frau wie du muss natürlich vergeben sein.«

»Selbst wenn nicht, stünde nach wie vor das Alter zwischen uns.«

»Es wäre perfekt. Du lebst statistisch gesehen sowieso zehn Jahre länger. Wir könnten gemeinsam sterben.«

Ich lachte. »Eine romantische Vorstellung.«

»Wenn nicht in den Tod, begleite ich dich wenigstens bis zum Treffpunkt mit deinem Freund.«

Ich lachte wieder, wenn auch etwas verhaltener. »Das ist nicht nötig. Also dann, ich muss weiter und du hast einen Bus zu erwischen.« Ich war schon fast bei der Treppe zu Michaels Wohnung, da hörte ich seine Stimme.

»Hey!«

Ich drehte mich um und er raste auf mich zu. Kurz vor mir kam sein Rollstuhl quietschend zum Stillstand. Ich umklammerte den Träger meiner Sporttasche. »Läufst du mir nach?«

»Nein, ich rolle.«

»Sehr witzig.«

»Gibst du mir deine Telefonnummer?«

Ich erstarrte. Er hatte nur Spaß gemacht mit seinen Annäherungsversuchen. Oder irrte ich mich? Machte er sich Hoffnungen, aus uns könnte mehr werden, obwohl ich ihm keinen Grund dafür gegeben hatte? Ich machte einen Schritt zurück, dann einen weiteren. »Hör zu, ich …«

»Ich habe keine Hintergedanken«, unterbrach er mich. »Offensichtlich hast du einen ähnlichen Schmerz zu tragen wie ich. Mir fehlt jemand, mit dem ich darüber reden kann, das ist alles.«

Ich musterte ihn. Er wirkte nicht, als wolle er mir an die Wäsche. Eher klein und unscheinbar. Doch das hatte Bernhard auch nicht getan, bevor er zum rachsüchtigen Stalker mutiert war. Da entdeckte ich Michael auf der untersten Treppenstufe. Seit wann war er da? Er starrte mich an, als wüsste er nicht, ob er mich begrüßen oder doch lieber weglaufen wollte. Ich nahm ihm die Entscheidung ab und ging auf ihn zu, erleichtert, dass ich nicht mehr allein mit dem Metal-Typ war.

»Überraschung«, sagte ich und hob den Kopf, um ihn zu küssen. In dem Moment drehte er sich zur Seite und meine Lippen landeten auf seiner kratzigen Wange.

»Das ist dein Freund?« Der Metal-Typ war neben mich gerollt und sah zu uns hoch.

»Ja. Das ist …«

»Michael, ich weiß.« Die beiden tauschten einen Blick aus, den ich nicht deuten konnte. »Dann ist das die Frau, um die du so ein Geheimnis gemacht hast. Du Glückspilz.«

»Ihr kennt euch?«

»Wir sind Brüder.«

Ich schaute von einem Gesicht ins andere. »Das ist dein Bruder?«, fragte ich an Michael gerichtet.

»Hundert Punkte für deinen scharfen Verstand. Ich heiße übrigens Simon.«

Ein Stein fiel mir vom Herzen. Wenn er Michaels Bruder war, konnte er kein schlechter Mensch sein. Ich beäugte seinen Rollstuhl. Das also hatte Michael mit »Behinderung« gemeint.

Michael umfasste meinen Oberarm und zog mich sanft zu sich. »Gehen wir?«

»Wenn Michi derjenige ist, mit dem du dich heute Abend triffst, könnten wir zu dritt etwas essen gehen. Was meinst du?« Simon richtete die Frage nur an mich. »Ich liege ihm seit Monaten in den Ohren, dass ich dich unbedingt kennenlernen möchte.«

»Wirklich?« Ich runzelte die Stirn. Wenn ich ihn unbedingt treffen wollte und es Simon genauso ging, warum hatte Michael es nie zugelassen?

Michaels Miene war wie versteinert. »Ich dachte, du hättest dich mit Freunden verabredet.«

»Was ist eine Verabredung mit Freunden, wenn ich deine Flamme kennenlernen kann?« Er betrachtete mich mit geneigtem Kopf.

Ich lächelte. »Ich würde gern mit dir essen gehen.«

»Wunderbar.« Simon wendete und rollte voraus über den Asphalt zum Lieferwagen.

Michael umfasste meine Taille und zog mich zu sich heran. »Wollen wir den Abend nicht lieber zu zweit verbringen? Du musst morgen früh aufstehen. Mein Bruder ist eine Quasselstrippe, so einfach wirst du den nicht los.«

»Das bekommen wir bestimmt hin.«

»Umständlich ist es auch. Wir fahren in die Stadt und er muss wieder nach Hause.«

»Lass uns in der Nähe was essen. Es macht mir nichts aus, wenn wir zuerst deinen Bruder nach Hause bringen und anschließend zu Mam fahren.«

»Aber …«

»Michael.« Ich nahm seine Hände in meine. »Ich möchte deinen Bruder seit einer Ewigkeit kennenlernen. Was spricht dagegen?«

Michael biss sich auf die Unterlippe und blickte zu Simon.

»Bitte.« Ich drückte seine Hände, schaute ihn unbeirrt an. Endlich nickte er. »Na gut. Aber lass dir von ihm keinen Alkohol aufschwatzen, sonst bist du morgen nicht fit.«

»Ich doch nicht.« Ich küsste ihn und wir liefen ebenfalls zum Lieferwagen.

Michael lud den Rollstuhl ein und half seinem Bruder auf den Vordersitz. Ich saß in der Mitte. Es war eng, aber der Platz reichte für drei Personen. Der Motor brummte und wir fuhren los.

Um diese Zeit das Dorf zu durchqueren, glich einer Geduldsprobe. Bei jeder Ampel fuhren wir ein winziges Stück, stoppten, setzten uns wieder in Bewegung, nur um direkt vor der Ampel wieder anzuhalten. Die Sonne brannte durch die Scheibe und die Luft wurde langsam stickig. Ich beobachtete Michael von der Seite. Er schien sich völlig auf den Straßenverkehr zu konzentrieren, doch ich kannte ihn besser. So verbissen und abweisend hatte ich ihn noch nie erlebt. Ich grub in meinen Erinnerungen. Hatte er mir nicht einmal erzählt, dass Simon ein Frauenheld sei? Vielleicht hatte er Michael die Freundin ausgespannt, weswegen er mich von ihm fernzuhalten versuchte? Das würde zu seiner komischen Reaktion passen, als er mich auf die Nachrichten von Charlotte angesprochen hatte. Ich blickte in den strahlend blauen Himmel und lächelte. Wenn ich mich am Abend zu ihm ins Bett schlich, würde ich ihm klarmachen, dass er keinen Grund hatte, eifersüchtig zu sein.

Wir parkten vor einem Landgasthof, ein ehemaliges Bauernhaus, das vor ein paar Jahren zu einem Restaurant umfunktioniert worden war. Nichts erinnerte mehr an die frühere Nutzung. Dort, wo die Tiere untergebracht waren, befand sich ein Bankettsaal mit Platz für über hundert Personen und im ehemaligen Wohnhaus die Gaststube. Michael lud den Rollstuhl aus. Simon rutschte vom Sitz und blieb auf einem Bein stehen.

»Du bist nicht gelähmt?«, fragte ich erstaunt.

»Nur einseitig.«

»Wieso läufst du nicht mit Krücken?«

»Mein Arm würde da nicht mitmachen.«

Wir ließen uns von der Bedienung an einen Tisch führen. Es war der letzte mit Platz für mehr als zwei Personen. Die Sonne stand so tief, dass selbst der Schirm über unseren Köpfen nichts dagegen ausrichten konnte. Michael und ich hatten sie im Rücken und Simon blendete sie mitten ins Gesicht. Blinzelnd hob er eine Hand und kräuselte dabei die Nase.

»Wissen Sie schon, was Sie essen möchten?« Eine junge Frau schaute uns erwartungsvoll an.

Ich begnügte mich mit einem Teller Pasta. Für den morgigen Lauf würde mir das Cordon Bleu mit Pommes, das sich Simon genehmigte, viel zu schwer im Magen liegen.

Die Kellnerin wandte sich an Michael. »Und Sie?«

Er starrte geistesabwesend in die Speisekarte und antwortete nicht. Erst, als ich ihn an der Schulter berührte, zuckte er zusammen und bestellte blind dasselbe wie ich. Die Kellnerin sammelte die Speisekarten ein und eilte in die Küche.

»Ich gehe kurz für große Jungs.« Simon manövrierte den Rollstuhl rückwärts. »Platz schaffen fürs Cordon Bleu.«

»Das hätte ich lieber nicht gewusst«, sagte ich.

Wir grinsten uns an und Simon rollte davon. Ich spürte Michaels Blick auf mir. Sofort erstarb mein Lächeln.

»Was ist los mit dir?«, fragte ich.

»Nichts.«

»Bist du etwa eifersüchtig?«

»Quatsch.« Er wandte den Blick auf eine Weise ab, die das Gegenteil bewies.

»Das musst du nicht.« Ich rückte näher zu ihm und legte meine Stirn an seine. »Wirklich nicht. Ich mag deinen Bruder. Das kannst du mir nicht übel nehmen, schließlich ist er mit dir verwandt.«

Meine Bemerkung entlockte ihm ein kurzes Lächeln, das sofort wieder verschwand. Simon kehrte zurück und machte einen Spaß nach dem anderen. Dabei rückte ich nicht von Michaels Seite, um zu zeigen, dass wir zusammengehörten und sich daran nichts ändern würde. Er lehnte sich schlaff im Stuhl zurück und nickte an den falschen Stellen. Was war mit ihm los?

Unsere Bestellung wurde gebracht. Ich stocherte in meiner Pasta herum. Michaels schlechte Laune legte sich über uns wie eine schwere Decke. Auch Simon merkte, dass etwas nicht stimmte. Krampfhaft versuchte er, ihn ins Gespräch mit einzubeziehen, was aber nicht funktionierte. Mittlerweile bereute ich es, Simon eingeladen zu haben. Natürlich wollte ich Michaels Bruder näher kennenlernen, aber nicht, wenn Michael sich dabei so unwohl fühlte.

»Langsam wird es sogar für mich zu heiß.« Simon krempelte einen Ärmel hoch und streckte den zweiten Michael entgegen. »Hilfst du mir?«

Mein Blick fiel sofort auf das Tattoo auf seinem Arm. Das Datum meines Unfalls.

»Wieso hast du das stechen lassen?«, fragte ich.

»Als Tribut an meinen zweiten Geburtstag.«

»Wie meinst du das?«

»Ich hatte einen Schlaganfall.«

Ich erinnerte mich an unsere erste Begegnung in der Reha. Seine linke Gesichtshälfte war wie erstarrt gewesen. »Jetzt hast du mir doch verraten, was mit dir los ist.«

»Wir gehen gerade miteinander aus, nur fürs Protokoll.« Er grinste.

Ich konnte mir sehr gut vorstellen, warum die Frauen ihm reihenweise erlagen. Er hatte dasselbe gewinnende Lächeln wie Michael.

»Es war wohl eine Spätfolge meines Motorradunfalls. Ich ärgere mich immer noch, wie fahrlässig ich mich verhalten habe. Ein Blutgerinnsel hat sich gebildet. Ich hatte schon geschlafen, als es sich löste und in mein Gehirn wanderte«, fuhr er fort. »Irgendwann bin ich aufgewacht und habe meine linke Körperhälfte nicht mehr gespürt. Beim Versuch aufzustehen, bin ich wie ein nasser Sack auf den Boden geplumpst. Ich konnte nicht einmal nach Hilfe schreien.«

»Das Gefühl kenne ich«, sagte ich und schluckte leer.

»Könnten wir das Thema wechseln?«

Simon ignorierte Michaels Bitte. »Michi hat mich gehört und sofort bemerkt, dass etwas nicht stimmte. Er hat mich gerettet.« Dankbar nickte er seinem Bruder zu.

»Das war selbstverständlich«, meinte Michael. »Aber jetzt …«

»Du hättest ihn sehen sollen. Wie ein Wilder ist er durch die Gegend gefahren, um mich ins Krankenhaus zu bringen. Er hat sogar ein Reh über den Haufen gefahren.«

Die Worte echoten in meinem Kopf, wieder und wieder. Das Datum. Die Strecke. Mir war heiß und kalt gleichzeitig. Mein Körper fühlte sich an, als wäre ihm alles Blut entwichen.

»Ein … Reh?«, fragte ich mit zittriger Stimme.

»Keine Angst, er hat es bei der Polizei gemeldet und die Buße bezahlt.«

Ein Reh. Von Michaels Wohnung gab es nur einen Weg ins Krankenhaus. Dieser führte über die Straße, auf der ich unterwegs gewesen war. Am selben Abend. Ich hielt die Luft an und musterte Michael. Nicht einmal mehr ansehen konnte er mich. Die Welt hörte auf, sich zu drehen. Die Stimmen der anderen Gäste gerieten in den Hintergrund und verwandelten sich in ein konstantes Pfeifen. Mein Blick schweifte zu Michaels Dienstwagen und wieder zurück zu ihm.

»Du«, flüsterte ich.

»Habe ich etwas Falsches gesagt?«, fragte Simon.

Ich ignorierte ihn und suchte in Michaels Gesicht nach einem Zeichen, dass ich mich irrte. Da war nur Schuld. Ich drehte den Kopf zur Seite. Die Pasta in meinem Magen wollte wieder hinaus. Ich schnellte empor, mein Stuhl fiel mit einem lauten Scheppern auf den Steinboden. Unfähig, einen klaren Gedanken zu fassen, stolperte ich von der Terrasse. Ich wollte nur weg von hier. Meine Beine wurden schneller. Fast automatisch bewegten sich meine Arme im Gleichtakt. Michael hatte mich im Graben liegen lassen. Er war schuld, dass ich mein Bein verloren hatte.

Kapitel 47

Mai

Ich schleppte mich die kurze Strecke vom Bahnhof durch die Berner Altstadt zu Mams Wohnung. Meine Beine fühlten sich an wie Gummi. Der Sprint war eine dumme Idee gewesen. Ich hätte zumindest die Prothese wechseln sollen. So vieles hätte ich tun sollen. Meine Kräfte für den morgigen Lauf sammeln. Meine Pasta aufessen und früh schlafen gehen. Nicht darauf bestehen, Michaels Bruder kennenzulernen. Wenn ich all das getan hätte, wüsste ich nicht, dass Michael mich in jener Nacht angefahren hatte.

Ich klingelte und Mam öffnete sofort.

»Ihr seid spät«, kommentierte sie ohne Begrüßung. Sie verstummte und schaute sich um. Sorgenfalten lagen auf ihrer Stirn. »Wo ist Michael?«

»Er kommt nicht.« Ich drückte mich an ihr vorbei in die Wohnung, den Kopf gesenkt, sodass sie mein verheultes Gesicht nicht sah.

»Und dein Gepäck?«

Ich antwortete nicht. Alles lag im Lieferwagen: die Energy Gels, die Laufkleidung und die Laufprothese. Ohne meine Ausrüstung konnte ich morgen nicht starten. Es war mir egal. Was hatte dieser Lauf überhaupt für eine Bedeutung?

Wenn Michael mich nicht angefahren hätte, wäre ich bei der Europameisterschaft gestartet und nicht bei einem regionalen Laufevent mit nur knapp sechzehn Kilometern Länge.

Ich verkroch mich in meinem ehemaligen Kinderzimmer. Mam hatte ein Bügelbrett neben meinen Schreibtisch gestellt und die Behälter fürs Weihnachtsgebäck türmten sich in meinem Büchergestell. Sonst war alles unverändert. Die Vorhänge flatterten im Durchzug, bis ich die Tür schloss. Ich war seit meinem Auszug nicht mehr in diesem Raum gewesen. Damals hatte Bernhard jeden Sonntag unten an der Straße gestanden und hochgestarrt, gierig darauf, einen Blick auf mich zu erhaschen. Ich setzte mich auf den abgesessenen Minnie-Mouse-Bürostuhl, dessen Lehne längst das Zeitliche gesegnet hatte, und legte den Kopf auf die Schreibtischplatte. Sie war warm. Schon immer war mein Zimmer auf der Südseite direkt unter dem Dach das wärmste gewesen. Nun war die Hitze noch weniger erträglich als im Hochsommer.

Es klopfte an der Zimmertür. Ohne abzuwarten, kam Mam hinein. Ich hätte abschließen sollen. Als ob mich das vor ihren Fragen bewahrt hätte. Fragen, deren Antwort ich selber nicht wusste.

Was ist passiert?
Habt ihr euch gestritten?
Wie geht es jetzt weiter?

Zu meiner Verwunderung stellte Mam keine. Stattdessen lehnte sie sich ans Bügelbrett und sagte: »Du hast diesen Ausdruck im Gesicht.«

»Was für einen Ausdruck?«

»Diese Traurigkeit, die nach dem Unfall für lange Zeit in dein Gesicht einbetoniert war. Jetzt ist sie wieder da.«

War ich traurig? Ich wusste es nicht. Mein Gefühlswirr-warr ließ sich nicht in eine Schublade stecken. Vielleicht war es Traurigkeit. Vermischt mit Enttäuschung, Fassungslosig-keit, Wut. Alles auf einmal.

Es klingelte.

»Ich will nicht mit ihm sprechen«, sagte ich in der festen Überzeugung, dass Michael vor der Tür stand.

Mam nickte viel wissend, obwohl sie keine Ahnung hat-te. Ich lauschte, wagte es kaum zu atmen, als sie öffnete. Hören konnte ich nur Mams hohe Stimme. Vielleicht hatte jemand anderes geklingelt. Es wurde still und die Haustür fiel ins Schloss. Das Brummen eines Motors drang durchs geschlossene Fenster. Ich hätte hinausschauen können. Doch ich bewegte mich nicht von der Stelle. Die Dachschrägen rückten näher und näher, engten mich ein. Mam war wieder ins Zimmer gekommen. Ich bemerkte es am Lufthauch, der durch das gekippte Fenster über meinen Rücken strich.

»Michael hat das für dich abgegeben.«

Träge hob ich den Kopf und entdeckte meine Sporttasche.

»Also, was ist passiert?«

Ich wandte mich von ihr ab und vergrub das Gesicht in der Armbeuge. Schlafen. Ich wollte einfach nur in einem langen, traumlosen Schlaf versinken und vergessen.

»Jennifer …«

»Ich will wirklich nicht darüber sprechen.«

»Manchmal bewirkt es Wunder, wenn man sich jemandem anvertraut.« Sie legte ihre warme Hand auf meine Schulter. »Wir könnten zusammen essen. Im Kühlschrank …«

»Bitte lass mich einfach allein!« Mein Ausruf klang in mei-nen Ohren nach. Mam betrachtete mich eingehend, bis ich den Blick abwandte.

»Ich weiß nicht, was passiert ist. Aber ich bin mir sicher, dass morgen, wenn du dich ausgeruht hast, alles nur halb so wild sein wird.« Sie schloss die Tür hinter sich und ließ mich mit meinen Gedanken allein. Ich wünschte, sie hätte dieses eine Mal recht.

Drei Stunden Schlaf waren mir vergönnt gewesen, den Rest der Nacht hatte ich wach gelegen und die gestrige Szene im Restaurant immer wieder durchgespielt. Mein Kopf war Karussell gefahren, schneller und schneller, und ich hatte vergeblich versucht, auszusteigen. Mittlerweile war mir so schwindlig, dass ich nicht mehr darüber nachdenken konnte, was vorgefallen war. Vielleicht war es besser so. Denn wenn ich mich im Detail daran erinnern würde, hätte ich keine Chance, den Tag zu überstehen. Mit mechanischen Bewegungen räumte ich den Inhalt meiner Sporttasche aus und legte alles aufs Parkett. Die Leggins, daneben Sport-BH und T-Shirt, eine Trinkflasche aus Plastik, drei Portionen Energy Gel und die Laufprothese. Mein Blick blieb beim Laufschuh hängen. Der linke. Den rechten hatte ich nicht eingepackt. Wozu auch? Ich hätte ihn wegwerfen können, denn mein Unterschenkel würde nicht nachwachsen. Er war weg. Unabänderlich. Schuld daran war Michael.

Da waren sie wieder, die Gedanken, die mich wach gehalten hatten. Dieselbe Kälte wie an jenem Abend kroch langsam und quälend in mich. Ich lag im Dreck, sah die Umrisse des Autos oben an der Böschung und den Scheinwerfer, der weit in die Dunkelheit leuchtete. Ich kniff die Augen zusammen, versuchte, im Schwarz des Fahrzeugs ein Gesicht auszumachen. Das Gesicht von jenem Mann, dem ich vertraut hatte. Vor meinen Augen verschwamm alles zu einem grauen Einheitsbrei. Ein Motor heulte auf. Das Licht verschwand und ließ mich in völliger Dunkelheit zurück. Mein Michael hätte das nicht getan. Er hätte niemanden im Graben liegen lassen. Und doch gab es keinen Zweifel. Keine Entschuldigung. Keine Erklärung. Das war nicht nötig gewesen, seine Wortlosigkeit hatte Bände gesprochen. Jene Art von Müdigkeit lag in meinen Gliedern, die sich nicht mit Einlaufen wegwischen ließ. Ich war nicht nur körperlich, sondern auch mental völlig erledigt, vollkommen außerstande, diesen Lauf zu absolvieren.

Es klopfte. Ohne abzuwarten, öffnete Mam die Tür. Sie trug das rote Bleistiftkostüm, das sie sonst nur zu festlichen Anlässen aus dem Schrank nahm. Es war so unpassend für den Lauf, dass ich lauthals losgelacht hätte, wenn mir nicht zum Weinen zumute gewesen wäre.

»Kommst du runter? Es gibt Birchermüsli mit Banane.«

Resigniert ließ ich die Schultern hängen. »Ich gehe nicht hin.«

Mam hob die Augenbrauen und ihre Brille rutschte ein Stück die Nase hinunter. »Wie, du gehst nicht hin?«

»Ich werde nicht starten.«

»Warum?«

»Es geht einfach nicht.«

Mam setzte sich neben mich aufs Bett. Sie nahm meine Hände in ihre und wartete so lange, bis ich sie anschaute. Dann sagte sie mit Nachdruck: »Und ob du starten wirst.«

Ich hob die Augenbrauen, genau wie sie vorhin. »Warum solltest du das wollen? Du warst immer die Erste, die mir vom Laufen abriet.«

»Das war einmal.« Mam winkte ab. »In den Monaten nach dem Unfall warst du unausstehlich. Du hast dein Haus kaum verlassen und mich, wenn ich dich besuchte, wegen Kleinigkeiten angeschrien. Kaum hast du dich entschieden, wieder zu laufen, wurdest du zu der Jennifer, die ich kenne. Laufen macht dich glücklich, das habe ich mittlerweile begriffen.«

»Ja, aber …«

Sie ließ mich nicht zu Wort kommen. »Ich weiß nicht, was zwischen dir und Michael vorgefallen ist. Nur, dass nichts auf der Welt dich dazu bringen sollte, jetzt alles hinzuwerfen.«

»Mam, ich …«

»Keine Widerrede.« Sie redete im selben Tonfall mit mir wie damals, als ich noch ein kleines Kind war. Ihre Augenbrauen verengten sich und sie schaute mich über den Rand ihrer Brille so eindringlich an, dass ich ihr nicht widersprechen konnte. »Und jetzt isst du etwas Anständiges, bevor wir losfahren.«

Bern zeigte sich von seiner schönsten Seite. Die Aare glitzerte in der Morgensonne, Tauben pickten Brotkrümel vom Boden und gurrten, als wären sie aufgeregt über den baldigen Start des Laufes. In der Altstadt reihte sich ein Stand an den nächsten und dazwischen tummelten sich die Menschen. Beim Anblick der Torten im Schaufenster einer Konditorei wurde mir schlecht. Das Birchermüsli rebellierte in meinem Magen und der Schaft drückte sich ungewohnt in meine Haut. Mam schob mich weiter, nahm mit mir die Tram bis ins Wankdorf, wo sich alle Läufer versammelten. Vor lauter Menschen fiel es mir schwer, mich zu orientieren. Wo war mein Startbereich? Ich war in Block acht eingeteilt. Das Tempo in dieser Gruppe würde ich in meinem Zustand nicht halten können.

Ich quetschte mich weiter durch die Menschenmassen. Ein paar Läufer drehten sich nach mir um. Wahrscheinlich erkannten sie mich. Sobald ich hinschaute, wandten sie sich schnell wieder ab. Niemand wagte es, mich anzusprechen. Obwohl Mam direkt neben mir ging, verschluckte mich die Anonymität der anderen.

In fünf Minuten war ich an der Reihe. Ich mischte mich unter das Gewirr bunter Laufshirtträger und trippelte sanft auf der Stelle. Neben mir streckte jemand im Bärenkostüm die Tatzen in die Luft. Ich schloss die Augen und versuchte, alle Gedanken zu verbannen und mich nur auf den bevorstehenden Lauf zu konzentrieren. Den allerersten nach meinem Unfall. So sehr hatte ich mich darauf gefreut, und nun? Von der Freude war nichts übrig geblieben. Das Startsignal ertönte und ich lief los, weil es alle anderen taten. Im Gedränge wurde ich förmlich vorwärts geschoben, bis es beim Aargauerstalden steil bergab ging. Beim Gedanken, am Schluss wieder da hochrennen zu müssen, wurde mir ganz anders. Nie würde ich das schaffen. In der Altstadt kam ich nur schleppend vorwärts, als ob jemand hinter mir stünde und mich festhielte. Der Jubel der Zuschauer klang wie Gespött. Jenni, die ehemalige Profiläuferin, nur noch ein Schatten ihrer selbst. Nicht einmal die sechzehn Kilometer des Grand Prix von Bern schaffte sie. Ich war mir der Prothese an der Stelle des rechten Unterschenkels schmerzhaft bewusst. Bei meinem letzten offiziellen Lauf hatte ich noch beide Beine gehabt. Warum machte ich das hier überhaupt? Warum war ich, nachdem Mam mich förmlich aufs Startfeld geschoben hatte und gegangen war, nicht einfach in die nächste Tram gestiegen und nach Hause gefahren?

Mit Mühe schaffte ich es bis zum Waldabschnitt. Meine Beine wurden schwerer und schwerer. Links und rechts überholten mich die anderen Läufer. Schuhe trommelten dumpf auf dem Waldboden und verschluckten das Geräusch meiner eigenen Schritte. Ich ballte die Hände zu Fäusten. Was, wenn Michael ausgestiegen wäre und mich mitgenommen hätte? Hätten die Ärzte mein Bein retten können? Die Tränen brannten in meinen Augen. Sie sammelten sich und flossen warm über meine Wangen. Die Menschen vor mir verschwammen. Ich steuerte auf den Wegrand zu und kam zum Stillstand. Schwer atmend stützte ich mich auf den Knien ab und fröstelte.

Erinnerungen schwirrten in meinem Kopf herum, jede wie tausend lästige Fliegen. Da war Michael neben mir auf der Brücke. Ich spürte wieder seine Kraft, als er mich auf die andere Seite des Geländers zog. Michael, der mir einen Zettel mit seiner Nummer entgegenschob und sich vehement weigerte, weiter die Post zu verteilen, bevor er mich nicht in Sicherheit wusste. Die Karte, die er mir geschickt hatte und mich ermutigen sollte, wieder zu laufen, nachdem er anscheinend in einem Zeitungsartikel von meinem Unfall gelesen hatte. Lügner! Auf einmal war mir klar, warum Michael nie Fragen gestellt hatte. Ich dachte, er wollte rücksichtsvoll sein und mir den Raum lassen, selbst zu entscheiden, wann ich über den Unfall reden wollte. Dabei hatte er alles gewusst. Die ganze Zeit. Er hatte vorgegeben, mir helfen zu wollen, sich für mich verantwortlich zu fühlen. Hatte er es nur getan, damit sein Gewissen weniger schwer auf seinen Schultern lastete? Hatte er wieder gutmachen wollen, was er zuvor zerstört hatte? War es gar keine Liebe gewesen? Unser Gespräch über Charlotte erschien in einem ganz anderen Licht.

Nicht mehr rot vor Eifersucht, sondern schwarz vor Angst, er könnte auffliegen.

»Was machst du da?« Die Stimme klang empört und sogar ein bisschen wütend.

Ich schaute auf und traute meinen Augen kaum. Die blonden Locken. Das elfenhafte Gesicht. »Charlotte?«

»Lauf sofort weiter!« Sie trug eine kurze Hose, die ihre Oberschenkelprothese zur Schau stellte.

»Was machst du hier?«

»Ich wollte dich anfeuern. Aber nun sieht es eher aus, als müsste ich dir Feuer unter dem Hintern machen.« Sie lächelte schwach.

»Ich kann nicht.« Ich senkte den Blick wieder. Die Müdigkeit drückte mich zu Boden.

»Natürlich kannst du. Weißt du noch, als du in der Reha nicht daran geglaubt hast, dass sich alles fügen würde? Schau dich jetzt an.«

Ich erinnerte mich schmerzhaft an die Zeit im Bett, als ich vor lauter Morphium so benebelt gewesen war, dass ich fast nur geschlafen hatte. An meine ersten Schritte am Barren und das übermächtige Gefühl, dass mein Leben nie wieder so wäre wie zuvor.

»Du bist schon in der Hälfte, Jenni. Gib jetzt nicht auf«, beschwor Charlotte mich und zog mich hoch.

Mit der aufrechten Haltung zirkulierte das Blut wieder freier durch meinen Körper. In meinen Beinen kribbelte es. Ich ließ dem Gedanken Zeit, sich in mir auszubreiten und mich vollkommen einzunehmen. Was wäre ich für ein Mensch, wenn ich die letzten Monate nicht hätte durchstehen müssen? Wäre ich mit beiden Beinen glücklicher? Mein Leben war nicht mehr dasselbe. Ich war nicht mehr dieselbe. Die verbissene Profiläuferin Jennifer Goldmann, die um jeden Preis gewinnen wollte, gab es nicht mehr. Das Laufen aber war wieder ein Teil von mir. Ich war hier, am Grand Prix von Bern, und lief, obwohl es schien, als hätte sich die ganze Welt gegen mich gerichtet. Ich konnte alles erreichen, was ich mir vornahm.

»Du hast recht«, flüsterte ich und die Tränen stiegen wieder in meine Augen, dieses Mal vor Glück. »Ich kann es schaffen.«

»Natürlich habe ich recht. Und jetzt lauf weiter. Du darfst nicht aufgeben. Nie.«

Mit dem Handrücken wischte ich die Tränen weg und nickte.

»Wir sehen uns im Ziel.«

Ich setzte mich wieder in Bewegung und schaute nicht mehr zurück. Der Abstand zwischen mir und meinen Mitstreitern wurde kleiner, bis ich mit der Masse verschmolz. Mein Herz pumpte Sauerstoff in jede meiner Körperzellen. Allein ich hatte es in der Hand, wie dieser Lauf enden würde.

Nach und nach wurde ich leichter. Der ganze Ballast, den ich an den Start geschleppt hatte, fiel von mir ab. Beflügelt von der Erkenntnis beschleunigte ich und fokussierte mich auf das Geräusch meiner Prothese. Bei jeden zweiten Schritt berührte sie kurz den Boden, um gleich wieder hochzuschnellen. Ich schwang meine Arme im Gleichtakt abwechselnd nach vorn und fand meinen Rhythmus. Drei Schritte, einatmen, drei Schritte, ausatmen. Grüne Parkflächen zogen an mir vorbei. Die Strecke durch die Stadt wechselte zwischen Anstieg und flachen Abschnitten. Ich lief durchs Kirchenfeldquartier, dann die Aare entlang. Meine

Füße trugen mich weiter und weiter, die Altstadt hinunter. Ich rannte und war frei.

Auf den letzten Kilometern griff ich auf meine Energiereserven zurück. Ich überholte ein Dutzend andere Läufer. Es war nicht mehr weit bis ins Ziel. Die Zuschauer am Wegrand wurden zahlreicher und euphorischer. Sie feuerten mich und die anderen Läufer an. Ich rannte aus dem Schatten der Gebäude und nahm die letzte Steigung in Angriff. Genau die, bei der ich dachte, ich käme nicht mehr hoch. Meine Oberschenkel brannten und ich genoss das Gefühl auf den letzten Metern. Zu wissen, dass es bald geschafft war und ich meine ganze Energie in diesen letzten Sprint legen durfte. In dem Moment spürte ich den Unterschied nicht. Ich konnte nicht sagen, ob mein Bein tatsächlich weg war oder ob ich alles nur geträumt hatte. Meine Prothese war kein Fremdkörper mehr. Sie war zu einem Teil von mir geworden.

Kapitel 48

Mai

Nach dem Lauf war ich fix und fertig. Ich sank auf den Boden und presste eine Hand in meine stechende Seite. Mein Blick schweifte durch die Menge. Da entdeckte ich Mams rotes Kostüm im Publikum. Nicht nur sie war da: Rohner und Doris strahlten um die Wette und winkten mir zu. Ich rappelte mich auf und lief zu ihnen. Mam nahm mich in den Arm und drückte mich.

»Ich bin so stolz auf dich.« Sie löste sich von mir und hielt mich eine Armbreite von sich weg, um mich anzuschauen.

»Große Klasse, Jenni.« Rohner klopfte mit seiner Pranke so fest auf meinen Rücken, dass ich husten musste.

Doris reichte mir meinen Beutel. »Zieh dich mal um, sonst wirst du noch krank.«

Ich setzte mich auf eine Bank. Schnell wechselte ich das T-Shirt, schlüpfte in meine Trainingsjacke und zog den Reißverschluss bis oben zu. Dann tauschte ich die Laufprothese gegen die Alltagsprothese. Dabei schaute ich immer wieder auf. In der euphorischen Stimmung im Ziel nahm es kaum jemand zur Kenntnis. Doris hakte sich bei mir unter und wir bahnten uns einen Weg durch die Menge zu den Essensständen. Ein Tisch wurde gerade frei. Ich reservierte ihn und schaute den anderen drei nach, die sich in die unendlich lange Schlange vor dem Pastastand einreihten.

»Toller Lauf«, sagte eine Stimme neben mir.

Ich blickte auf. Charlotte schwang ihr Prothesenbein über die Bank und setzte sich rittlings darauf.

»Wie bist du so schnell hierher gekommen?«

»Mit dem Fahrrad.« Sie zuckte mit den Schultern, als wäre es selbstverständlich, dass sie mit einer Oberschenkelprothese Rad fuhr.

Ich schüttelte den Kopf. »Du bist echt unglaublich.«

»Du bist unglaublich, Jennifer.«

»Danke, dass du hier bist.«

»Ich danke dir, dass du mir geschrieben hast. Stundenlang habe ich dich im Internet gesucht. Du bist echt gut darin, nicht auffindbar zu sein.«

Ich stutzte. »Ich habe dir nicht geschrieben.«

»Hast du doch.«

Ich schüttelte den Kopf, woraufhin sie ihr Handy hervorholte und mir den Chatverlauf zeigte. Ich scrollte ganz nach oben, bis zur ersten Nachricht. *Hey, ich bin's, Jennifer,* stand da.

»Unmöglich«, murmelte ich. Woher sollte Charlotte … Augenblicklich hielt ich inne. Der Zettel mit ihrer Telefonnummer. Er musste aus der Hose in die Sporttasche gefallen sein. Jene Sporttasche, die Bernhard gestohlen hatte. Wahrscheinlich hatte er wissen wollen, wer Charlie war. Ich las weiter. Bernhard erfand Antworten und stellte Gegenfragen, um das Gespräch am Laufen zu halten. Ganz subtil hatte er es geschafft, herauszufinden, dass Charlotte bisher noch keinen Kontakt mit mir gehabt hatte. Seine Eifersucht sprühte mir aus jeder Zeile entgegen. Hatte er geglaubt, sie sei ein

Mann? Sie hatten auch über den Grand Prix gesprochen und dass ich daran teilnehmen würde. Doch als Charlotte schrieb, sie würde auch kommen, hatte Bernhard nicht mehr geantwortet.

»Das bin nicht ich«, sagte ich und erzählte ihr die ganze Geschichte.

Charlotte starrte mich mit offenem Mund an, völlig schockiert. »Wow, ich … Das tut mir leid. Wenn ich gewusst hätte, welche Schwierigkeiten ich dir damit bereite, dir meine Telefonnummer …«

»Das konntest du nicht wissen, also mach dir keine Gedanken darüber.«

»Ich habe mich ab und zu gewundert, warum du nie telefonieren wolltest. Na ja, eigentlich mehr darüber, warum du plötzlich so freundlich warst.«

»He!« Ich gab ihr einen Schubser und sie kicherte.

Die anderen kamen zurück. Wir aßen, lachten und stießen mit Wasser auf den Lauf an. Rohner gab ein paar Anekdoten aus seinem Berufsalltag zum Besten und Doris hing an seinen Lippen, als würden jeden Moment Blätterteigtaschen hinaussprudeln. Ich stützte das Gesicht in die Hände, schloss ab und zu die Augen und spürte der Wärme der Sonne nach. Charlotte, Rohner, Doris und Mam, alle mit mir an einem Tisch. Da war ein ganzes Netz von Menschen, die mich unterstützten. Ich war nicht allein, war es noch nie gewesen.

Jemand klopfte auf meine Schulter, so zögerlich, dass ich es fast nicht bemerkt hätte. *Michael,* schoss es mir durch den Kopf. Er war gekommen. Mein Herz fand sich in der Magengrube wieder. Ich hielt den Atem an und drehte mich langsam um.

»Du bist Jenni, nicht?« Das Gesicht zur rauen Stimme, nur wenige Zentimeter von meinem entfernt, kannte ich nicht. Mein Herz sackte noch weiter ab und landete neben meinen Füßen. Langsam nickte ich.

»Ich habe beim Crowdfunding für dich gespendet. Es freut mich zu sehen, dass es geklappt hat mit der Laufprothese.« Der Mann vor mir streckte den Daumen in die Luft.

»D-danke.« Ich rang mir ein Lächeln ab.

»Weiter so.« Er hob die Hand, wollte mir offenbar auf die Schulter klopfen, überlegte es sich aber im letzten Moment anders und winkte nur. Lange starrte ich ihm nach, bis Doris mich in ein Gespräch verwickelte. Ich war nicht mehr bei der Sache. Mein Blick schweifte regelmäßig ab, suchte nach einem Gesicht, das nicht hier war. Ich sah Stefanie in der Ferne, Philipp an ihrer Seite. Nur Michael fehlte. Eine Trägheit breitete sich in meinen Muskeln aus und plötzlich kostete es mich unglaublich viel Kraft, bloß an diesem Tisch zu sitzen. Die anderen Läufer feierten ausgelassen, ließen sich gratis massieren oder betranken sich. Ich hingegen wollte nur nach Hause.

Ich schaute den Regentropfen zu, wie sie ans Wohnzimmerfenster prasselten und in schmalen Bahnen die Scheibe hinabliefen. Sie blieben nie lange an einer Stelle. Selbst das Wasser bewegte sich im ewigen Kreislauf des Lebens. Nur ich war seit dem Lauf stehen geblieben. Michael meldete sich nicht. Und ich mich auch nicht. Er musste von sich aus zu mir kommen und sich erklären, das war das Mindeste. Wenn ich ihm jemals etwas bedeutet hatte, würde er es tun.

Aber die Tage vergingen, ohne dass er mich kontaktierte. Keine Handynachricht, kein Brief, kein Besuch.

Die Wände rückten näher und wollten mich erdrücken. Ich schlug die Gardine zurück und betrachtete die Auffahrt zum Haus. Der Boden war so gesättigt vom Regen, dass das Wasser auf die Straße lief und die Fahrzeuge beim Vorbeifahren meterhohe Fontänen erzeugten. Vielleicht war es Zeit, mich wie die Regentropfen an der Scheibe weiter treiben zu lassen und zu hoffen, dass ich mich irgendwann aufraffen würde und weitermachen konnte. Ich hatte es schon einmal geschafft und ich würde es ein zweites Mal tun, ohne Michael.

Ein gelber Lieferwagen bog in die Auffahrt ein. Ich umklammerte die Gardine fester. Kam er nur, um die Post auszuliefern, oder doch, um mit mir zu sprechen? Das Fahrzeug hielt an. Ich starrte angestrengt hinaus. Der Regen trübte die Sicht und verwehrte mir den Blick auf Michael. Die Tür ging auf und er stieg aus. Schnell trat ich zurück, sodass er mich nicht sehen konnte. Das Blut in meinen Ohren rauschte lauter als das Prasseln der Tropfen an der Fensterscheibe. Nicht einmal die Klappe des Briefkastens hörte ich. Auch das Klingeln blieb aus. Er hatte nicht geklingelt. Er würde nicht klingeln. Aus einem Impuls heraus stürzte ich nach draußen.

»Hey!«, rief ich gegen den Regen an.

Er drehte sich um, ein irritierter Ausdruck im Gesicht. Ich starrte ihn nur an. Das war nicht Michael. Etwas in mir fiel ganz tief und riss mich mit sich. Der unbekannte Postbote zuckte mit den Schultern, stieg wieder ins trockene Innere und rauschte davon. Hatte Michael die Route getauscht, um mir nicht mehr über den Weg zu laufen? Oder war er untergetaucht, weil er dachte, ich würde ihn bei der Polizei verpfeifen? Was für ein Feigling! Der scharfe Schmerz in meiner Brust zeigte mir deutlich, was ich schon länger geahnt hatte: dass Michael sich weder erklärte noch entschuldigte, traf mich mehr als seine Fahrerflucht.

»Warum machst du so ein Gesicht?« Doris musterte mich kritisch. »Bist du etwa traurig, weil du beim Grand Prix nicht gewonnen hast?«

»Natürlich nicht.« Ich versuchte zu lächeln, aber es gelang mir nicht.

»Was dann? Raus mit der Sprache.«

»Es gibt nichts zu erzählen.« Ich legte zwei Stück Schinken und eine Tomatenscheibe aufs Brot und klappte es zu. Dasselbe würde ich mit den zehn weiteren Broten vor mir tun.

»Ich finde es bestimmt raus, glaub mir.« Doris wandte sich an den nächsten Kunden und gewährte mir dadurch eine Verschnaufpause.

»Zwei Donuts zum sofort Essen, bitte.«

Ich schaute über die Schulter. Fast hätte ich ihn übersehen. Simons Kopf lugte zwischen den Sandwiches in der Vitrine hervor.

»Und ein paar Minuten mit Jennifer«, ergänzte er, als sich unsere Blicke begegneten.

»Ist der zweite Donut für mich?«, fragte ich.

»Du sollst die mögen, sagt man.« Er rollte zu einem der Tische. Ich zog die Handschuhe aus und folgte ihm mit den Donuts, dankbar, Doris für einen Moment zu entkommen. Wobei ich mir nicht sicher war, ob ich hören wollte, was Simon zu sagen hatte.

»Du siehst furchtbar aus«, sagte er geradeheraus.

»Bisher hast du dich nie über mein Aussehen beschwert.«

»Da hattest du mehr Farbe im Gesicht.« Er zeigte auf die Partie unter meinen Augen. »Und die Tränensäcke reichten dir nicht bis zu den Wangenknochen.«

»Bist du gekommen, um mich zu beleidigen?« Ich wischte meine Schürze glatt und versuchte, meinen Ärger im Zaum zu halten.

»Sonst hast du mehr Sinn für Humor«, schmollte er.

Statt zu antworten, nahm ich einen Donut und biss hinein.

»Michi geht es viel schlechter als dir, immerhin arbeitest du noch.«

Ich horchte auf. »Er nicht?«

»Seit du aus dem Restaurant abgehauen bist, hat er sein Zimmer nur noch für den Gang zur Toilette verlassen.«

Ich wälzte den Teig im Mund hin und her und schluckte ihn widerwillig.

»Ich werde das Gefühl nicht los, dass es meine Schuld ist.« Simon fixierte einen Punkt auf dem Boden. Seine Fransen bedeckten seine Augen vollständig. »Wenn ich gewusst hätte, wie sehr du Tiere magst, hätte ich das mit dem Reh nicht erzählt.«

Prüfend musterte ich ihn. Machte er sich über mich lustig? Er grinste nicht und auch sonst wies nichts darauf hin, dass er mich veräppelte. Er wusste wirklich nicht, was an jenem Abend passiert war.

»Nichts ist deine Schuld.«

»Warum habe ich das Gefühl, ich müsste es wieder geradebiegen?«

»Weil du dich in Dinge einmischst, die dich nichts angehen?«

»Es geht mich sehr wohl etwas an, wenn ich den ganzen Haushalt allein machen muss.« Er grinste kurz und wurde schnell wieder ernst. »Bitte verzeih ihm.«

»Das ist nicht so einfach.«

»Natürlich ist es das. Du hast seine Nummer. Ruf ihn an.«

»Warum ruft er mich nicht an?«

»Er glaubt, du willst nichts mehr mit ihm zu tun haben. Ich hielt das für einen schlechten Scherz. Natürlich ist es traurig, dass ein Reh sterben musste, aber so engstirnig kannst du doch nicht sein, dass du ihn deswegen verlässt. Ihr liebt euch doch.«

Ich hatte das seltsame Bedürfnis, laut loszulachen und gleichzeitig zu heulen. Mit aller Kraft versuchte ich, beides unter Kontrolle zu halten.

Simon legte den Kopf schief. »Rufst du ihn an?«

»Nein«, sagte ich mit fester Stimme. »Das ist seine Aufgabe.«

»Komm schon. Einer von euch muss den ersten Schritt machen. Wenn es Michi nicht schafft, dann du. Ich habe ihn noch nie so glücklich erlebt wie in den letzten Monaten und noch nie so unglücklich wie in den letzten beiden Wochen. Du bist der Grund für beide Extreme. Ihr gehört zusammen.«

»Du bist ziemlich hartnäckig.«

»Das muss ich, mit euch zwei Dickköpfen.«

»Ich überlege es mir. Zufrieden?«

»Nein, ich werde nochmals mit Michael sprechen. Dann wieder mit dir. Wenn das nichts bringt, wieder mit Michael und so weiter, bis ihr miteinander redet.« Er lächelte und ich erkannte Michael in seinen Gesichtszügen. Ein Stachel bohrte sich in meine Brust und blieb. Der Schmerz strahlte aus, in meinen Kopf, meine Arme und Beine. Er war überall.

»Ist das alles?«

»Ich wollte dir etwas zeigen.« Er schob den Rollstuhl ein paar Zentimeter nach hinten, stand auf und hielt sich ohne Hilfe auf den Beinen. Nach ein paar Sekunden fing er an zu zittern und plumpste in den Stuhl zurück.

»Simon, das ist …«

»Fantastisch, nicht?« Er grinste.

»Ja.«

»Bald kann ich wieder laufen. Wenn du Michi bis dahin nicht verziehen hast, mache ich dir vielleicht den Hof.« Simon nickte mir zum Abschied zu. Sein Donut lag unangetastet auf dem Teller.

Kapitel 49

Mai

Soeben hatte ich die Laufprothese angezogen und den Schuh geschnürt, da klingelte es. Mein Blick schnellte zur Tür und ich erstarrte. Mein Verstand ordnete die Umrisse im Milchglas sofort ein. Da war er, Michael, mit einem Paket unter dem Arm. Ich wandte den Blick nicht ab, wohl wissend, dass er mich am Fuß der Treppe ebenfalls sehen konnte. Nochmals klingelte er, behielt den Finger etwas länger auf dem Knopf. Ich saß weiter unbeweglich da. In meinem Kopf wühlte ich nach einer Erinnerung, ob ich etwas bestellt hatte. Doch das hatte ich nicht.

War er tatsächlich meinetwegen hier? Wollte er mit mir reden?

Ein weiteres Mal ertönte die Klingel, kurz und abgehackt. In der Zeit ohne Michael hatte ich alle möglichen Gefühle mehrfach erlebt: Wut, Trauer, Hoffnung, dann wieder Enttäuschung. Nun war ich völlig überfordert, wusste nicht, wie ich reagieren sollte. Wie wäre es mit hier sitzen bleiben und ihn wieder gehen lassen? Oder öffnen und zuhören, was er mir zu sagen hatte? Ich blickte auf meine feuchten Hände und wieder zum Milchglas, aber der Schatten war verschwunden. Augenblicklich schoss ich hoch und riss die

Tür auf. Michael drehte sich auf der Stelle um. Als ich in sein Gesicht blickte, erschrak ich. Nicht nur das, sondern sein ganzer Körper, von der nach vorn gebeugten Haltung über die hängenden Schultern, strahlte tiefste Traurigkeit aus. Was hatte ich erwartet? Dass er mir freudestrahlend um den Hals fiel?

Um uns herum vibrierte die Luft förmlich vor Anspannung, drang in meinen Körper, ja, sogar in mein Herz. Aus drei Metern Entfernung schauten wir uns stumm an, fast wie damals, als wir uns vor dem Café getroffen hatten. Wie zwei unbeschriebene Blatt Papier hatten wir voreinander gestanden, gespannt darauf, was sich hinter der Hülle des anderen verbarg. Der Gedanke daran trieb mir die Tränen in die Augen. Wie hatte ich mich so von ihm blenden lassen können? Ich ballte die Hände zu Fäusten. Nein, ich würde jetzt auf keinen Fall weinen.

Mit zögerlichen Schritten kam er auf mich zu und blieb mit ungewohnt großem Abstand vor mir stehen. Dennoch reichte die Nähe, damit meine Knie weich wurden. Er war hier, war doch noch gekommen. Am liebsten hätte ich ihn an mich gedrückt und ihn gleichzeitig weggestoßen, ihn angeschrien: *Warum hast du alles kaputt gemacht?*

»Ich habe nichts bestellt«, sagte ich stattdessen leise und deutete auf das Paket.

»Ich weiß. Da ist nichts drin.« Der vertraute Klang seiner Stimme holte eine weitere Erinnerung hervor. Wie wir eng umschlungen in seinem Bett lagen und ich glaubte, ich würde gleich platzen vor Glück. Und jetzt? War die Erinnerung tatsächlich das Einzige, was mir davon geblieben war?

»Darf ich reinkommen?«, fragte er unsicher und zog den Kopf ein, als würde er mit einem Nein rechnen.

Wieder rang ich mit mir, wollte ihm die Tür vor der Nase zuknallen und ihn im nächsten Moment ins Haus zerren und abschließen, damit er für immer bei mir blieb. Es war, als würde eine unsichtbare Kraft mich zur Seite ziehen und ihn reinlassen. Genauso zögerlich, wie er zuvor gefragt hatte, schlüpfte er an mir vorbei, die Arme eng an den Körper gedrückt, damit er mich ja nicht berührte. Zumindest kam es mir so vor. Ich bat ihn nicht darum, sich zu setzen, bot ihm auch keinen Tee an. Stattdessen wartete ich. Auf eine Entschuldigung. Eine Schuldzuweisung. Alles war besser als die Funkstille, die in den letzten Tagen zwischen uns geherrscht hatte.

Michael räusperte sich, als hätte sich etwas in seinem Hals festgesetzt, das die Worte in ihm gefangen hielt. Die Locken fielen ihm vor die Augen, den Blick hatte er auf den Boden gerichtet.

»Ich dachte, mein Bruder würde sterben«, sagte er endlich mit kratziger Stimme. »An dem Abend war ich nicht in der Lage, klar zu denken. Nicht einmal auf die Idee, den Notruf zu wählen, bin ich gekommen. Wir mussten ins Krankenhaus, so schnell wie möglich. Dass ich dich …«

Ich schnappte nach Luft. Ungefragt tauchten die Bilder vor meinen Augen auf. Die Dunkelheit. Das Scheinwerferlicht. Die Gestalt im Wagen. Nun hatte sie ein Gesicht. Es war nur eine Armlänge von meinem entfernt. Eine Tränenspur klebte an Michaels Wange. Sein Kopf schien ein Stück weiter zwischen seine Schultern zu sinken. »Das wollte ich nicht.« Seine Zerrissenheit war nahezu greifbar und die Reue hing an jedem seiner Worte.

»Dachtest du wirklich, ich wäre ein Reh?« Meine Stimme brach.

»Ich hätte aussteigen und nachsehen sollen.« Es klang verzweifelt. »Ich war wie gelähmt vor Angst um Simon. Gleich am nächsten Tag wollte ich das Tier beim Förster melden, da habe ich in der Zeitung von dem Unfall gelesen und mir wurde klar…« Er schluckte, ehe er herauspresste: »Dass es kein Reh war.«

Nein, es war kein Reh. Es war ein Mensch, dessen Traum auf dieser Straße zurückgeblieben ist: ich. »Warum hast du dich nicht gestellt?«

»Simon brauchte mich nach dem Schlaganfall. Er hat doch nur mich. Ich musste einen anderen Weg finden, es wiedergutzumachen.«

»Hast du mir deswegen die Karte geschickt?«

Warst du nur aus einem schlechten Gewissen heraus mit mir zusammen? Das war es, was ich so brennend wissen wollte, doch ich getraute mich nicht, die Frage zu stellen. Zu sehr fürchtete ich mich vor der Antwort und was sie mit mir machen würde.

»Ich dachte, ich komme besser mit meiner Schuld klar, wenn du wieder läufst.« Michael stellte das Paket auf den Boden, als würde es hundert Kilo wiegen. Dort, wo er es berührt hatte, waren nun dunkle Flecken. »Ich habe mich geirrt. Die Schuld hat mich immer mehr zerdrückt, je näher ich dir kam. Aber ich konnte es dir nicht sagen. Mein Leben lang musste ich Menschen, die mir etwas bedeutet haben, zurücklassen und meinen Eltern in fremde Länder folgen. Aber dich zu verlieren, das hätte ich nicht ertragen.«

»Mich zu verlieren?«, stammelte ich. Nur bruchstückhaft realisierte ich, was er soeben gesagt hatte. Er wollte mich nicht verlieren. Bedeutete es, dass er mich doch liebte? Dann dachte ich an sein tagelanges Schweigen. Ich hob die Hand, um damit den Schluchzer zu ersticken, der aus mir fliehen wollte, doch es war zu spät. »Aber wenn ich dir angeblich so wichtig bin, warum hast du so lange gebraucht, um hierherzukommen?«

»Ich …« Seine Schultern sackten noch tiefer hinab. »Weil ich Angst hatte.«

Angst. Er war allein ohne seine Eltern in die Schweiz gereist und hatte ein neues Leben begonnen. In der Kletterhalle traute er sich, zwanzig Meter über dem Boden zu hängen mit einer Amateurin wie mir als Gegenpart, die ständig vergaß, ihn zu sichern. Michael war vieles: mutig und schlagfertig, aber ganz bestimmt nicht ängstlich. Er machte einen Schritt nach vorn, streckte die Hand nach meiner Wange aus. Aber trotz der Sehnsucht nach seiner Berührung schüttelte ich den Kopf und trat zurück. Da war nur ein Meter Abstand zwischen uns, aber es fühlte sich an, als wären es Kilometer.

»Bitte verzeih mir.«

»Ich weiß nicht …«, … *wie ich dir jemals wieder vertrauen soll*, wollte ich sagen. Doch es klang so abgedroschen. Zu einfach, um das, was ich in dem Moment fühlte, nur annähernd zu beschreiben.

»Simon kann sich auf den Beinen halten und die Ärzte meinen, die Chancen stehen gut, dass er bald wieder gehen kann. Er braucht mich nicht mehr.« Auf einmal schaute er mich mit einem so entschlossenen Gesichtsausdruck an, dass *ich* es mit der Angst zu tun bekam. »Ich gehe zur Polizei und stehe für meinen Fehler gerade. Jetzt gleich.« Er wartete, hoffte wahrscheinlich, dass ich ihn aufhalten würde. Sollte ich? Ich war wieder wie gelähmt, nicht nur mein ganzer Körper, sondern auch mein Kopf. Er war unfähig, einen klaren Gedanken zu fassen. Michael interpretierte dies offenbar als ein Nein, das Feuer in seinen Augen erlosch. Jeden

Zentimeter, den er mir zuvor näher gekommen war, rückte er von mir ab. »Vielleicht kannst du mir verzeihen, wenn ich meine Strafe bekommen habe.«

In dem Moment, in dem die Tür ins Schloss fiel, ging ich auf die Knie. Ich legte meine Arme um das Paket und mein Kopf sackte müde darauf. Der Geruch von Papier hüllte mich ein. Langsam und heiß wie trocknende Lava sickerte die Bedeutung von Michaels Worten in mein Bewusstsein. Er würde sich der Polizei stellen. Das war genau das, was ich gewollt hatte: dass der Unfallverursacher seine gerechte Strafe erhielt. Genugtuung hatte ich mir erhofft. Befriedigung. Gerechtigkeit. Aber nichts von dem trat ein, weil es nicht Stefanie oder Bernhard wären, die eingesperrt werden würden, sondern Michael. Wieder piepste es in meinen Ohren, unerträglich laut. Ich war immer die Zweite gewesen, bei den Läufen und auch in Philipps Leben. Michael aber war der einzige Mann gewesen, bei dem ich je den ersten Platz belegt hatte. Und ich hatte nicht einmal darum kämpfen müssen. Er hatte mich einfach so zur Nummer eins gemacht, weil ich Jennifer war. Jennifer mit Prothese, ohne Prothese, es spielte keine Rolle.

Ich brauchte mehr Zeit zum Nachdenken, aber die hatte ich nicht. Sie rannte mir im gleichen Tempo davon, wie sich Michael er Polizeiwache näherte. Jeden Meter, den er tat, war ein Meter weiter weg von mir. Von uns. Und plötzlich tat der Gedanke nur noch weh. Er hatte den Unfall verursacht und war weitergefahren, um seinen Bruder zu retten. Doch im Gegensatz zu Philipp war er für mich da gewesen, hatte sich um mich gekümmert. Ich dachte an seine Worte in der Nacht nach Bernhards Überfall: *Ich habe nicht geplant, mich so hoffnungslos in dich zu verlieben.* Er war ein aufrichtiger Mann, der einen einzigen Fehler gemacht hatte. Auf gar keinen Fall wollte ich ihn verlieren. Nicht seine schlagfertige Art, nicht seine Nähe, seine Küsse, von denen mir jedes Mal ganz schwindlig wurde. Ich wollte nicht verlieren, was er in mir auslöste, wenn er bei mir war. Dieses Gefühl, angekommen zu sein. In Ordnung zu sein, so wie ich war. Ich musste ihn aufhalten.

Hektisch rappelte ich mich auf, suchte nach dem Handy und fand es in meiner Bauchtasche. In Windeseile wählte ich seinen Kontakt und drückte das Gerät fest ans Ohr. Immer dieses lang gezogene Tuten. Mit jedem Mal wurde es länger, machte die Wartezeit unerträglich. Er ging einfach nicht ran. Ich versuchte es noch einmal. Und noch einmal. Nichts! Warum hörte er sein Handy nie, wenn es wirklich wichtig war? Ich könnte abwarten, es immer wieder versuchen. Doch was, wenn es bis dahin zu spät war? Kraftlos sackte ich zurück und lehnte mich an die Wand. Dabei fiel mein Blick auf das Bild auf der Kommode. Mam, Pa und ich. Wie glücklich Mam damals aussah.

Sie hat ihm nie verziehen, ging es mir durch den Kopf. Mein Leben lang musste ich zusehen, wie sie gelitten hatte, weil sie nicht ihrem Herzen gefolgt war. Aber mir würde das nicht passieren. Ich würde alles unternehmen, um das zu verhindern. Ich berührte meine Laufprothese, fuhr die geschwungene Feder nach bis zum Fußstück. Ich musste zu Michael und sie würde mir dabei helfen.

In vollem Tempo rannte ich los. Bis zum Revier waren es nur wenige Kilometer, eine Kleinigkeit für eine ehemalige Marathonläuferin. Aber das hier war kein Marathon, sondern ein Sprint. Der längste meines Lebens. Ich richtete meine Aufmerksamkeit auf meinen Atem, wie er in meinen Körper strömte und die Lunge füllte. Ein, aus. Ein, aus. Meine Beine brannten unerträglich, aber ich rannte weiter querfeldein. Nur so hatte ich eine Chance. Wie schon beim Grand Prix machte meine Prothese alles mit. Der Schmerz verschmolz mit mir, bis ich ihn nicht mehr spürte.

Schwer atmend bog ich auf das Polizeigelände ein und schaute mich suchend um. Ich atmete keuchend, inhalierte die Luft förmlich. Da entdeckte ich den Lieferwagen, nicht aber Michael. Saß er schon bei Herrn Gerber am Tisch und beichtete ihm alles? Hatte er ihm schon Handschellen angelegt und ihn abgeführt? Mein Körper wollte aufgeben, auf die Knie sinken und sich zusammenrollen. Aber das würde ich nicht tun. Zu oft hatte ich mich gebeugt und dem Schicksal bereitwillig gegeben, was es eingefordert hatte. Nach der Amputation war ich zu niedergeschlagen gewesen, um sofort wieder aufzustehen. Das war ich nicht mehr. Möge die Wahrscheinlichkeit noch so klein sein, dass ich rechtzeitig kam, ich musste es zumindest versuchen. Atemlos lief ich auf das Revier zu, da sah ich ihn hinter einem anderen Wagen hervortreten. Michael. Und er lief auf direktem Weg ins Gebäude. Die Erleichterung flutete mich wie eine Welle und ich stolperte, weil sie so hoch war.

»Tu das nicht«, rief ich.

Michael wirbelte herum und starrte mich ungläubig an. Vornübergebeugt rannte ich auf ihn zu, bis ich meine Arme um seinen Hals schlingen konnte. Im ersten Moment war er völlig verkrampft, seine Arme hingen teilnahmslos neben seinem Körper, als hätte er verlernt, sie zu benutzen. Erst nach einer Weile entspannte er sich ein wenig und legte seine Arme um mich. Die Berührung war wie das Erblühen eines Kirschbaums nach einem unendlich langen Winter. Ich schaute zu ihm hoch, fuhr mit den Händen seinen Hals hinauf und legte sie auf seine Wangen. Seine Bartstoppeln kratzten auf meiner Haut, seine Lippen zitterten. Er presste sie fester aufeinander, aber das Zittern verschwand nicht, es wurde nur noch stärker. Die Hoffnung, die in seinen Augen brannte, brachte auch in mir etwas zum Glühen.

»Es mag sein, dass Simon dich nicht mehr braucht«, keuchte ich, immer noch außer Atem. »Aber was ist mit mir?«

Nun konnte er sich nicht mehr halten. Er weinte und sein ganzer Körper schüttelte sich im Gleichtakt mit seinen Schluchzern. Ich zog ihn zu mir herunter und drückte ihn an mich. Minutenlang standen wir da und hielten uns fest.

»Heißt das, du verzeihst mir?«, flüsterte er irgendwann mit erstickter Stimme.

Ich schaute wieder zu ihm hoch. Da war noch mehr Hoffnung, noch mehr Feuer. Diese Flamme wollte ich für immer am Leben erhalten. Dann nickte ich.

Kurzgeschichten

Für dich habe ich mir etwas Besonderes ausgedacht und weitere Geschichten aus der Perspektive von Michael und Stefanie geschrieben. Hast du Lust, sie zu lesen? Dann melde dich jetzt für meinen Newsletter an. Dich erwarten nicht nur die Kurzgeschichten:

- Du erhältst exklusive Einblicke in neue Buchprojekte (Cover, Klappentext, Leseprobe).
- Du darfst einen Blick hinter die Kulissen werfen und mich auf dem Weg von der ersten Idee bis zum fertigen Buch begleiten.
- Du erfährst zuerst, wenn ein neues Buch von mir erscheint.
- Um die Wartezeit zwischen meinen Büchern zu verkürzen, empfehle ich dir lesenswerte Romane anderer Autorinnen und Autoren.

Hier geht es zur Anmeldung:
www.monika-luethi.com/kurzgeschichten_sdnsb

Rezensionen

Hat dir das Buch gefallen? Dann würde ich mich sehr freuen, wenn du auf Amazon oder einem anderen Buchportal eine Rezension schreiben würdest. Zwei, drei Sätze reichen völlig aus. Das hilft mir und meinen Büchern, in der Vielzahl von Neuerscheinungen gesehen zu werden und weitere Romane veröffentlichen zu können. Vielen Dank für deine Unterstützung!

Über die Autorin

Es ist mir egal, wenn sich das dreckige Geschirr in der Spüle stapelt und die Brotkrümel vom Abendessen noch unter dem Tisch liegen. Genauso wenig spielt es eine Rolle, ob ich nach einem anstrengenden Tag mit zwei Kleinkindern kaum noch die Augen offen halten kann. Jeden Abend um acht öffne ich meinen Laptop und schreibe seit 2016 die Geschichten auf, die mir durch den Kopf geistern. Viele davon landen im »Abfalleimer für Literatur«, in bester Gesellschaft mit Novellen, Kurzgeschichten und Gedichten von früher. Ein paar wenige funkeln so stark dazwischen hervor, dass ich sie herausfische und überarbeite. Entstanden sind Romane über Frauen, die mit ihrem schlimmsten Albtraum konfrontiert werden. Es geht um Ängste, Schicksalsschläge und Verrat, aber auch um Liebe und Vergebung. Ich schreibe genau die Geschichten, die ich selbst gern lesen würde.

Möchtest du mehr über mich wissen? Dann besuche mich auf meiner Webseite, in den sozialen Medien oder schreib mir eine E-Mail. Ich freue mich über jede Nachricht.

Webseite: www.monika-luethi.com
Instagram: www.instagram.com/monika.schreibt
Facebook: www.facebook.com/monika.luethi.autorin
E-Mail: monika@monika-luethi.com

Danke

Dieses Buch war ein Marathon, im wahrsten Sinne des Wortes, und ich hatte so viel Unterstützung wie noch nie. Die Menschen, denen mein Dank zukommt, werden von Buch zu Buch mehr. Wenn es so weitergeht, habe ich bald ein Platzproblem.

Liebe Leserin, lieber Leser. Dir möchte ich als Allererstes danken, denn du hast dieses Buch ausgewählt und gekauft. Und wenn du nicht gerade ein Dankesreden-Fan bist, hast du es sogar zu Ende gelesen. Das bedeutet mir sehr viel.

Dieses Mal habe ich meine Familie noch stärker eingespannt als bei meinem Debütroman. Danke, lieber Nicht-Mann (der das hier wahrscheinlich nie lesen wird, weil er auf Science-Fiction steht), Mama und Nicht-Schwiegermama (die hoffentlich wegen der Benni-Szenen nicht allzu geschockt sind – ich musste mich echt überwinden, diese so zu schreiben). Nur wegen euch konnte ich die Abgabetermine einhalten.

Ein ganz großer Dank geht an meine Testleserinnen der ersten Runde: Annette, Britta, Ella, Fritzi und Sabine. Ihr werdet nicht wiedererkennen, was auch dank eurer Hilfe aus der Geschichte geworden ist. Dasselbe gilt für meine Testleserinnen der zweiten Runde: Catherine, Jana, Julia, und Kristina. Eure Meinungen waren superhilfreich und wertvoll für mich.

Auch dieses Mal war ich auf den Rat von einigen Fachtestlesern angewiesen. Kilt, der Innerschweizer Polizist meines Vertrauens, hat dafür gesorgt, dass die Polizei angemessen repräsentiert ist. Manuel A. war meine Rettung in medizinischen Dingen. Manuel J., der übrigens zweieinhalb Mal um die Erde gelaufen ist (im übertragenen Sinne), half mir bei Fragen rund um den Laufsport. Bernd und Elena, beides Prothesenträger resp. -trägerin, verdanke ich, dass Jennis Reise realitätsnah und glaubwürdig ist.

Wegen meiner Lektorin, der lieben Astrid, ist mein Marathon-Projekt ein Spannungsroman geworden, mit einem Antagonisten, vor dem man sich tatsächlich fürchtet. Vielen Dank.

Zu guter Letzt haben mir so viele liebe Leserinnen und Autorenkolleginnen auf Instagram geholfen, am Klappentext zu feilen, einzelne Szenen gegenzulesen und mich bei Zweifeln wieder auf die Beine zu stellen. Ihr wisst, wer ihr seid. Danke. Ich hoffe, ich kann euch auch einmal etwas zurückgeben.

LAUTLOS
WIE DEIN
VERSCHWINDEN

Mit dem Muttersein sind zwei Gefühle untrennbar verbunden: die bedingungslose Liebe zu einem Kind und die Angst, es zu verlieren.

Isabel liebt ihre sechs Monate alte Tochter Leonie abgöttisch. So sehr, dass alles andere unwichtig wird. Als Leonie am helllichten Tag spurlos verschwindet, wächst Isabels Angst um sie ins Unermessliche. Auf der Suche nach ihrer Tochter offenbart sich ihr eine Wahrheit, von der sie lieber nichts gewusst hätte. Ein Wettlauf gegen die Zeit beginnt.